백은하 소설집

의 자

백 은 하
소 설 집

의자

마약 중독자의 금단 증세처럼
온몸의 피가 다 빠져나가는 것처럼 숨이 막힐 즈음,
첫 문장이 온다.

문학들

| 차례 |

ㅏ
의
자

1

　'동다송'이라는 찻집에 들어섰을 때 단매향이 났다. 살면서 서너 번쯤 나를 스쳐 갔던, 신이 머무르는 집에서만 나는 향기. 아주 연한 단매향. 첫 습작 소설 초고를 쓸 때, 내 옆에서 머무르던 향기. 지나가는 바람처럼 내 곁에 머무르다 사라지는 그런 향기. 그 향기는 빛처럼 서너 번 나를 스쳐 지나갔다. 구상이 끝난 새로운 작품의 첫 문장을 시작하지 못하고 며칠씩 컴퓨터 앞에 앉아 있을 때, 금단 증세처럼 그 단매향을 맡고 싶다. 하지만 지상 그 어느 곳에서도 그 향기를 구할 수는 없었다. 마약 중독자의 금단 증세처럼 온몸의 피가 다 빠져나가는 것처럼 숨이 막힐 즈음, 첫 문장이 온다.

　5년 전, 경남 하동 쌍계사 주차장 옆 식당이 모여 있는 상거리의 찻집 동다송 문을 열고 들어섰을 때, 그 감미로운 향기가 내 몸을 휘감았다. 동다송은 외관이 통유리로 되어 있었다. 차를 마실 수 있는 나무로 된 테이블 세 개가 놓여 있었고, 작은 연지에 꽃이 핀 매화 가지가 꽂혀 있었다. 명상 음악이 들릴 듯 말 듯 흐르고 있었다. 나는 꼼꼼하게 바느질이 된 조각보를 구경했다. 다구 세트 가격은 나들이 나온 사람들이 선물용으로 사가기에 알맞춤했다.

"차 드릴까예?"

한 여자가 찻집 안쪽에 있는 쪽방에서 나와 신발을 꿰면서 물었다. 아직 이른 시각이어서 내가 첫 손님인 것 같았다. 여자는 적당히 작은 키에 마흔 대여섯 살쯤 되어 보였다. 대충대충 묶은 머리, 풍만한 우윳빛 가슴이 반쯤 드러나는 셔츠와 짧은 치마를 입고 있었다. 흐흡, 하고 숨이 멎을 만큼 육감적이다. 나는 그녀에게서 눈을 뗄 수가 없었다.

"지금 절에 올라가믄 아직은 쌀쌀해예. 아직 이르니까 차 마실 거지예?"

전라도와 경상도말이 뒤섞여 있는 정감 어린 사투리를 쓰는 그녀는 내 대답을 듣지도 않고 나무 탁자에서 차를 우리기 시작했다. 다관에 담긴 물을 숙우에 따르고 맞은편에 놓인 찻잔에 차를 따랐다. 그녀가 다리를 꼬고 앉았는데, 허벅지가 다 드러났다.

"어디서 왔능교. 생긴 것은 학교 선생처럼 생겼는데, 학교 선생은 아니지예?"

딱히 내 답을 바라는 것 같지도 않았다. 나는 들고 있던 조각보를 들고 맞은편 의자에 앉았다.

"색깔 배합이 참 잘 되었네요. 이건 뭐하는 거예요?"

"조각보 아닌교. 내가 심심풀이로 만들고 있어예."

심심풀이치고는 정교한 바느질 솜씨였다.

"여는 왜 왔는데예."

"바람 쐬러요."

그녀와 오래 사귄 친구처럼 자분자분 이야기를 했다. 쌀쌀한 날씨 이야기, 매화꽃 이야기, 작설차 이야기. 손님은 한 사람도 들지 않았다. 번잡한 절 아래 상거리에서 차를 마시는 사람이 없는 것은 당연하기도 했다. 내가 가방에서 작은 스케치북과 4B연필을 꺼내자, 그녀는 딱히 자리를 비켜 달라고 하지도 않았는데 조용히 자리에서 일어났다. 바닥에 놓여 있는 항아리 뚜껑에는 분홍색 매화 꽃잎과 작은 촛불이 동동 떠다니고 있었다. 나는 스케치북에 연필로 촛불을 그렸다. 동다송 안에 인공조명은 없었다. 햇빛이 환했다. 환한 대낮의 촛불. 연한 단매향이 나를 휘감았다. 그때 나는 그 의자를 발견했다.

의자는 다구들이 진열되어 있는 진열장 옆의 유리창을 등으로 마주하고 놓여 있었다. 의자 앞에 낮은 테이블이 놓여 있으니 손님이 앉아도 되는 의자였다. 영화에 나오는 옛날 이발소 의자 같았는데, 매화꽃과 참새가 수놓아진 낡은 방석이 놓여 있었고, 원앙 한 쌍이 수놓아진 횟댓보가 걸쳐져 있었다. 주인만 앉는 것처럼 보이기도 했다. 내 관심은 촛불에서 금세 의자로 옮겨 갔다. 의자는 누군가 뚝딱거려서 만든 티가 역력했다. 여자는 매화꽃이 꽂혀 있는 탁자 옆에 앉아서 감색실로 뜨개질을 했는데 천 년 동안 그곳에서 뜨개질을 하고 있던 사람처럼 보였다.

"저 의자에 앉아도 돼요?"

"저 의자가 눈에 보이는교? 안 돼예. 저 의자에 앉은 사람은 여서 나랑 같이 살아야 해예. 여서 나랑 천 년 만 년 살고 싶으믄 앉아 보고, 아님 차나 자셔예. 그래도 앉고 싶으믄 어쩔수 없지예."

나는 자리에서 일어나 의자로 다가갔다. 여자는 뜨개질에서 눈을 떼지 않고 말했다.

"허어, 처녀가 겁이 없네예. 나랑 우리 집에서 살아야 헌당게에."

"사람이 어디서 살건 뭐 크게 다를려구요."

그렇게 나는 운니 언니와 만났다. 육 년쯤 사귄 몸 섞고 마음 섞은 남자들은 여자에게 이렇게 청혼한다. 나랑 같이 살자. 나는 조심스럽게 의자로 올라갔다. 미처 발견하지 못했는데, 의자는 발을 받치는 받침대가 있었고, 받침대에도 방석이 깔려 있어서 신발을 벗어야 했다. 마침 양말을 신고 나선 게 다행이었다. 신발을 벗고, 의자에 올라갔다. 팔걸이도 있었다. 의자에 몸을 맞추자 몸은 완전하게 공중에 붕 뜬 기분이었다. 다리가 비스듬하게 위로 올라가고 목이 아래로 내려앉는 구조였다. 팔걸이에 조심스럽게 팔을 걸치자, 의자가 내 몸의 무게를 완전하게 빨아들였다. 눈을 감았다. 운니 언니와 말을 할 때는, 전혀 들리지 않았던 명상음악이 들리고, 뜨개질하는 소리가 들리고, 단매향이 나를 휘감았다.

아침에 자리에서 일어났을 때는 몸이 가벼워서 절을 찾아왔는데 혼곤하게 피로가 몰려왔다. 인공적으로 몸의 피로를 푸는 것 같았다. 몸의 피로가 아니라 정신의 피로겠지만. 그 의자는 내 몸을 지상에서 분리시켰다. 몸에서 완전하게 힘을 빼자, 잠도 아닌 명상도 아닌 그런 시간이 시작되었다. 머릿속이 고요하게 가라앉았다. 끝없이 펼쳐져 있는 검푸른 바다를 항해하는 것 같았다. 엄마의 팔을 베고 있다. 할머니의 팔을 베고 있다. 나는 보호받고 있다. 사랑받고 있다.

2

　내가 9급 행정직 공무원 시험에 합격했을 때의 기분을 뭐라고 표현할 수가 없다. 그 퀴퀴한 시립도서관을 벗어나서 신선한 공기를 마실 수 있다는 것이 제일 기뻤고, 중고차를 사서 여행을 다닐 수 있겠구나 하는 생각이 두 번째로 들었고, 육중한 철문을 어렵사리 열고 밖에서 쏟아져 들어오는 빛의 냄새를 맡고 있었는데, 안간힘으로 버티면서 밀치고 있었던 문이 다시 원 상태로 쿵 소리를 내면서 닫혀 버리는 기분이었다.

　내 첫 발령지는 경남 하동에 있는 도립연구소 소속의 식물시험장이었다. 시험에 합격하면 당연히 시청 같은 곳에서 근무할 줄 알았던 나는 순간 당황했지만, 담담하게 받아들였다. 초보운전 딱지가 붙어 있는 중고 승용차를 운전해서 식물시험장으로 향했다. 나를 5년 동안 품어주었던 대학가 아랫마을 효각동의 상하방을 떠나는 순간이었다. 짐은 허망할 정도로 적었다. 전공 책들은 시골 할머니 집으로 옮겨 놓은 후여서 정말 옷가지 몇 개가 전부였다. 옷장과 낡은 침대는 그 방에서 자취를 시작하는 친구에게 넘겨주고 왔다.

　2월이었다. 천천히 운전을 해서 시험장에 들어서자, 잘 조경된 삼천 평 정도 되는 공간이 몸체를 드러냈다. 싸릿대 빗자루로 쓸어놓은 것처럼 청결한 곳에는 흰 콘크리트 건물 두 동이 있었다. 건물 한 동은 근무지고, 나머지 한 동이 숙소였다. 내가 주차장에 차를 세우자 갈색 점퍼를 입고 얼굴이 검게 그을린 남자가 내 차 앞으로 다가왔다.

　"장진경 선생이시죠? 저는 김세훈입니다."

　그가 트렁크에서 내 짐을 꺼내려 했다

"아니에요. 제가 할 거예요."

누군가의 친절에 익숙하지 않은 나는 손사래를 치며 완강하게 거절을 했지만 그는 이미 내 가방을 들고 있었다.

"이쪽으로 오세요."

그가 성큼성큼 걸어서 숙소로 향했다. 숙소는 결혼한 사람이 살림을 할 수 있는 구조로 작은 거실과 두 개의 방, 주방과 욕실을 갖추고 있었다. 방 안에는 싱글 침대와 작은 냉장고, 컴퓨터, 15인치 검은색 텔레비전도 있었다.

김세훈은 가방을 내려놓았다. 그는 식물의 육종을 연구하는 농업연구사였다. 그가 걸레를 들고 방을 나갔다. 그가 나를 위해서 방 청소를 미리 해 놓은 것이었다. 그것은 재앙이었다. 처음 몇 개월은 시험장 직원들이 베푸는 살가운 친절이 진저리를 칠 만큼 스트레스를 주었다. 누군가가 허락 없이 내 방에 들어와서 걸레질을 한다는 사실이, 내 차를 세차해 놓는다는 사실이 도저히 적응되지 않았다. 내 일상에 사사건건 간섭해서 내 입에서 기어이 "고맙다."는 인사를 받아내고야 마는 그들을 도저히 받아들일 수가 없었다. 일 년이 지나고서야 나는 그들을 이해할 수가 있었다. 그들은 평생을 함께 살아가야 하는 가족 같은 사람들이었던 것이다. 그들은 사람의 훈김을 그리워했고, 가만히 있어도 잘해 주고 싶은 마음이 생겨나는 것을 그들도 어쩔 수가 없는 사람들이었다.

그 시험장은 소장 한 명, 농업연구사 한 명, 행정직 공무원 한 명, 그리고 기능직 공무원이 두 명이었고, 일을 보조해 주는 몇몇으로 구성되어 있었다. 나는 정직원 다섯 명이 근무하는 벽지에 유배된 것이다.

숙소에서 사무실로 출근과 퇴근을 하는 일상이 시작되었다. 아홉 시

출근에 여섯 시 퇴근. 퇴근을 하면 나는 숙소로 돌아왔다. 김세훈의 방은 내 옆방이었다. 그는 박사과정을 밟고 있어서 이 주일에 한 번 수원에 있는 대학으로 강의를 받으러 갔다. 그가 이 주일에 한 번, 세상에 나가는 반면 나는 한 달이고 두 달이고 시험장에서 한 발자국도 떼지 않고 살아갈 수도 있을 것 같았다. 월급은 3년 만기의 적금을 붓고, 할머니에게 충분한 생활비를 송금하고도 상당한 돈이 남았다. 인터넷 서점에서 책을 사 보는 것 이외에 돈을 지출할 일이 거의 없었다. 식사는 직원 식당에서 했고, 생활비는 숙소의 전기세까지 보조가 되었다.

삼 개월이 지났을 즈음, 나는 일요일이면 차를 몰고 근교의 사찰 등으로 나들이를 다녔다. 가끔 김세훈이 동행했다. 그는 시험장에서의 생활에 만족했다. 그는 식물의 새 품종을 개발하는 자신의 연구에 빠져 있었다. 그는 친절하고 성실했다. 거의 매일 뙤약볕이 내리쬐는 시험 포장에서 인부들과 함께 직접 땅을 파고 거름을 주고 함께 막걸리를 마셨다. 성실한 농사꾼 같았다. 어느 날 농담 삼아 내가 말했다.

"선생님은 결혼을 해도 평생 이 곳에서 사실 것 같아요."

"사실인데요. 결혼을 하면 여기서 살아야 해요."

그는 기후가 온난한 곳에서만 자라는 난지식물을 연구하고 있어서, 이 곳을 떠날 수가 없다고 했다.

"혹시 우리 둘이 결혼해서 아들 딸 낳고 평생 여기서 사는 거 아닐까요?"

"시험장에서는 그렇게 결혼하는 사람 많아요. 사람 사귈 기회가 많지 않으니까요."

내가 농담으로 한 말에 그는 너무나 진지하게 답변했다. 그저 웃고 말

앉다. 하지만 나보다 일곱 살이 많은 김세훈과의 일상은 편안했다. 그는 연구가 일이자 취미였다. 가끔씩 그의 학회 세미나 발표 논문을 교정해 주기도 하고, 퇴근 후에는 부부처럼 텔레비전을 켜 놓고 맥주를 마시기도 했다. 그러나 밤 열 시가 되면, 그는 어김없이 그의 방으로 돌아갔다.

할머니는 우는 소리를 하면서 "한 번 다녀가라."고 가끔 전화를 했지만, 내가 보내 주는 넉넉한 생활비 덕분에 당신 생애 처음으로 호사를 누리고 있었다. 매일 읍내 한약방으로 침을 맞고 물리치료를 하는 나들이를 했다. 나는 홍삼이며 화사한 스웨터 등을 사서 부쳐 주었다. 사람처럼 산다는 게 무엇인지 알 것 같았다. 그러나 마음 한편에서 꿈틀대는 또 다른 욕망들에 진저리를 치는 시간이기도 했다. 그렇게 이 년이 지났을 즈음 나는 그 의자에 누워 있었다. 단매향이 나는 동다송에서.

3

일요일이면 차를 운전해서 쌍계사를 갔다. 아니 동다송으로 나들이를 갔다. 하지만 두 번 다시 그 의자에 앉지는 않았다. 그것은 쾌락과도 같았다. 도저히 끊을 수 없는 황음에 빠지는 것 같은 쾌락. 내가 가면 운니 언니가 찻집 문을 닫고 나를 따라나섰다. 우리는 자분자분 이야기를 하면서 천천히 걸었다. 나뭇잎에 초록 물이 오른, 나뭇잎에 붉은 물이 오른, 나뭇가지에 흰 눈이 쌓여 있는 쌍계사. 그리고 운니 언니가 우려 주는, 맑고 청아한 청향이 나는 세작을 마셨다. 쌍계사 아랫마을에 있는 작은 암자에서 탱화를 공부하는 송희를 만난 것도 그곳에서였다. 나는 동다송에 오는 사람들과 벗이 되어 갔다. 그 누구도 그 의자에 앉지는 않았다. 운니 언니는 어떻게 옷을 입어도, 지나가던 사람들이 한두 번씩 뒤를 돌아볼 만큼 육감적이었다.

"운니 언니야. 언니는 정말 섹시한가 봐. 남자들이 전부 홀린 듯이 쳐다보잖아."

같이 쌍계사를 오르던 갓 스물이 지났다는 송희가 말했다. 내가 하고 싶은 말이기도 했다. 운니 언니는 손에 든 매화 가지를 코에 가져가면서 혼잣말하듯이 말했다.

"그럼 뭐하나. 내 몸이 꼴리는 그 인사는 안즉 어디서 뭐하는지도 모르는데예."

매화꽃 향기가 때로는 알싸하다. 동다송에는 주로 여자 손님들이 많았다. 탱화를 공부하는 사람, 수필가, 연극배우, 그들은 전국 각지에서 왔고, 하룻밤이나 사흘 밤, 열흘 밤을 묵었고 때로는 그곳에 주저앉은 사람도 있었다.

운니 언니는 쌍계사 아랫마을에서 동다송이라는 야생차를 제조해서 판매하는 일을 하고 있었다. 함께 일하는 사람은 두 명에 불과했지만 의외로 규모를 갖춘 사업이었다. 그녀의 집은 아랫마을에 따로 있었다. 그래서 동다송의 쪽방은 누구나 쉬어갈 수 있었다. 세 평 정도 되는 쪽방은 어두침침했다. 쑥색 커튼이 쳐져 있었고, 낡은 광목천이 씌워져 있는 가운데가 움푹 파인 둥근 소파가 있었다. 그리고 그 쪽방을 다녀간 사람들의 흔적이 여기저기에 남아 있었다. 향나무 묵주도 있고 전혜린 수필집도 있고 볼펜으로 흘려 쓴 낙서들과 류시화의 시, 그리고 이런저런 스냅사진들이 압핀으로 꽂혀져 있었다. 물론 그들이 어떤 인연으로 필체를 남겨 놓았는지 지금은 어디에서 살고 있는지 알 수 없었지만, 하룻밤을 묵기에는 알맞춤했다. 감물을 들인 옷도 한 벌 있었는데 헐렁한 고무줄 바지여서 누구든지 입을 수 있었다.

토요일 오후, 동다송에 가는 날이면 운니 언니와 하룻밤을 같이 지냈다. 운니 언니가 차려 내는 밥상은 단순했다. 손으로 빚은 투박한 그릇에 현미밥을 담고, 김치와 나물 두 가지, 호박과 두부를 송송 썰어 넣은 된장국이었다. 엷게 멸치국물을 냈지만, 어떤 날은 멸치국물을 내지 않고 된장만 넣고 끓이기도 했다. 운니 언니는 여승이었다는 소문도 있었고, 화가였다는 소문도 있었고, 재산가의 첩이었다는 소문도 있었다. 하지만 현재는 제법 규모 있게 차 사업을 꾸려 가는 동다송의 여주인이었다.

"진경아. 인자 네 이야기 한 번 해 봐라. 뭐가 어찌돼서 여서 나랑 자고 있나? 평생 공무원하믄서 그리 살긴가. 네가 진짜 하고 싶은 건 뭔데?"

가을밤이었다. 창밖에서 나뭇잎들이 서걱서걱 몸을 부비고 있었다. 운니 언니는 매실주를 한 잔 마시더니, 담배 연기를 길게 내뿜었다.

"살 섞는 남자는 없는 것 같고. 남자 문제는 아닌 것 같고. 뭐가 하고 싶나."

나는 두꺼운 유리잔에 담긴 매실주를 마셨다. 생각보다 독해서 목줄기가 홧홧거리면서 술기운이 몸에 번져 왔다. 운니 언니가 내 잔에 술을 더 따랐다.

"너를 보믄 내 젊은 날을 보는 것 같아서 맘이 짠할 때가 있어예에. 몸에 불덩이 하나를 품고 사는 것 같아예. 나이가 든다고 그 불덩이가 없어지는 게 아니라예. 그 불덩이도 저 스스로 다 타지 않으면 평생 몸속에서 사람을 들볶아예에. 몸이 잘 맞는 남자를 만나든지 뭔가 불을 꺼 줄 수 있는 걸 만나야지예."

그녀와 나는 매실주에 땅이 빙글빙글 돌만큼 취해 버렸다. 나는 나무 탁자에 몸을 비스듬하게 기댔다.

"꼭 하고 싶은 게 한 가지 있기는 있거든."

"그게 뭔데에."

"소설을 쓰고 싶어."

"소설? 글 쓰는 거? 그거 쓰면 되지 뭐가 그리 어렵나. 어차피 사는 기 소설인디, 뭘 그렇게 어렵게 생각하나? 내 이야기 써라. 사는 게 이리 별 거 아닌데 소설이 뭐 별거겠나."

운니 언니가 담배 연기를 내뿜으면서, 혀 꼬부라진 소리로 말했다. 그 날 밤 나는 울다가 잠이 들었다.

4

나는 할머니 손에서 컸다. 아버지는 내가 네 살 때 폐암으로 돌아가셨고, 어머니가 재혼을 한 것은 내가 여섯 살 때였다. 그 후 나는 할머니와 함께 살았다. 부모님이 안 계신 것을 제외하고는 모든 것은 평온했다. 한 마을에 큰아버지 댁이 있었고, 고모도 있었고 사촌들도 있었다. 추석이나 설날이면 가족들이 모여서 차례를 지냈고, 할머니 생신 때는 큰아버지집에서 사촌들과 함께 생일을 지냈다. 할머니는 맺힌 것 없이 경우 발랐고 이재에도 밝은 편이었다. 나에게 이런저런 잔소리를 했지만, 고즈넉한 유년기였다.

시골 인문계 고등학교에서 공부도 열심히 했다. 대학 원서를 써야 했을 때, 큰아버지가 나를 불렀다. 큰아버지는 농협에 취직자리가 났으니까 취직을 하라고 말했다. 다른 사람들에게 아쉬운 소리해 본 적 없는 큰아버지가 큰 마음먹고 어렵게 구한 직장이었다. 나는 아무 말도 하지 않고 큰아버지 댁을 나왔다. 그런데 어디에서 그런 힘이 나왔는지 나도 알 수가 없었다. 나는 독문학을 공부하고 싶었다. 그 열망은 내가 고등학교 때 읽었던 몇 권의 책이었다. 나는 독문학을 공부하고 싶었다.

그날 밤, 나는 평생 처음으로 할머니 앞에서 무릎을 꿇고 빌었다.

"할머니, 한 번만 도와주세요. 등록금 한 번만 대 주시면 그 다음은 제가 알아서 할게요."

"대학 4년 등록금을 네 힘으로 어떻게 알아서 하냐. 너를 먹이고 입히는 것은 가능해도, 대학 등록금은 내가 벌이가 없어서 힘이 들어야. 지금 취직해서 몇 년만 벌면 시집 갈 돈은 충분히 벌지야. 너 먹고 입는 것은 내가 댈 수 있어야. 너 시집가는 것을 보고 내가 눈을 감아야지야."

"할머니 한번만 도와주세요."

나는 방바닥에 엎드려서 엉엉 울었다. 할머니가 내 등을 쓱쓱 문질렀다. 그런데 나는 대학을 가고 싶었고, 독문학을 하고 싶었다. 그 다음은 어떻게 되든지 심지어 그것이 내 인생의 끝이라 해도, 어떤 대가를 치른다 해도 대학만큼은 가고 싶었다. 결국 나는 독문학과에 원서를 냈고 합격을 했다. 할머니는 당신이 갖고 있었던 금붙이들을 팔아서 내 등록금을 만들어 주셨다.

"너 시집갈 때, 쓸라고 한 개 두 개 모았는데, 그깟 시집 네가 벌어서 가믄 되재. 그렇게 허고 싶은 공부해야지. 걱정은 된다만, 어떻게든 되겄

지야."

할머니는 내 등을 쓰윽쓰윽 쓰다듬었다. 나는 등록을 하고 학생들이 자취를 하는 시골 동네인 효각동에 사글세로 상하방을 얻었다. 그 시골 마을에는 전국 각지에서 온 학생들이 자취를 하고 있었다. 살림살이를 사서 방을 꾸미고 대학 생활이 시작되었다.

한 학기가 지나갈 때마다 등록금을 내는 일은 생각했던 것보다 훨씬 힘들었다. 아니 1학년이 끝났을 때, 그것은 불가능하다는 것을 알았다. 내가 한 달 동안 아르바이트를 해서 벌 수 있는 돈이 한계가 있었던 것이다. 학교 수업이 끝나는 오후부터 밤 열 시까지 아르바이트를 해도 생활비와 등록금을 벌 수는 없었다. 시간이 부족해서 공부를 해서 장학금을 탈 수도 없었다. 할머니는 등록금을 낼 때마다 당신 용돈을 모아서 몇십만 원씩을 쥐여 주었지만 그 돈조차 등록금을 내기에는 턱없이 부족했다.

결국 이런저런 아르바이트를 전전하다가 시내 귀퉁이에 있는 카페까지 흘러들었다. 나른한 분위기를 가진 주인 언니가 하는 열 평 정도의 카페였다. 주인 언니는 단골손님들과 자리에 앉아서 술을 마셨다. 처음에는 단순한 서빙을 했다. 그러다가 어느 날, 술자리에 앉아 있는 나를 발견했다. 그리고 서빙을 하는 아르바이트 여대생이 한 명 더 왔다. 나는 서빙도 아니고 호스티스도 아닌, 여대생 아르바이트라는 이상한 일을 하기 시작했다. 몸을 파는 일은 아니었다. 단골손님들과 마주 앉아서 술을 따라 주고 말을 받아 주는 일이었다. 그런데 월급이 생활비와 등록금을 낼 수 있을 정도의 돈이었다. 독문학을 공부하는 것을 포기하지 않는 한, 내가 해야 하는 일이었다.

막막한 날들이었다. 막연한 미래였다. 내가 선택한 대학과 학문이 내

숨통을 졸랐다. 하지만 나는 독일어로 된 문장을 읽으면서 뼛속까지 차오르는 푸른 기운을 느꼈다. 나는 겨우 스물한 살이었고, 시골의 농협에서 하루 여덟 시간씩 일을 하고 싶지 않았을 뿐이다. 결국 나는 그 카페에서 만난 골프 사업을 하는 마흔 살 가량 된 김사장의 젊은 애인이 되었다. 그와는 정사를 했다. 사는 것이 수치스럽지는 않았다. 적응했을 뿐이다. 아니 독문학과를 포기하지 않았을 뿐이다. 잉게보르흐 바하만의 시를, 파울 첼란의 시를 원어로 읽는다고 해서 내 일상이 호사스러워지지는 않았다. 헤르만 헤세의 『데미안』을 독일어로 읽고 싶었을 뿐이다.

그는 나에게 정사를 가르쳐 주었다. 나는 사랑한다는 떨림 없이 정사를 했을 뿐이다. 반년쯤 지났을 때, 내 몸은 그의 손길, 그의 입김 한 번에 온몸의 세포가 떨릴 만큼 몸의 쾌락에 익숙해졌다. 그리고 입에서 쾌락의 신음소리가 흘러나왔다. 내 몸이 타락하고 있었다. 그는 정사가 끝나면 내가 몇 개월을 살 수 있을 정도의 돈을 주었다. 나는 카페를 그만두었다. 그러나 학교를 포기하지는 않았다. 졸업을 했고, 다시 막막한 하루하루가 계속되었다. 그때 나는 그 상하방에서 노트에 무엇인가를 쓰고 있었다. 일기 비슷한 것이었다. 매일매일 일기를 썼다. 사랑을 하고 싶다고도 썼고, 친구가 필요하다고도 썼다. 그를 그리워한다고도 썼다. 그리고 시립도서관에서 공무원 공부를 시작했다. 취직을 할 수 있는 다른 방법은 전혀 없었다. 나에게 남은 것은 독문학과를 졸업했다는 졸업장과 독문학의 습기뿐이었다. 사는 것이 나에게만 이렇게 눅눅한 것인지 때때로 회의했지만, 한편에서는 감사했다. 할머니 발 앞에 엎드려서 엉엉 울던 그날을 결코 잊지 않아서 바닥까지 추락하지는 않았다.

그리고 언제부터인지 나 또한 그와의 정사를 즐기고 있었다. 내 정사에는 수줍음도 추억도 없었고, 나는 미친 듯이 그의 몸을 유린했다. 그의 입술에서 쾌락의 신음소리가 흘러나올 때까지 나는 창녀들의 섹스를 했다.

그리고 공무원 시험에 합격을 했다. 대학 1학년 때부터 머물렀던 효각동을 떠날 때가 된 것이었다. 희망은 없었다. 농협 직원에서 시험장 직원이 된 것 뿐이었다. 그런데 나는 4년이라는 유예의 시간 동안 두꺼운 전공 서적들을 갖게 된 것이 달랐다. 어느 것이 옳다고는 할 수 없었다. 나는 나 자신의 마음의 외침을 따랐을 뿐이다. 김사장과는 결별했다. 그가 아내에게 되돌아갔는지, 새로운 애인을 구했는지는 알 수 없다. 다만 내가 아는 것은 나는 신음소리가 흘러나오는 내 몸을 안다는 사실이다.

5

김세훈은 촛농으로 장식된 그릇들을 꼼꼼하게 들여다보았다. 동다송에는 접시 위에 놓인 양초가 녹아서 만들어진 시간의 흔적들이 담겨 있는 그릇들이 많았다. 그날 밤에는 모두 여섯 명이 술자리를 하게 되었다. 운니 언니, 김세훈과 나, 그리고 서울에서 온 재즈 가수 두 명, 한 명은 퍼포먼스를 한다는 남자였다. 김세훈은 처음에는 동다송에서의 만남을 쑥스러워했다. 만난 지 하루 만에 같이 술을 마시고 노래를 한다는 것을 버거워했고, 한 번 맺은 식물과의 관계도 평생을 가는데 그렇게 정다운 밤을 보내고 나서 아무런 기약 없이 헤어져 버린다는 사실에는 더 적응을 못했다.

"김선생은 맥켕이마냥 왜 이런데예에. 헤어지는 게 아니랑게요오. 또 만난당게요오. 어떻게 완전하게 헤어지는 게 있겠어요오."

운니 언니는 묘한 콧소리를 내며 말했다. 운니 언니는 김세훈의 밝고 맑은 성정을 좋아해서, 김세훈과 같이 간다고 전화를 하면 배추를 절여 놓았다가 새 김치를 버무려서 내놓았고, 안 굽던 굴비를 구워 냈다. 김세훈은 사람에게나 식물에게나 마음을 다해서 진심으로 대했다. 그의 진심 어린 우정이 동다송의 사람들에게 조금 난감하게 다가왔지만 말이다. 나는 내 글을 읽어 주는 두 명의 친구를 갖게 되었다. 운니 언니와 김세훈. 물론 둘의 취향은 너무 달랐다.

"아야 아야. 재미가 없어야. 소설이라는 것이 그렇게 한 대목도 알아묵을 수가 없디야. 뭔 말인지 당체 알 수가 없어야. 주인공들이 입 한 번 안 맞추고, 사랑한다는 말 한 번도 안 하는 것이 뭔 소설이다야."

김세훈은 커다랗게 소리 내서 웃었다.

"주인공들 잠자리 기다리다가 머리 다 세겠다아……."

세월은 흘렀다. 실험실에 있던 김세훈의 난지식물은 쑥쑥 자라서 온실을 나와 땅 위에 뿌리를 내렸다. 동다송에는 촛농으로 장식된 그릇들이 더 많이 늘어났다. 어느 날인가 매화꽃이 난분분 흩날리던 날, 운니 언니는 눈물 콧물 짜면서 이야기를 시작했다.

"저 의자 말이다. 우리 신랑이 직접 못질을 해서 만들어 준 의자여야. 우리 신랑은 절사람이었당게. 봄이었어야. 살구꽃이 지천에 흐드러지게 피어 있었재. 어째서 그날 절에 올라갔는지는 생각이 안 나. 우리 신랑이 절마당에 있는 감나무 위에서 멋인가를 막 쓸고 있었어야. 감나무에 개미들이 집을 지어서 감나무가 죽어가고 있었어야. 그래서 빗자루로 감나무에 있는 개미들을 쓸어내고 있었어야. 나는 나무 아래서 그것을 보고 있었재. 그날 점심을 절에서 같이 묵었어야. 나는 절로 놀러 다녔재. 그러다가 어느 날인가 우리 신랑이 나를 바래다주려고 절 아래까지 내려왔다가 그 길로 절을 나와 버렸어. 나도 일이 왜 그렇게 됐는지는 알 수가 없어. 왜 그렇게 돼 버렸으까. 손 한 번 안 잡고 입 한 번 안 맞추었는디. 그 사람은 나를 훔치듯이 이리로 데려와서, 주저 앉혀 놓고 찻잎을 따게 했어. 뭣이 뭣인지도 모르고 찻잎을 따고 있었당게에. 그냥 아들 딸 낳고 차나 덖으면서 살 줄 알았재. 그 인사 몸에 팔랑이는 짐승 한 마리가 들어 앉아 있는 줄은 몰랐응게에. 설령 알았단헌들 비켜 갈 수도 없었응게에. 그 인사가 삼 년 동안 알콩달콩 내 몸을 쪽쪽 빨아먹더니, 어느 날인가 훌쩍 사라져 부렀어야……."

"어디로 갔어요?"

"그걸 내가 어찌 알것어. 행자 생활 삼 년에 나를 보더니 미쳐 분 것이여. 그런디 나랑 삼 년 살고 나더니 또 미쳐 분 것이여. 몸속의 짐승이 어디론가 끌고 가 부렀어. 나는 한평생 찻잎 따다가 세월 다 보냈이야. 몸속의 열이 다 사라지고 나믄 오겄제에……. 저 의자가 있는디."

그날 밤 나는 '의자'라는 제목의 단편소설을 쓰기 시작했다. 첫 습작 소설이었다. 소설이 무엇인지 어떻게 써야 할지 알 수 없었다. 하지만 운니 언니의 이야기를 쓰고 있었다. 나는 토요일이면 동다송의 나무 탁자에서 글을 썼다. 김세훈은 내 옆 테이블에 앉아서 과학 잡지를 읽거나 음악을 듣거나, 내가 쓴 원고를 읽었다. 어쩌면 우리는 평생 이곳에서 이렇게 살아갈 수도 있을 것이다. 그는 난지식물을 떠나지 못할 것이고, 나는 그가 나에게 보내 주는 다정한 미소를 떠나지 못할 것이다. 우리는 아직도 키스를 못하고 있다.

6

찻잎 따는 것이 손에 익었다.

곡우가 지난 다음 날, 아침을 먹고 운니 언니, 송희와 함께 산에 올랐다. 발걸음이 땅에 붙었다. 걷는 것도 더 이상 힘들지 않고, 어린 날 산에 오르면 나던 솔가지 나무 냄새도 느껴졌다. 하나의 창과 하나의 깃발, 일창일기라는 찻잎도 눈에 보였다. 어디서 똑, 똑 찻잎을 따야 하는지도 손에 익었다. 차양이 넓은 모자에 수건을 두른 모양새로 보면 일 잘하는 농사꾼 같았다.

정갈한 절밥을 먹는 송희는 누구보다 튼실한 몸을 갖고 있었다. 그녀의 불심은 더 깊어지고, 절일도 익숙해지고, 붓을 잡은 손도 강인해지고 있었다. 그녀의 마음이 차돌처럼 강인해지면 강인해질수록 그녀의 얼굴에서는 윤기가 흘렀고, 주위를 환하게 밝히는 빛이 흘러넘쳤다. 그녀는 주변의 모든 것까지 환하게 밝혀 줄 것만 같았다.

옆에 끼고 있던 바구니에 찻잎이 가득 찼다. 해가 오르자 우리는 천천히 걸어서 산을 내려왔다. 차가운 물을 한 잔 마시고 나서 따 온 찻잎에서 티끌을 골라냈다. 운니 언니는 호박을 송송 썰어 넣고 국수를 말아 왔다. 국물이 담백했다. 일주일 동안 찻잎을 말리고 다음 주 일요일에 차를 덖기로 했다. 나는 차를 덖는 일은 한 번도 해 본 적이 없었다. 가마솥에서 차를 덖는 일은 경험이 있어야 하기 때문에 다른 아주머니들이 했다. 그동안 눈으로 본 적은 몇 번 있었지만 직접 해 본 적은 없었다.

"다 태워 버리면 어쩌지?"

"어쩌긴 어째, 버려야지. 세상만사 모든 일이 처음부터 잘 하는 사람이 어딨나? 버리기도 하고, 태우기도 하고 하다가 잘 하게 되는 거지. 송희 저거는 손맛이 있어서 차 일이라면 전생에서 배워가지고 온 것처럼 잘한다 아이가. 송희가 우린 작설차에서는 순향이 난다 아이가.”

송희는 벌써 수돗가에서 방금 먹은 그릇들을 설거지하고 있었다. 일주일을 설레는 마음으로 기다렸다.

동다송의 차는 가마솥에서 직접 덖어서 만들었다. 덖은 차를 멍석에서 말리고, 다시 덖고 말리고를 세 번 정도했다. 가스로 불을 때서 달구어진 가마솥에서 운니 언니와 나는 목장갑을 낀 손으로 찻잎을 덖었다. 이마에서 땀이 송송 흘러내렸다. 향긋한 향기가 나는 덖은 차를 멍석에 널고 뭉쳐진 찻잎들을 손으로 살살 비벼서 펴서 널었다. 멍석에 널어진 찻잎들을 보자, 뿌듯한 마음이 들었다.

“운니 언니, 내가 상일꾼은 못 돼도, 밥값은 하지?”

“밥값뿐이가? 술값도 하지. 너는 네가 얼마나 일을 잘 하는지 아직 잘 모르는 것 같다아이가. 너 김세훈 선생이랑 결혼해서 집 짓고, 나랑 차 만들면서 같이 살자. 네가 원하는 소설 쓰면서 말이다.”

“생각해 볼게요.”

“정말이재? “

“정말이죠. 언니는 이 세상에서 단 한 명뿐인 내 독자인 걸요.”

“제발 소설 좀 야하게 써라. 누가 그런 소설을 읽나? 어쨌거나 연애하고 이별하고 그리워하고 그기 소설인기라. 사는 게 뭐 별거 있나? 다 그런 거지.”

“맞어 맞어. 언니 말이 맞아요. 그게 사는 거지.”

나는 속으로 중얼거렸다.

가을이 시작되고 있었다.

나는 동다송의 쪽방에서 첫 번째 단편소설을 탈고했다. 컴퓨터 화면에 '끝' 이라고 치고 나자 단매향이 나를 휘감았다. 소설가가 되고 못 되고 는 그 다음 문제였다. 작품이 좋고 나쁘고도 그 다음 문제였다. 나는 단 편소설을 끝냈다. 난생 처음 소설의 몸을 느껴 본 것이다. 아직은 풋풋하 고 미숙한 몸이었지만, 심장이 쿵쿵거리는 소설의 몸을 느낄 수 있었다. 내 몸속에 웅크리고 있던 슬픔과 분노의 응어리들을 풀어헤칠 수 있을 것 같았다.

그리고 어느 새벽.

누군가 동다송의 문을 쿵쿵 두드렸다. 문을 열자 등에 바랑을 걸치고 어깨까지 머리를 기른 눈빛 형형한 초로의 남자가 서 있었다. 나는 문을 열었다. 그 남자는 고요하고 다정하게 동다송 안으로 들어와서, 탁자 위 에 바랑을 내려놓고 신발을 벗고 의자에 누웠다.

"누가 왔나?"

운니 언니가 쪽방에서 나와서 의자에 누워 있는 남자를 보았다. 운니 언니는 의자 옆에 주저앉아서 통곡을 했다. 남자가 운니 언니의 머리를 오른손으로 다정하게 쓰다듬어 주었다. 보랏빛 나비들이 공중으로 날아 오르는 환각에 머리가 어질어질했다. 나는 나비들을 따라가다가 스르르 의식을 잃었다. 의식이 돌아오자 여전히 보랏빛 나비 한 마리가 머리 위 에서 날고 있었다.

"둘 다 일어나예. 어여 밥 묵어예. 당신도 얼른 일어나고 진경이 너도 얼른 정신 차려라. 열무김치가 맛있게 익었네예. 진경아 정신 차려라."

밥 뜸 들이는 냄새가 고소했다. 내가 자리에서 일어나자 그 보랏빛 나비는 훨훨 날아서 먼 하늘로 날아갔다. 고소한 밥 냄새가 동다송 안에 퍼지고 칠흑처럼 어두운 새벽이 끝나고 서서히 아침이 열리고 있었다.

마음의 얼음

1

    오월의 캠퍼스를 거닐다 보면 왜 오월의 신부라는 말이 있는지 알 수 있다. 캠퍼스에는 봄꽃들이 만발해 있고 학생들은 달콤한 과육을 품은 풋과일처럼 탐스럽다.

    채원은 공부만 하면서 보낸 이십 대 덕분에 이 캠퍼스 안에 직장을 잡고 둥지를 틀었다. 스무 살에 입학을 해서 지금이 서른둘. 그녀 인생 대부분을 이곳에서 보냈다. 도서관에 틀어박혀 책을 읽고 논문을 쓰고, 약간의 돈을 벌 잡다한 일들을 했다. 그녀는 대학에 입학한 후, 오로지 전공 공부만 하면서 학부를 졸업하고 석사, 박사 과정을 밟았다. 도서관에서 학과 사무실로 연구소로 둥지를 옮겨 다녔고, 1년 전 그녀는 전임강사에 임용이 되어서 그녀만의 연구실을 갖게 되었다.

    채원은 3교시부터 강의할 '문학의 이해' 자료를 준비하고 있다. 몸이 으슬으슬 춥고 떨린다. 며칠 동안 어깨가 무겁고 몸이 나른했던 것 같다. 감기 초기 증상 같다.

커피가 모두 내려졌다.

오늘 '문학의 이해' 강의의 콘셉트는 '색깔'이다. 채원은 학생들에게 '색깔'이라는 콘셉트를 리포트로 내주었다. 학생들은 그룹별로 색깔을 결정해서 예술 작품 속에 등장하는 색깔을 찾아내 나름대로의 방식으로 그걸 표현해 낼 것이다. 퍼포먼스를 하는 학생들도 있고, 랩으로 부르는 학생들도 있고, 그림을 그리기도 한다. 모든 방식은 학생들끼리의 토론을 통해서 진행된다. 그녀는 그 무엇에도 관여하지 않는다. 십 대 때부터 인터넷에서 감수성을 익힌 아이들의 사고방식은 합리적이고 자유롭다. 그녀는 그들의 차가운 피를 좋아한다.

채원은 열심히 강의 자료를 준비하고, 학생들은 그녀의 성실한 준비에 항상 감동한다. 그녀가 선택한 국문학과가 끊임없이 한국어로 된 책을 읽어야 한다는 것은 그녀에게 행운이었다. 그녀는 쓰겠다는 욕망을 버림으로써 평화와 안정을 얻었다. 그녀는 텍스트에 대한 질투가 없다. 그녀는 텍스트를 사랑한다. 그래서 그녀는 좋은 교수이다. 채원은 그녀의 노트에 필기되어 있는 모든 지식과, 그녀가 읽은 좋은 책들에 관한 정보를 학생들에게 알려 주고 싶었다. 그래서 그들이 시행착오를 줄였으면 했다.

채원은 머그잔에 커피를 따라서 한 모금 마셨다. 그런데 속이 메슥거리면서 울컥 구토가 일었다. 진짜 감기인가? 이번 감기는 구토를 동반하고 있나? 이상한 일이다.

채원이 한 남자를 만나 사랑을 하고 결혼을 하고 이혼을 하는 사이에도 변함없이 캠퍼스를 거닐었고 도서관에 앉아 있었다. 그녀는 국민학교 3학년 때 이미 석호에게 매혹당했다. 석호는 그녀가 다니는 성당의 복사였다. 석호는 작은 사제였다. 그녀는 그가 당연히 신학대학을 가서 사제가 될 줄 알았다. 그는 중·고등학교 내내 성소 피정(聖召 避靜)을 계속했다. 그에게서는 빛이 났다. 그녀는 그를 마음속 깊이 좋아했지만 그의 연인이 된다거나 사랑을 한다거나 결혼을 한다는 생각은 감히 할 수 없었다. 석호가 그녀의 남자친구였던 적은 없지만, 항상 그녀 옆에 공기처럼 흐르고 있었다. 그는 그녀를 진심으로 이해해 주는 친구였다. 그런데 석호가 신학대학을 가지 않고 사회학과를 간다고 했을 때, 그녀는 큰 갈등 없이 같은 대학 국문학과를 선택했다.

석호는 대학에 입학하고 나서 학생 운동을 시작했다. 석호는 전사가 되어서 목에 붉은 스카프를 매고 있었다. 그가 그녀에게 같은 동아리에 들어올 것을 권유했지만 그녀는 거절했다. 학습하고, 토론하고, 시위를 하는 것이 기질적으로 안 맞았다. 그는 성당에서도 빛이 났는데, 학교에서도 빛이 났다. 석호는 항상 바빴고, 시간이 없었다. 그녀가 그를 만날 수 있는 시간은 그가 집회 훈련을 끝내는 새벽뿐이었다. 전사들은 조직 폭력배 같았다. 상상해 보라. 머리를 빡빡 민 이십 대 초반의 남자들이 오밤중에 긴 쇠파이프를 들고 열을 지어서 달리는 모습을. 그것도 오월의 밤. 대학 캠퍼스 내에서. 며칠 전 그녀가 강의 시간에 그 얘기를 학생들에게 해 주었더니 학생들의 반응은 비슷비슷했다.

"왜요?" 하고 묻는 것이었다.

스무 살 난 대학생들이 왜 쇠파이프를 들고 싸움 훈련을 할까. 차라리 클럽에서 춤을 추고 있거나 그룹 섹스를 하고 있는 편이 더 이해하기가 쉬울 듯하다.

채원은 먼 훗날 그녀의 연구실이 될 건물 앞에 서 있는 산수유나무 아래서 이어폰으로 음악을 듣거나 엷은 불빛 아래서 책을 읽었다. 힘들면 잔디밭에 누워 있기도 하고. 그 시절 그녀는 퀸, 메탈리카, 이글스의 음반을 들었다. 훈련이 끝나면 석호는 그녀를 찾아와서 마치 다섯 살 계집 아이에게 하듯이 그녀의 머리카락에 손가락을 집어넣고 이마 위로 넘겨주었다. 그리고 후문 앞에 있는 포장마차에서 국수를 먹거나 소주를 마셨다. 새벽 불빛 아래서. 그리고 그는 그녀를 기숙사 앞까지 바래다주면서 매일 똑같은 말을 했다.

"수업에 지장 있으니까, 내일은 그냥 가서 자."

그녀는 고개를 끄덕였다. 그것이 그들 관계의 전부였다. 채원은 그에게 많은 것을 원하지 않았다. 그러나 일 년에 한 번쯤 그가 필요한 일이 일어났고, 그는 그녀에게 와 주었다. 석호는 3학년 때 사회과학대 학생회장이 되었고, 연인이 생겼다. 그의 연인은 그들의 일 년 선배이자 그 대학의 총여학생회장인 지숙이었다. 그녀가 검은 한복을 입고 집회를 이끌 때면 그녀의 온몸에서는 위엄이 넘쳤고 빛나는 카리스마로 학생들을 매혹시켰다. 그들은 남부 지역에서 제일 유명한 캠퍼스 커플이었다.

그날도 오월의 밤이다. 북소리와 함께 정태춘의 노래로 집회가 시작되었다. 거의 일만여 명의 학생들이 모인 대규모 집회였다. 지숙이 그날 사회를 보았다. 그녀가 연단에 오르자, 학생들이 일제히 라이터를 켜서 흔들었다. 밤하늘에 만 개의 불빛이 둥둥 떠다녔다. 석호에게 연인이 생겼지만 채원은 그와의 관계가 끝이 났다고 생각하지 않았다. 채원은 그에게 더 이상의 관계를 요구하지 않았다. 그녀는 그를 잃지 않기 위해서 더 이상 그에게 다가가지 않았다. 그를 완전히 잃는 것보다는 덜 갖는 쪽을 택했다. 채원은 그녀만의 작은 감옥에서 살았다.

석호는 4학년 때 대학 총학생회장이 되었고, 오월 전국 규모의 집회를 끝내고, 그날 수배가 되었다. 석호는 그녀가 원하면 항상 만날 수 있었는데 순식간에 그녀 옆에서 사라져 버렸다. 그녀는 그가 많이 보고 싶으면 총학생회로 놀러갔다. 후배들은 그가 학내에 있으니까 걱정하지 말라는 말만 할 뿐 그를 만나게 해 주지는 않았다. 그녀는 쉽게 먹을 수 있는 약밥이나 김밥을 총학생회에 놓고 나왔다. 그녀는 가끔씩 암호 같은 그의 답장을 받았다. 이제 그녀는 총학생회로 편지를 썼다. 그가 수배를 당한 지 1년쯤 지난 후 그는 학내를 떠났다. 그렇게 속절없이 시간이 흐르고 있었다.

그날은 1994년 5월 17일, 5·18 전야제였다.

문민정부가 들어선 후, 그 도시의 5·18 전야제는 작은 축제였다. 금남로에는 차량 출입이 통제되었고, 해방 광주, 해방 금남로였다. 전야제에는 다른 도시에서 온 대학의 노래패들과 풍물패들도 공연을 하고 있었다. 채원은 박사 과정에 있는 친구들과 금남로로 놀러갔다. 원광대에서 온 노래패가 열을 지어서 '당나귀송'이라는 유머러스한 노래를 부르고 있었다. 그날 전야제에서 가장 히트를 친 소공연이었다. 그 노래패는 '서울에서 평양까지'와 '불타는 탱고' 공연도 했는데, 공연을 보던 대학생들이 합세해서 금남로에는 '불타는 탱고' 춤판이 벌어졌다.

채원은 '불타는 탱고' 춤판을 보다가 한 남자와 눈이 마주쳤다. 그 남자는 금남로의 인파 속에 서 있었다. 얼굴이 조금 검고 머리가 길었지만 분명 석호였다. 그녀가 '석호야' 하고 부르려는 순간 그의 눈길이 완강하게 거부했다. 그녀가 석호를 향해 뛰어가려는데, 건장한 남자 한 명이 고양이가 쥐를 낚아채듯이 석호의 오른팔을 끼었다. 그러자 사복 경찰 네 명이 그를 에워쌌다. 그는 그녀에게 짧게 눈인사를 했다. 사복 경찰들은 석호의 팔을 붙들고 가톨릭센타 뒷길로 사라졌다. 석호는 소리치거나 반항하지 않고 순순히 끌려갔다. 평화가 온 것 같은 금남로에는 '불타는 탱고'가 더 크게 울려 퍼졌다. 금남로의 인파는 점점 불어났다. 채원의 다리에서 스르르 힘이 풀렸다. 그녀는 금남로에 무너지듯이 주저앉았다. 석호는 그녀가 보는 앞에서 끌려갔다. 그녀가 무엇을 할 수 있었을까?

채원은 그의 구속 소식을 방송으로 보았다. 석호가 교도소에 수감되자 그녀는 그가 수배를 당하고 있을 때보다 차라리 속이 더 편했다. 그녀는 제대로 된 주소로 편지를 썼다. 그는 꼬박꼬박 답장을 해 주었다. 그의 전사 연인은 그와 비슷한 시기에 잡혀 들어갔고 성폭행 당했다. 지숙은 구속되지 않고 석방되었지만 서서히 미쳐 갔다. 결국 그녀는 정신병원에 입원을 했는데 환자복을 찢어서 목을 매 자살해 버렸다.

그 사이 채원은 석사 논문이 통과되었고 박사 과정에 입학했다. 여전히 강교수가 지도 교수였고 그녀는 '현대문학'을 전공했다. 그녀는 박사 과정 때도 깨끗하게 노트 필기를 했고, 꼼꼼한 주석을 단 논문을 썼으며 교양 과목의 강의를 시작했다. 그녀가 박사 학위를 받던 해 그는 만기 출소를 했고 환경 단체에서 시민운동을 하기 시작했다. 그는 또 시간이 없었다.

채원과 석호는 스불아홉에 결혼을 했다. 첫날밤 석호는 그녀가 성적으로 남자관계가 처음이라는 것을 알고 나서 어이없어 했다. 어이없는 것은 그녀였다. 그녀가 어떻게 살아왔는지 누구보다 그가 더 잘 알았다. 남자를 사귀어 보지 못한 그녀가 남자와 잠을 잤으리라고 생각한 그가 더 이상했다. 석호와의 섹스는 남자와 여자로 갈라지기 이전의 시원의 그것처럼 친밀했다. 그는 그녀를 아주 오랫동안 안아 주었다. 그녀는 그의 심장 뛰는 소리를 들으며 잠이 들고 잠에서 깨어났다.

　처음에는 그냥 살았다. 그녀는 공부를 하고 그는 시민운동을 했다. 최소한의 생활비로 살았다. 나쁘지 않았다. 아니 그녀는 그가 매일매일 그녀 옆에서 잠을 잔다는 사실이 신기했다. 그는 자주 팔베개를 해 주었고, 입맞춤을 해 주었다. 그런데 일 년이 지나도 임신이 되지 않았다. 그녀는 자신이 임신에 대한 광포한 욕망에 빠지지 않기 위해 노력하는 정도였다.

　강의가 없는 한가한 오후였다. 대학 동기인 승혜에게서 전화가 왔다. 승혜는 항상 남을 먼저 배려하는 상냥하고 사랑스런 여자였다. 그녀는 몇 번의 맞선 끝에 부모님이 정해 준 소아과 의사와 결혼을 했다. 지금 자신에게 와 줄 수 있는지를 묻는 승혜의 목소리는 너무 절박했다. 그녀가 있는 장소는 뜻밖에도 백화점 정문 앞 벤치였다.

　채원은 택시를 타고 백화점으로 향했다. 승혜는 백화점 정문 앞에 있는 벤치에 넋이 반쯤 나가서 앉아 있었다. 채원은 택시를 잡아서 승혜를 그녀의 아파트로 데리고 왔다. 택시 속에서도 승혜의 몸은 부들부들 떨리고 있었다.

　승혜는 아파트에 도착하자, 화장실로 뛰어가더니 속의 모든 것을 게워 내고 블라우스를 훌훌 벗고, 속옷 차림으로 거실 바닥에 주저앉았다. 그녀는 채원이 내민 얼음물을 꿀꺽꿀꺽 마셨다.

"무슨 일이야?"

승혜는 그때까지도 부들부들 떨었다.

"병원으로 갈까?"

"아냐. 아냐. 채원아, 채원아, 나 미쳤나 봐. 아니 아니 참 전화 좀 해줘, 전화 어딨어. 전화해야 해. 전화……."

"도대체 무슨 일이야?"

"너, 너, 비밀 지킬 거지?"

"그럼, 그럼."

채원은 승혜를 품에 안고 등을 두들겨 주었다.

"전화해야 해. 전화."

"그래. 그래. 내가 할게. 말해."

"아까 백화점에서 ……. 나도 모르겠어. 5층 아기용품점 앞에서 네 살바기 여자아이를 봤어. 그 아이가 나를 보고 방실방실 웃는 거야. 일이 분쯤 됐을까. 나도 모르겠어. 갑자기 그 아이를 사랑하게 돼 버렸어. 쳐다보며 웃다가 엘리베이터 문이 열렸거든. 내가 타니까 그 아이가 나를 따라서 엘리베이터 안으로 들어오는 거야. 순식간에 내가 엘리베이터 닫힘 버튼을 눌렀어. 그리고 1층에서 내가 내리니까 그 아이가 나를 따라서 내리는 거야. 내가 앞서 걷고 걔가 나를 따라오는 거야."

채원은 114로 전화를 해서 백화점 전화번호를 물었다.

"정문 앞에서 아이가 엄마가 없는 걸 알고 나서 크게 울음을 터트렸어. 그러자 거기 있던 백화점 안내 데스크 아가씨가 그 아이를 데려가고."

"몇 시쯤이었어? "

"아까 너한테 전화한 그 시간….."

채원이 승혜의 전화를 받은 것은 오후 세 시경이었다. 채원이 백화점으로 전화를 걸어서 확인을 하자, 그 아이는 엄마를 찾았다고 했다.

"분명히 오후 세 시경에 네 살배기 여자아이가 1층에서 발견되었지요? 그러면 그 아이는 얼마쯤 후에 보호자를 만났나요?"

"한 이십 분쯤 후일 거예요. 그 아이와 무슨 관련이 있으신가요?"

"아니에요. 틀림없죠?"

"그럼요."

"제 이름은 김채원인데요. 아가씨 이름이 어떻게 되죠?"

"김영숙입니다."

"아까 그 아이는 분명히 보호자를 만난 거죠?"

"네. 그렇습니다."

백화점 안내 데스크의 아가씨는 채원이 되풀이하는 질문에 끝까지 상냥하게 응수했다.

승혜는 바지의 단추를 풀고 있었다.

"답답해. 나 바지 좀 벗을게."

채원이 자기의 반바지를 들고 오다가 기절할 뻔했다. 승혜가 바지 속에 무명으로 된 누런색의 이상한 고쟁이 같은 속옷을 입고 있었다.

"이, 이게 뭐야?"

"유명한 가문에서 이 속옷만 입으면 아들을 낳았대. 엄마가 무당한테서 이백만 원에 사 왔어. 이 속에 부적도 있어."

승혜는 그 고쟁이 속에 있는 주머니에서 누런 종이에 붉은 글씨가 써진 부적을 보여 주었다.

채원은 승혜를 오래오래 안아 주었다.

"이제 그만 포기해. 승혜야. 안 되는 일이잖아. 아이 없이도 살 수 있고, 남편이 입양하자고 한다면서. 그러니까 입양해서 길러. 아까 그 아이처럼 금세 정이 들 수도 있잖아."

"포기가 안 되는데 어떻게 포기를 해. 이건 철민 씨하고도 상관이 없어. 길거리를 다녀도 아기만 눈에 보이고 쇼핑을 해도 아기 옷만 보이고, 병원도 산부인과만 보이고, 하루 종일 임산부밖에 눈에 안 보여. 채원아 나 임신할 수 있단 말야. 두 번이나 유산했었거든. 그리고 병원에서도 가능성이 있대."

승혜는 결혼한 지 7년째였다.

"내내 잊고 살다가도 신생아 냄새만 맡으면 막 미칠 것 같애. 어제 우리 시누이 애기 보고 왔거든. 너는 애기 살이 얼마나 부드러운지 몰라. 너는 애기 냄새 모르잖아. 내 의지로 자제가 안 돼. 애기 냄새를 맡으면 마약 먹은 사람처럼 막 가슴이 뛰고 숨이 가빠져. 알코올 중독은 치료라도 하지. 나 세 달에 한 번씩 생리도 안 해."

"생리를 왜 안 해?"

"상상 임신이야. 내가 임신을 했다고 상상을 해서 생리가 끊기는 거야. 생리가 없어서 병원에 가 보면 상상 임신이야. 내 의지로 포기가 안 돼. 채원아 나 임신하고 싶어. 임신하고 싶어."

끝내 승혜는 임신이 되지 않았고 이혼 당했다. 부모님이 하라는 대로, 선생님이 하라는 대로, 열심히 공부를 하고, 규칙을 잘 지키고, 양보만 하면서 모범생으로 살아온 승혜는 항상 착하고 예쁘고 공부 잘 하는 아이로 칭찬만 들으며 자랐다. 부모님이 원하는 불문학과를 가고, 대학을 졸업한 후에는 부모님이 끊어 준 요리 학원을 마치고, 부모님이 정해 준 의사와 결혼을 해서 남편 뒷바라지만을 했다. 직장 생활을 하거나 학위를 해서 살림을 엉망으로 살지 않고 오로지 남편 뒷바라지만을 하면서 깔끔하게 살림을 하는 승혜를 부모님도, 시부모님도 알뜰살뜰 사랑해 주었다.

사랑받는 것에 너무나 익숙해서 시부모님의 사랑마저 당연하게 여기던 승혜에게 불임은 그녀의 삶 전체를 뿌리 끝부터 뒤흔들어 놓았다. 사회의 질서 안에 편입되어서 안전한 강철판을 딛고 서 있는 것 같던 승혜의 삶이 실은 유리판 위에 위태롭게 서 있는 마리오네트 인형의 삶이었다.

임신만은 도무지 자신의 힘으로 어떻게 해 볼 수가 없었다. 점점 냉정하게 변해 가는 남편과 시부모님 앞에서 그저 겁에만 질려 있다가, 남편이 비정하고 냉혹한 방식으로 이혼을 통보하는 날 아침까지, 남편의 와이셔츠를 풀 먹여서 빳빳하게 다리고 있었다.

그날 이후 채원은 여교수들을 살펴보았다. 놀랍게도 많은 여교수들이 아이가 없었다. 결혼하면 누구에게나 아이가 생기는 것 줄 알고 있던 채원은 머리를 망치로 얻어맞은 것 같았다. 결혼한 지 일 년쯤 지난 후였다. 다른 부부들은 보통 일 년 안에 임신이 되지 않으면 불임으로 보고 이런저런 치료를 시작했다. 그런데 석호는 항상 바빴고 같이 산부인과에 가 보자는 말도 꺼내지 못한 채 시간이 흘러갔다. 석호와의 사이는 좋지도 나쁘지도 않았다.

다만 그녀 혼자서 아기를 기다렸다. 어느 날인가 승혜의 행동들이 순식간에 이해가 되었다. 어느 날부터인가 길거리를 다니면 임신부만 눈에 띄었다. 캠퍼스 내에서도 임신부만 보였다. 캠퍼스 내에도 임신부는 많았다. 임부복을 파는 옷가게 앞에서 멍하게 서 있고는 했다. 심지어 거의 십만 원에 가까운 임부복을 사기도 했다. 쇼핑백을 들고 오면서 입속으로 "미쳤어. 미쳤어."를 중얼거렸다. 그녀는 처음으로 신께 기도를 했다. 석호를 닮은 아기를 주시든지. 아니면 아기를 갖고 싶은 욕망을 꺼 주시라고. 아기도 오지 않았고, 열망도 수그러들지 않았다. 그러나 석호는 변함없이 그녀를 아껴 주었고, 그녀의 말을 들어주었으며 다정하게 안아 주었다.

무덤도 없는 그의 전사 연인의 기일에는 강으로 여행을 갔다. 강 언덕에 앉아서 강물에 국화를 띄워 보냈다. 그는 소주에 취해 꺼이꺼이 목울음을 울었고, 그녀는 괜히 심란해져서 국화목만 뚝뚝 부러뜨렸다. 그가 술에 취해서 언덕에 쓰러져 잠이 들어 버렸다. 그때 그녀는 '노킹 온 헤븐스 도어'가 듣고 싶었다. 왠지 좀 진력이 났다. 벌써 서른이 넘어 버렸고 그들은 늙어 버렸다. 그녀는 불임이었고 변할 것이라고는 아무것도 없었다. 스무살 때부터 사는 것이 진절머리가 났는데 어쩌다 보니, 죽어 버린 옛 연인을 가진 남자의 아내가 되어 있었다. 심란한 인생이었다. 기일을 두 번 지냈으니까 삼 년 정도 살았을 즈음이었다.

3

채원이 미연의 방문을 받은 것은 강의가 없는 한가로운 오후였다. 노크 소리가 두 번 들리더니 머리를 한 갈래로 묶은 스물 서너 살 가량 되어 보이는 여자가 들어섰다.

"무슨 일로 오셨나요?"

미연이 채원에게 머리 숙여 인사를 하고는 가만히 서 있었다. 상심이 가득한 얼굴이었다.

"이쪽으로 앉으세요."

채원은 어깨를 으쓱하고는 책상에서 일어나 소파로 가서 앉았다.

"차 한잔 하실래요?"

"네. 교수님."

그녀가 교수님이라는 호칭을 쓰는 것으로 보아 그녀에게 강의를 들은 적이 있는 학생 같았다.

"저한테 수업을 받은 적이 있어요?"

"네, 문학의 이해 받았어요."

"그랬군요."

채원은 내려져 있는 원두커피를 머그잔에 따라서 주었다.

"교수님. 저 아이를 가졌어요."

채원은 차갑고 단단한 수정 같은 눈빛으로 미원의 눈을 응시했다.

"삼 개월째고 아이의 아버지는 윤석호 선생님이에요."

채원은 천천히 커피를 삼켰다. 커피가 목에서 걸렸다. 그녀는 천천히 머그잔을 테이블 위에 올려놓았다. 심장이 두근두근 뛰기 시작했다. 그녀의 온 몸이 미세하게 사르르 떨렸다. 그녀는 테이블 아래에서 두 손을 맞잡았다. 오른손 엄지 손톱이 왼손 살을 파고 들어서 왼손에서 핏물이 흘러나왔다.

"사귄 지는 오 개월쯤 되었어요. 저는 선생님을 사랑하고 존경해요."

"석호 씨는 알고 있어요?"

"아뇨. 아직 모르세요."

"저에게 이 말을 하는 이유가 뭐예요?"

"혼자서 생각을 많이 했는데요. 저는 선생님이 필요해요. 사랑하는 사람으로서가 아니라 아이의 아빠로서요."

사건은 이미 발생했고 무엇인가를 그녀가 선택해야 할 상황인 것 같았다. 채원은 숨을 깊게 들이쉬었다.

"지금 조금 복잡하니까 그만 나가 주세요."

석호는 곤혹스러워했지만 아이의 존재를 부정하지는 않았다. 그녀는 지옥의 불구덩이 속에 빠져 있는 것 같았다. 지옥이 있어서 불구덩이가 실제 있다면 이럴 터였다. 온몸이 너무 뜨거워서 옷을 입고 있을 수가 없었다. 옷을 모두 벗고 목욕 타월을 얼음물에 담근 후 몸에 감았다. 이가 딱딱 마주칠 정도로 온몸이 얼었지만 그녀의 몸은 불타는 것처럼 뜨거웠다. 너무 손을 꽉 쥐어서 왼손이 상처 투성이였다. 그녀는 석호의 품에 안겨서 얼음으로 감싼 목욕 타월을 뒤집어쓰고 덜덜 떨었다.

"미안해. 미안해. 채원아 미안하다."

석호는 밤을 새워서 그녀의 몸의 열을 내렸다. 그녀는 새벽 네 시쯤 되었을 때 몸속의 모든 것을 게워냈다. 토하고, 지쳐서 잠들고, 토하고, 지쳐서 잠들었다. 이 끔찍한 지옥이 끝나지 않고 영원히 계속될 것만 같았다. 나중에 속에서 노란 위액을 게워 냈을 때, 그녀는 탈진했다. 결국 119 구급차에 실려서 병원으로 실려 갔고, 응급실에서 수액을 맞았다. 몸속의 물기가 모두 빠져 나간 것 같았다.

"석호야. 어떡해. 나 정말 어떡해."

"미안해. 미안하다. 채원아, 정말 미안해."

석호는 응급실의 철제 침대를 양손으로 붙들고 고개를 푹 꺾고 바닥에 무릎을 꿇고 울고 있었다. 채원은 침대에 누운 채로 석호의 어깨를 붙잡고 밤새 속울음을 울었다. 그녀는 이틀 동안 병원에서 영양제를 맞고서 어느 정도 기력을 회복했다. 석호는 묵묵히 병간호를 했다. 똑, 똑, 떨어지는 링거액을 바라보고, 밥을 먹는 그녀를 위해 물을 떠오고, 잠이 들어 있는 그녀의 머리맡에서 새우잠을 잤다.

일상은 무심하게 다시 시작되었다. 그녀는 캠퍼스로 돌아갔고 강의 준비를 시작했다. 그런데 며칠 후 미연이 다시 전화를 했다. 산부인과에 가야 하는데 같이 갈 사람이 없다는 것이었다. 한심한 노릇이었다. 결국 채원은 친구 효진의 산부인과로 미연을 데리고 갔다. 효진은 남편의 아이를 임신한 여자와 함께 산부인과에 나타난 그녀를 보고는 눈을 흘겼다. 그러나 미연에게 적대감을 나타내지는 않았다. 의사로서 살아온 세월의 힘이었다.

"약속 없으면 저녁이나 먹자. 타샤의 정원에 있어."

채원은 그러겠노라는 눈인사를 하고 진료실을 나왔다. 병원 뜰에 빨간 들장미가 피어 있었다. 누구 취향일까? 타샤의 정원은 평범한 인테리어를 하고 있지만 음식 맛이 좋은 이탈리안 레스토랑이다. 그녀는 맥주 두병을 시켜서 먼저 마시기 시작했다. 효진은 일곱 시가 조금 넘자, 약간 피로한 표정으로 나타났다. 그들 앞에 봉골레 파스타가 놓여졌다.

"너희들 뭐야?"

"뭐가?"

"느닷없이 임신은 뭐고. 그 여자가 왜 너하고 함께 내 병원에 오는 거냐고?"

"너 산부인과 의사잖아."

"나는 산부인과 의사이기 전에 네 친구야. 병원 바꾸라고 해. 난 너희들하고는 질이 다른 사람이니까. 나 골치 아파. 다음부터 다른 의사한테 가. 나는 채원이 네 불임 주치의야. 너희들 문제는 너희끼리 해결해. 감정적인 문제를 의사인 나한테 떠넘기려고 하지 마."

"어떻게 알았어? 내 문제를 너한테 떠넘기려고 한 거."

"너희들은 덫에 걸린 거야. 석호 씨나 너나. 아까 걔 저 혼자서는 아무것도 하지 못하는 애야. 의사로서 할 말은 아니지만, 그 나이 또래 다른 애들이었다면 문제를 이렇게 복잡하게 끌고 가지도 않아. 한마디로 걔는 지금 아무 대책이 없어. 석호 씨가 어떤 사람인지도 모르고 있고. 덜컥 애를 낳아서 그 애를 누가 기를 건데."

"미연이는 합법적으로 결혼해서 아이를 기르고 싶대."

"내가 미쳐요. 미쳐. 스물두 살에 운동하는 남편과 재혼을 하신다고? 넌 어쩔 건데?"

"내가 뭘 선택할 수 있겠니? 지금 석호 씨가 제일 필요한 사람은 아기잖아. 그리고 너도 알잖니. 미연이는 인생 전체를 걸고 있는데 나는 그 아이보다 열정이 없잖아. 그리고 어쩜 석호 씨도 아이를 갖고 싶어 할 수도 있잖아."

"다들 미쳤어."

식사를 마치고 맥주를 더 마셨는데 둘 다 취해 버렸다.

결국 채원과 석호는 협의 이혼 절차를 밟았다. 일부일처제인 가부장제 사회에서 채원은 다른 방법을 찾을 수가 없었다. 채원은 새 생명의 존재를 인정했다. 그녀가 또 다른 상황을 선택할 수 있었을까. 끝까지 석호를 붙들고 놓아주지 않았다면 어떻게 됐을까. 그러기에는 채원은 석호를 너무 잘 알았다. 그의 몸속의 정의로운 피를.

채원은 처음으로 그가 본능적으로 아이를 원하고 있었을지도 모른다는 생각을 했다. 그녀는 자신의 아랫배를 쓸어 보았다. 쓸쓸해졌다. 이혼이 결정이 나는 날, 석호는 채원의 머리를 오랫동안 쓰다듬어 주었다.

"아프면 연락해. 나도 전화 자주할게."

채원은 고개를 끄덕였다.

이혼은 석호가 그의 짐을 챙겨서 집을 나가는 것으로 끝이 났다. 석호의 짐은 간단했다. 채원의 서재에 있는 사회 과학 책들은 거의 대부분이 그의 책이었지만, 그는 책은 그대로 놔두고 옷가지만 챙겨서 나갔다. 무엇인가가 아주 크게 어긋나 버렸지만 채원은 석호와 영원히 헤어졌다고는 생각하지 않았다. 다만 부부의 인연을 풀었을 뿐이다. 채원은 그들의 아기 산달에 그의 예금 계좌에 돈을 입금시켜 주었다. 그에게 필요한 것은 돈일 터였다. 그가 미연과 재혼을 한 후에도 그들은 한 달에 한번쯤 만나서 밥을 먹었다. 그리고 그는 채원의 아파트 앞까지 그녀를 바래다 주었다. 아파트 앞 벤치에서 그는 그녀의 머리를 연신 쓰다듬어 주었다. 그들은 섹스는 하지 않았다.

그런데 언제부터인지 바람결에 석호 부부의 불화가 그녀의 귓가에 들려왔다. 그리고 미연이 그녀에게 전화하기 시작했다. 관계에 열정적이고 사랑받기를 원하는 어린 그의 아내는 석호의 삶의 방식에 고통 받았다. 그러나 어쩌겠는가. 굳이 결혼이라는 합법적인 체제를 원한 것은 미연이었다. 미연은 석호에게 가부장제 체제 내에서의 아버지의 역할을 요구했고 그는 들어주었다. 그건 사랑 이전의 인간적인 관계였다. 그 부분에서 채원도 동의했다. 그런데 미연은 이제 석호에게 안정된 가정을 요구하고 있었다. 그녀는 석호가 영원히 그녀에게 줄 수 없는 것을 원하고 있었다.

석호는 처음부터 어느 한곳에 정착하거나 현실에 안주할 수 있는 사람이 아니었다. 미연은 그가 활동가인 것을 알고 결혼했다. 그런데 경제적인 궁핍과 사회의 적대적인 시선, 그리고 그의 활동가로서의 삶의 방식에 질릴 대로 질려 버린 미연은 채원에게 전화해서 넋두리를 늘어놓거나 눈물 바람을 했다. 하소연할 곳 없는 그녀의 처지는 이해하지만 미연은 어리석게도 채원이 그녀에게 줄 수 없는 것을 요구하고 있었다. 채원은 그녀의 친구가 아닌 것이다. 채원의 가슴에서는 아직도 뜨거운 불이 타고 있음을 석호도 미연도 모르고 있었다.

결국 채원은 더 이상 상처 입지 않기 위해 그들과 얽힌 인연을 끝내야 했다. 미연은 그녀에게 만나 줄 것을 원했다. 채원은 감정 없이 그러나 단호하게 말했다.

"앞으로 더 이상 전화하지 마세요. 저는 대학 교수고 공부하는 사람입니다. 당신이 저의 시간을 당신 마음대로 쓸 수 있다고 생각하지 마세요. 당신은 저에게 이혼을 요구했고 저는 들어주었습니다. 당신은 당신이 선택한 삶을 책임져야 합니다. 앞으로 저에게 전화할 때는 조교 학생을 통해 주세요."

그녀는 석호가 일하는 환경 단체의 회원에서 탈퇴했다. 그리고 더 이상 석호를 만나지 않았다. 처음으로 석호가 지겨워졌다. 그의 뜨거운 피가. 채원은 많이 지쳐 있었다. 이혼은 그녀에게도 많이 피로했다. 느닷없이 그녀 삶 속으로 뛰어든 미연은 그녀의 목덜미를 잡고 놓아주려 하지 않았다. 그녀는 미연과의 관계를 끝내기 위해, 미연이 붙든 힘만큼이나 강렬한 힘이 필요했다. 석호와의 관계를 끝내는 것보다 미연과의 관계를 끝내는 일이 더욱 힘이 들었다.

4

　채원은 간단하게 화장을 하고 아파트 주차장으로 나갔다. 효진이 탄 벤츠 승용차가 주차장에 세워져 있었다. 효진은 검은색 선글라스를 쓰고, 누가 봐도 기가 죽을 만큼 도도한 표정으로 운전대를 잡고 있었다. 깎은 것처럼 아름다운 효진의 미모는 세월이 지나도 변함이 없었다. 반듯한 단발머리가 바람에 살짝 흩날렸다.

　효진과 채원은 고등학교 동창이다. 효진은 종합병원 원장의 외동딸이었다. 효진은 어렸을 때부터 어머니로부터 미래의 병원 원장으로 훈련을 받았다. 그녀는 훤칠한 키에 조각칼로 깎아 놓은 것 같은 아름다움을 갖고 있었다. 그녀는 아침마다 검정색 포니승용차에서 내려서 허리를 꼿꼿하게 펴고 도도한 걸음걸이로 교실로 걸어 들어왔다. 그녀는 피아노도 잘 치고 그림도 잘 그렸다. 전교 수석이었고 공부를 열심히 한다는 사실을 굳이 숨기지도 않았다. 그녀의 질릴 만큼 차가운 도도함이 여학생들을 자극했다. 효진은 2학년 때부터 전교생으로부터 집단 따돌림을 받았다. 반의 모든 학생들이 그녀를 유령 취급했다. 채원은 무심한 듯이 효진을 친구로 받아들였다. 그녀는 그 힘겨운 상황에서도 열심히 공부를 했고, 결국 의과대학을 갔고 의사가 되었다.

　채원이 효진의 옆자리에 앉았다. 채원과 효진의 쉬는 날이 맞아서 무위사로 바람을 쐬러 가기로 했다. 오랜만의 나들이여서 채원은 기분이 들떴다. 그녀는 바람결에 마음을 맡기고 느긋하게 시트에 등을 기댔다. 그런데 속이 메슥거리기 시작했다.

"속이 안 좋아?"

"응. 왜 그러지? 아침도 안 먹었는데. 나 요 며칠 계속 그래."

그때 채원은 울컥하고 구토가 치밀었다. 그녀는 차를 세우고 도로가에서 속의 모든 것을 게워 냈다. 효진은 그녀의 등을 두드려 주었다.

"체했나 보다. 그런데 너 꼭 입덧하는 사람 같애."

그러나 그녀의 메슥거리는 속은 가라앉지 않았다.

무위사에 도착해서 간단하게 점심을 먹었다. 그녀는 된장국 냄새를 맡자 다시 울컥 하고 속이 솟구쳐 올랐다. 효진이 걱정스러운 눈길로 그녀를 바라보았다.

"너 진짜 아무 일 없는 거야?"

"무슨 일?"

"너 지난달에 생리는 했니?"

"너 지금 무슨 소리 하는 거야?"

"글쎄 말이야. 그러니까 이상하지. 근데 너 지금 꼭 입덧하는 것 같애. 어쨌든 내일 오후에 병원으로 와. 내과 질환이어도 진찰은 받아야 하잖아."

채원은 속으로 생리 날짜를 손으로 꼽아 보았다. 그리고 보니 생리 날짜가 지났다. 그들은 간단하게 차 한 잔을 마시고 되돌아왔다. 돌아오는 차 속에서도 그녀의 속은 계속해서 메슥거렸다. 채원은 구토와 메슥거림이 밤새 내내 멈추지 않았다. 다음 날 채원은 약속된 시간에 효진의 병원으로 향했다.

채원은 소변을 받아 온 컵을 내밀었다. 잠시 후 효진은 차트를 펴고 채원을 바라보았다. 긴장감이 그녀의 등줄기를 훑고 지나갔다.

"임신 6주째야. 확실해."

효진은 감정 없이 무심한 목소리로 말했다. 채원은 입술을 깨물었다. 채원은 팬티를 벗고 진료대에 누웠다. 효진이 그녀의 아랫배에 젤을 바르고 초음파 기계를 문질렀다. 아랫배가 서늘했다.

"쿵 쿵 쿵 쿵, 쿵 쿵 쿵 쿵."

규칙적으로 아기 심장이 뛰는 심음이 들렸다. 채원의 머리에서 발끝까지 전류가 관통했다. 채원이 벌떡 몸을 일으켰다. 효진이 그녀의 상체를 손으로 누르고 아랫배의 기계를 다시 문질렀다.

"저기 작은 점 보이지? 그게 아기야. 지금부터 16주까지 조심해야 해."

효진이 초음파 기계를 아랫배에서 떼자 사진이 인쇄되어 나왔다.

"효진아 내진 좀 해 볼래. 그럴 리가 없어."

효진은 채원의 아래로 손가락을 밀어 넣었다. 선뜩한 이물질이 그녀의 몸속으로 들어왔다.

"임신 확실해. 아기 자리도 잘 잡았고."

효진과 채원은 진료실에 마주 앉았다.

"이유야 어떻든 너나 나나 사실을 받아들여야 할 것 같아. 임신은 확실해."

효진은 더 이상 말을 하지 않고 차트를 덮었다. 진료가 끝났다는 완곡한 표시였다. 효진의 표정도 몹시 곤혹스러워 보였다.

"몸조리 잘해. 상황을 빨리 받아들이는 것이 나을 것 같다. 나랑은 며칠 후에 다시 얘기하자."

효진의 얼굴에는 어느샌가 의사로서의 직업적인 기품이 흐르고 있었다. 효진은 그녀에게 서랍에서 명함 한 장을 내밀었다.

"유능한 산부인과 의사야. 내가 아닌 다른 산부인과 의사가 필요하면 찾아가 봐. 그리고 인공 유산은 16주 이전에만 가능해."

채원은 집에 돌아오는 내내 자신의 아랫배를 쓸어 보았다. 그녀의 황량한 자궁에 아이가 들어선 것이다. 그녀의 몸속에서 생명이 자라고 있는 것이다. 채원은 그날 밤 변기를 붙잡고 모든 것을 게워 내면서 아기의 존재를 인정했다. 아이는 그런 식으로 자신의 존재, 현존을 증명하고 있었다. 채원은 침대에 누워서 아랫배를 쓸어 보았다. 그녀의 몸과 마음에서 뜨거운 피가 돌기 시작했다.

5

채원은 그때 중학교 1학년 학생이었다. 그날은 학교에 휴교령이 내려져 있었다. 그녀는 동생과 함께 산으로 아카시아 꽃을 따러 갔다. 바구니 가득히 아카시아 꽃을 따 가지고 집으로 돌아왔다. 된장국 냄새가 가득한 집은 아늑하고 평화로웠다. 열무김치에 된장국으로 맛있는 저녁밥을 먹고 있는데 강아지가 컹컹 짖는 소리가 들리고 광주에서 대학에 다니는 오빠가 방으로 들어섰다. 오빠는 몹시 지쳐 보였다.

"광주에서부터 걸어서 왔다."는 한마디만 하고 방으로 들어가서 누워 버렸다. 그것이 그녀의 가족들이 들은 그의 마지막 말이었다. 그날 이후, 그는 대학으로 돌아가지 않았고 방 안에서 뒹굴거렸다. 그해 오월에 그 도시에서 무슨 일이 일어났는지 아무도 알 수가 없었다.

채원은 변함없이 학교를 다녔고 부모님은 과수원에서 배 농사를 지었다. 여름이면 매미가 울었고 가을에는 배가 익었다. 변한 것은 아무것도 없었다. 오빠만 빼놓고. 몇 달을 방 안에서 뒹굴거리던 오빠가 어느 날인 가부터 집 밖으로 나돌기 시작했다. 그즈음 동네에서는 오빠가 공부를 너무 열심히 해서 돌아 버렸다는 소문이 돌았다. 그 소문은 내가 다니는 학교에도 돌았고 친구들은 나를 보면 머리에 꽃을 꽂는 시늉을 하면서 키득거렸다. 그런데 오빠는 그녀가 봐도 조금 미친 것 같았다. 비만 오면 어딘가를 정처 없이 쏘다니다가 온몸에 비를 흠씬 맞고 돌아와서 아무것도 안 먹고 며칠씩 잠만 잤다. 부모님은 쉬쉬하면서 오빠 눈치만 살폈다.

어느 오후 그녀가 학교에서 돌아왔는데 아버지가 작대기로 오빠를 두들겨 패고 있었다.

"이 미친놈아 차라리 나가 죽어라, 죽어."

오빠가 다리 밑에 사는 미친 거지에게서 밥을 얻어먹다가 아버지에게 끌려왔다. 엄마는 마당에 질펀하게 주저앉아서 땅을 치면서 꺼이꺼이 통곡을 하고 있었다. 오빠는 무릎을 꿇고, 벌벌 떨면서 아버지께 빌고 또 빌었다. 그 모습은 아버지의 혼을 빼놓았다. 오빠 머리에서 시뻘건 피가 줄줄 흘러내렸다. 얼굴과 옷이 피범벅이 되었다. 그 광란의 오후가 지나고 며칠 후에 오빠는 미친 거지가 사는 다리 옆에 있는 방죽에 빠져 죽었다. 동네 사람들은 오빠가 자살을 했다고 수군거렸다. 그날 이후 집은 동굴 같은 어둠에 갇혀 버렸다. 집은 작은 감옥이었다. 아무도 큰 소리로 말하지 않았고 더 이상 아무 일도 일어나지 않았다. 무엇인가 끝이 나 버렸다.

채원은 무엇인가를 원하지 않았다. 집보다 학교가 더 편했다. 학교에서 공부만 했다. 그녀는 끊임없이 책을 읽고 싶었지만, 부모님께 책을 사달라고 말하기도 번거로워서 그냥 교과서를 읽었다. 영어도 잘 했고 수학도 잘 했다. 그렇게 고등학교를 졸업했다. 채원은 단과대 수석으로 4년 장학금을 받고 오빠가 다니던 대학의 국문학과에 입학했다. 그리고 작은 가방에 짐을 싸서 대학 기숙사로 들어갔다. 그것이 그녀의 캠퍼스 인생의 시작이다.

그리고 그해 오월. 그러니까 그녀가 스무 살이 되던 해 오월.

채원은 산수유나무 아래서 책 한 권을 보게 되었다. 남자의 등에는 총부리가 겨누어져 있었고, 군인의 군홧발이 남자의 등을 내리찍고 있었다. 그는 땅바닥에 엎드려서 고개를 쳐들고 있었다. 그의 눈빛은 비굴해 보이기도 하고 슬퍼 보이기도 했다. 남자는 그녀의 오빠였다.

채원의 눈에서 눈물이 흘러내리기 시작했다. 온몸의 물기란 물기, 습기란 습기가 모조리 몸 밖으로 빠져나갔다. 그녀는 스르르 쓰러졌다. 눈물이 흐르는 대로 내버려 두었다. 여전히 오월이었고 기억은 거기서 끊긴다. 그녀가 왜 거기에 있었는지. 그 책이 금서였는지. 출판물이었는지. 그녀가 어떻게 그 책을 읽게 되었는지 아무 기억이 없다. 그 책은 '광주민주화운동' 사진 자료집이었다.

그녀는 울다가 잠이 들었다. 깨 보니 캠퍼스에는 어둠이 내려 있었다. 밤 열 시였다. 배가 고팠다. 그녀는 후문 앞 슈퍼에서 빵과 우유를 사 왔다. 목이 컥 컥, 메었고 더 이상 눈물은 흐르지 않았다. 그녀는 그해 오월에 오빠에게 무슨 일이 일어났는지 모두 이해했다. 그녀의 일상은 변하지 않았다. 이제 정말 아무것도 열망하지 않게 되었다. 그냥 시간표대로 선공 과목 공부만 했다. 유일한 취미는 책을 읽고 독후감을 쓰는 일이었다. 그것이 가장 안전했다. 무엇인가 비상구를 찾기 위해 버둥거리는 어리석은 짓은 하지 않았다. 자신이 감옥 속에 갇혀 있는 것을 알아 버렸다.

대학을 졸업하고 무엇을 해야 할지 아무 대책이 없었다. 그즈음 강익환 교수의 호출을 받았다. 강익환 교수는 문학평론가이면서 성실한 학자였다. 강교수는 담담하지만 정중하게 그녀가 국문학과 석사 과정에 진학할 의향이 있는지를 물었다.

"글쎄요."

결국 그녀는 기숙사를 떠나서 초라한 짐을 들고 새로운 공간을 찾아나서지 않아도 되는 것이 좋아서 대학원 원서를 썼다.

채원은 현대문학연구소의 조교가 되었고, 한 달을 살 수 있는 돈과 그녀가 머무를 수 있는 방을 갖게 되었다. 그녀는 아침 8시에 이슬이 마르지 않은 잔디를 밟으면서 출근을 해서 강교수의 연구실을 정밀하게 청소를 했다. 창문을 활짝 열어 환기를 시키고 강교수가 좋아하는 커피를 내려놓고, 재떨이의 물기를 깨끗이 닦은 후 커피 찌꺼기를 담아 놓았다.

일상은 나쁘지 않았다. 강교수와 감정적으로 부딪치는 일은 거의 없었고, 학부생들과의 관계도 좋았다. 채원은 그녀가 가진 모든 썸머리 노트를 필요한 사람 누구에게나 빌려주었고 그 하나만으로도 그녀의 일상은 평화를 얻었다. 그녀는 카피레프트다. 그녀의 지식은 그녀만의 것이 아니라는 생각. 그녀가 공부를 할 때 누군가는 타이밍을 먹으면서 봉제 공장에서 미싱을 돌렸을 것이다. 그녀의 오른손 중지 손가락에 연필 때문에 굳은살이 박이는 동안 같은 나이의 한 여자의 오른손 중지 손가락은 바늘에 찔려 가면서 굳은살이 박였을 것이며, 그녀의 검지 손가락이 새 책에 베어서 피를 흘리는 동안, 여자의 검지 손가락은 미싱 바늘에 찔려서 피가 흘렀을 것이다.

잔잔한 호수 같은 날들이었다.

6

채원은 석호와의 관계를 끝내고 인터넷에서 채팅을 시작했다. 인터넷이 있어서 그녀는 외롭지 않았다. 인터넷은 감옥에 갇혀 있는 그녀에게 세상을 향해 열려 있는 창이었다. 그녀는 비로소 평생 그녀를 배반하지 않을 친구를 갖게 된 것이다. 그녀는 레드 제플린의 음악을 컴퓨터로 들었다. 강의를 하고, 공부를 하는 시간 외에는 컴퓨터 앞에 머무르기 시작했다. 한 명, 두 명 익명의 채팅 친구가 생겨났고 가슴에 고여 있던 말들을 익명으로 쏟아내기 시작했다. 인터넷은 참으로 자유로웠다. 그리고 그녀의 피는 그녀도 모르는 사이에 파랗게 변해 갔다. 오프라인의 모든 것들에 진력났다. 많지 않은 인간관계를 정리하고 나자 그녀의 삶은 건조하고 쿨해졌다.

그녀는 그즈음 문학 관련 채팅 사이트에서 '호루스'라는 아이디를 가진 사람을 만났다. 그가 밝힌 그의 정보에 의하면, 그는 그녀와 같은 나이이고 독신주의자며, 직업은 정신과 의사였다. 채원은 그와 채팅을 하면서 자신이 말에 굶주려 있고 외로움에 가득 차 있다는 것을 알았다. 무엇인가와 뜨겁게 싸우려 하지 않는 그녀의 기질은 숙명적으로 고독을 동반했다. 뜨거운 고통보다 차가운 권태가 디 좋았다.

채원은 호루스와 급속도로 친밀해졌다. 채팅을 통해 누군가를 만나는 일은 현실에서 사람을 사귀는 것과는 달랐다. 그것은 긴장을 동반하지 않았다. 싫으면 언제든지 떠나 버려도 되는 관계. 자신이 원하는 것만 밝히면 되는 관계. 서로가 완전하게 편할 때만 함께할 수 있는 책임지지 않아도 되는 관계. 익명성이 주는 편안함이었다. 평생 활자와 함께 산 그녀는 말보다 활자가 디 편했다.

그녀는 호루스를 직접 만난 적은 없지만 그의 많은 것을 안다. 예를 들면 그는 안경을 끼고 있고, 발에는 무좀이 있으며 왼쪽 손목에 염주 두 개를 차고 있다. 그는 채팅을 하다가 더우면 샤워를 하기도 하고 술을 마시기도 한다.

채원은 채팅에 열중하는 편이다. 그 대화방에는 그녀의 친구가 많아서 두 명 혹은 세 명과 동시에 귓속말을 할 때도 있다. 그중에는 그녀의 제자도 있다. 머리를 노랗게 물들인 그는 국문학과 2학년이다. 그가 채팅 도중에 학교와 학번을 밝혀서 수업 시간에 그녀가 그를 알아보았다. 채원과 그는 반말을 하는 사이다. 그는 물론 그녀가 그의 선생인지 모른다. 알아도 어쩔 수 없는 노릇이지만.

호루스가 나무의 잎처럼 줄기처럼 뿌리처럼. 그리고 뿌리가 썩어 없어질 때까지 그녀 옆에 친구로 있어 준다고 했을 때 눈물이 줄줄 흘러내렸다. 컴퓨터와 사랑에 빠져 버린 것이다. 활자 중독인 그녀는 활자를 보면서 이미지를 상상해 간다. 그녀는 상상 속의 그를 사랑한다. 그러나 그녀가 그에게 주는 마음은 모두 진실이었다. 그가 믿건 믿지 않건. 서로 집착하지 않으면서도 헤어지지 않는 그런 만남이 있을까?

그녀는 호루스가 어떤 과정을 거쳐서 독신주의자가 되었는지 잘 모른다. 그러나 80년대 후반에 대학을 다닌 그 또한 만만치 않은 대학 시절을 보냈으리라고 그저 막연하게 짐작했다. 이십 대의 그는 막스주의자였다. 그리고 삼십 대의 그는 아나키스트였다. 무엇인가를 뜨겁게 열망하지도 않았고, 뜨거운 열정이 찾아오리라는 생각도 하지 않았다. 개업의로 돈을 많이 벌었지만, 그렇다고 돈을 아주 좋아하지도 않았다. 그는 열심히 진료를 하고, 그리고 나머지 시간은 인터넷에서 살았다. 채원은 활자가 주는 편안함과 호루스의 차가운 피가 좋았다. 그를 만난 지 6개월쯤 지났을 무렵이었다.

오월의 어느 밤이었다. 오월이라는 단어는 마법의 단어다. 학교 축제는 채원의 기분을 들뜨게 했다. 그녀는 술을 조금 마셔서 기분이 좋은 상태에서 컴퓨터를 켰다. 대화방은 학교 일로 일주일 만이었다. 열두 시가 넘었지만 거의 20여 명이나 있었다. 일주일 동안 그녀를 만날 수 없었던 호루스가 그녀에게 귓속말로 심술을 부려 댔다. 웬만해서는 없는 일이었다. 한 시간 동안 심술을 부리던 그는 지금 당장 그녀를 만나겠다고 억지를 부리기 시작했다. 결국 그녀는 자신의 아파트 위치를 알려 주었고, 같은 도시에 있었던 그는 삼십 분 만에 그녀의 아파트 앞에서 전화를 했다.

그들은 아파트 앞에 있는 카페에서 만났다. 그가 맥주를 시켰다. 그는 그녀와 같은 학교 동기였다. 그리고 대학원을 다니고 있는 중이어서 학교 친구를 만난 것 같았다. 그는 가끔씩 그녀를 학교에서 보았다고 말했다. 그녀는 채팅을 하면서 직장을 밝혔었다. 그도 직장을 밝혔다. 호루스는 늙지도 젊지도 않았다. 오랫동안 공부를 한 사람들만이 갖는 그런 분위기를 갖고 있었다. 정신과 의사로서 훈련된 친절함과 자상함도 몸과 말씨에 배어 있었다. 누구든지 자신의 비밀을 술술 털어 내놓을 것 같은.

"왜 아는 척하지 않았어?"

"어떻게? 안녕하세요? 저 호루스인데요. 그래? 네가 나 만나는 거 싫어했잖아."

호루스가 담배를 내밀었다.

그리고 그녀의 술잔에 맥주를 따랐다.

"네가 그 유명한 윤석호 와이프였어?"

채원은 그를 노려보았다. 그는 그녀의 모든 것을 알고 있었다. 호루스는 그녀가 생각하듯이 인터넷 속의 가상의 인물이 아니었다. 그는 그녀 옆 아주 가까이에 머물고 있었다. 맥주 일곱 병을 비우고 나자 새벽 세 시가 넘었다. 채원은 무슨 일인가가 자신에게 일어나고 있다는 사실을 알았지만, 그것에 저항할 힘이 없었다. 그는 적당하게 술에 취했고, 술에 취하자 말이 조금 많아졌다. 채원은 막연하게 그가 석호와 어떻게든 얽혀 있으리라고 짐작했다. 그가 언제 어떤 이유로 학생 운동을 그만두었는지 알고 싶지도 않았고, 알 필요도 없었다. 다만 거미줄처럼 얽혀 있는 인연에 진력이 났다. 그는 그녀의 아파트에서 차를 마시고 싶다고 우겼다. 결국 채원은 그와 함께 그녀의 아파트로 들어섰다. 채원은 아파트 문을 잠그고 열쇠를 현관 옆 장식장에 올려놓았다.

"커피 마실래? 맥주를 한 잔 더 할래?"

그때 그가 그녀의 허리를 낚아챘다. 채원의 어깨에서 가방이 미끄러졌다. 그가 두 손으로 그녀의 셔츠를 찢기 시작했다. 단추가 후두둑 하고 떨어져나가면서 그녀의 셔츠가 벗겨졌다. 브래지어가 밀려 내려가고 그는 그녀를 바닥에 쓰러뜨렸다. 채원이 그의 몸을 밀어내자 그의 양손이 그녀의 어깨를 바닥에 눌렀고, 그 악력에 의해 그녀의 어깨의 껍질이 벗겨졌다. 그의 몸은 이미 그녀의 몸 위로 올라와 있었다. 그녀의 머리카락은 거실 바닥에 널브러져 있었다. 그는 그녀의 스커트를 찢고, 강제로 속옷을 벗겼다.

그의 몸이 건조한 그녀의 몸으로 밀려 들어왔다. 금속성 버클에 그녀의 다리가 씻겼다. 그녀의 몸이 찢어지는 것 같았다. 그의 몸이 출렁일 때마다 그녀의 인생이 흔들리고 있었다. 그는 자신에게 열중해 있었다. 그는 긴 항해를 하는 사람 같았다. 모르핀을 맞고 스피드를 즐기는 사람처럼 오로지 자신의 행위에 집중했다. 그녀가 몸을 뒤척일 때마다 그녀의 몸이 바닥에 씻겨서 피부가 벗겨졌다. 뻣뻣하게 경직되었던 그녀의 몸에서 서서히 힘이 빠져나가고, 그녀가 저항을 멈추자 그의 몸도 멈추었다.

세상이 순간, 정지해 버렸다. 그는 오래오래 그녀의 몸속에 있었다. 그녀도 그의 등에 팔을 감고 그대로 있었다. 그가 다시 서서히 몸을 움직였다. 그가 몸을 움직일 때마다 그녀의 몸에 조금씩 반응이 왔다. 그가 그녀의 헝클어진 머리카락을 모두 쓸어 올렸다. 그가 다시 몸을 움직이자 순간, 그녀의 몸에 파도가 치는 것 같은 쾌락이 밀려왔다. 모든 것이 급격하게 바뀌어 버렸다. 그녀의 몸이 순식간에 흘러내렸다. 그리고 그녀의 입에서 신음소리가 흘러나왔다. 채원은 제어되지 않는 자신의 몸의 열정에 숨이 막혔다. 그의 몸은 이미 평화롭게 움직이고 있었다. 그는 그녀의 몸을 읽고 있었다. 그녀의 열정이 끝나는 지점은 짧고 단조로웠다. 그녀의 온몸에서 힘이 빠지자 그는 그녀의 몸 위에서 내려왔다.

그가 옷을 벗었다.

채원은 바닥에 그대로 누워 있었다. 그녀는 자신에게 무슨 일이 일어났는지 이해할 수가 없었다. 온몸이 물에 젖은 미역처럼 풀어져 있었다. 그가 벌거벗은 몸으로 냉장고에서 물을 꺼내고 있었다. 채원이 사태를 알아차리고 나자 대상을 알 수 없는 격렬한 증오가 밀려왔다. 채원은 몸을 일으켰다. 그가 그녀에게 다가왔다.

채원의 오른손이 그의 뺨으로 날아갔다. 그의 뺨에 붉은 손자국이 났다. 그가 오른손으로 그녀의 손목을 비틀었다. 그녀의 몸이 거실 벽으로 밀어붙여졌고, 그의 차가운 혀가 그녀의 입안으로 밀려 들어왔다. 그녀와 그는 스르르 바닥에 쓰러졌다. 그의 혀는 그의 몸과 똑같았다. 그녀가 반응할 때까지 격렬한 몸짓을 멈추지 않았다. 전투를 하는 것 같은 긴 키스가 끝이 났다.

채원은 그대로 누워서 목울음을 울기 시작했다. 그녀는 자신의 몸 안에서 그렇게 이상한 신음소리와, 그렇게 이상한 울음이 흘러나오는 것이 어이가 없었다. 그런데 울음이 그쳐지지가 않았다. 그녀는 우는 것도 아니고 흐느끼는 것도 아닌 이상한 목울음을 계속해서 울었다. 그녀가 진땀을 흘리면서 "흐이, 흐이." 흐느끼는 동안, 그는 샤워를 하고 소파에 누워서 냉장고에서 맥주를 꺼내서 마셨다. 채원은 겨우 울음이 멈추어지자, 욕실로 가서 옷을 벗고 따뜻한 물로 샤워를 했다. 온몸에 시퍼렇게 멍이 들어 있었다. 그녀는 반바지와 셔츠를 입고 욕실에서 나갔다. 그가 그녀를 바라보았다.

"네가 인정하건 하지 않건 간에 너는 오늘 폭행을 당한 게 아니고 섹스를 한 거야. 네가 오늘 한 게 남자와 여자가 하는 섹스야. 내가 정신과 의사로서 말하는데 너는 나랑 가끔씩 섹스를 하지 않으면 십 년 후에 내 병원에 치료받으러 올 거야. 내가 장담한다. 자자. 너무 피곤하다."

그는 아주 순식간에 잠에 빠져들었다. 채원은 거실의 불을 껐다.

7

효진의 승용차 오디오에서 Guns N Roses의 '노킹 온 해븐스 도어'가 흘러나왔다. 채원은 십 년 전 하드락을 들었다. 그 도시에 '더 도어즈'라는 락 음악을 듣는 클럽이 있었다. 입장료가 이천 원이었고, 커피나 음료가 제공되었다. 클럽 안에 들어서면 영화관처럼 어두웠다. 커피를 마시는 테이블이 서너 개쯤 있었고, 우측에 음악을 듣는 홀이 있었다. 홀 안은 컴컴했다. 스크린에 뮤직 비디오가 틀어졌고, 음악은 헤드폰으로 들었다. 서로 마주 보지 않아도 되기 때문에, 채원은 혼자서 그곳에서 캔 콜라를 마시면서 음악을 들었다. 그 시절 그 도시에는 삭발한 사람 지천이었다. 대학생들이 많이 오는 시내의 카페에는 손님의 절반 정도가 어깨에 이스트팩을 메고 챙이 있는 모자를 쓰고 있었다. '더 도어즈'에도 삭발을 해서 챙이 있는 모자를 쓰고 있는 대학생들이 많았다.

시내에서 집회가 있는 날은 '더 도어즈'가 텅 비었다. 그들은 스무 살이거나 스물하나였다. 얼굴의 절반을 붉은 스카프로 가리고, 화염병을 던지거나 쇠파이프를 들었다. 채원은 가끔씩 가두 투쟁을 하고 있는 그들을 보았지만 냉정하게 눈길을 피했다. 아무 얘기도 하고 싶지 않았다. 그녀는 그곳에서 아무도 사귀지 않았다. 뮤직 비디오를 보면서 헤드폰을 쓰고 음악을 들었다. 가끔씩 효진이 그녀를 찾아서 '더 도어즈'에 왔고, 그녀 옆에서 음악을 들었다.

채원은 노제(路祭)가 있는 날도 '더 도어즈'에서 음악을 들었다. 멈출 수 없을 것처럼 계속되던 노제들. 금남로를 가득 메운 장례 행렬들. 삭발을 한 정의평화위원회 소속 사제들. 검은 만장. 서울로 대학을 보낸 생때 같은 자식을 잃고 통곡하는 부모들. 레드 제플린을 들어도, 짐 모리슨을 들어도, 눈물이 줄줄 흘러내렸다. 그녀는 그곳에서 소극장 의자 팔걸이에 양팔을 걸치고, 두 팔로 무릎을 감싸 안고, 아무 말도 하지 않고, 아무 것도 먹지 않고, 음악만 들었다. 학교도 금남로도 집도 숨이 막힐 만큼 답답했다. 그녀는 살아 있었다. 그것이 문제였다.

승용차가 점점 스피드를 내고 있었다. 차창 밖에는 7월의 녹음이 아름 다웠다. 채원은 승용차 시트에 몸을 느긋하게 기댔다. 효진은 불량소녀 처럼 담배를 질겅질겅 씹으면서 능숙하게 운전을 했다. 채원은 효진이 담배 씹는 모습을 보자 유쾌해졌다.

"너 병원에서도 담배 씹으면서 피워?"

"이 길이 내가 담배 씹으면서 피우려고 개발한 코스야. 답답하니까 할 말 있음 빨리 해."

"효진아 아이를 낳고 싶어. 아무리 힘들어도 내 손으로 아이를 기를 거 야. 그리고 있잖아. 나 더 이상 책 읽는 거 말고, 글을 쓰고 싶어."

"채원아 넌 교수직에서 해임될 수도 있어. 문학박사 학위는 네가 돈을 버는 데 별 도움이 못될 거야. 너처럼 윤리적인 아이를 본 적 없지만, 공 식적으로 너는 부도덕해. 이혼녀에 거기다 사생아까지. 살아가는 일이 네가 생각하는 것보다 훨씬 더 힘들고 고통스러울 거야."

"휴우, 방법을 찾아내야겠구나."

"간단한 방법이 있어."

"뭔데?"

"아이 아버지하고 결혼하면 돼. 그러면 너는 아이도 낳을 수 있고, 교수도 계속할 수 있어."

"그건 안 돼."

"왜?"

"그 사람하고 섹스를 해야 하거든."

효진이 차를 급정거했다. 효진이 운전대에 얼굴을 묻고 깔깔거리고 웃기 시작했다.

"너 진짜 섹스하는 남자 있어? 참, 있으니까 임신을 했겠지만. 그런데 결혼하면 섹스를 못 하니?"

"말로 설명을 못 하겠어. 하지만 달라. 결혼을 하고 삼 년 후에 사랑이 식으면 그 사람에게 다시 잠자는 여자가 생기고 그러면 나는 다시 이혼을 해? 싫어. 그는 싱글로 살고 싶어 해. 독신주의인 그의 삶을 내가 뒤흔들고 싶지 않아. 내 마음대로 그의 삶을 흔들어 놓고 내 인생을 책임지라고 하고 싶지 않아. 그나저나 교수직에서 해임되면 뭘 해서 돈을 벌지?"

"하기 싫은 일을 해서 돈을 벌 자신이 있어?"

"할 수 있을 것 같아."

효진이 담배를 깊게 들이마셨다가 내뿜었다.

"나는 좋은 선생이야. 내가 생각했던 것보다 강의도 훨씬 더 잘하고, 공부하는 것도 너무 좋아. 아니 공부를 안 하고는 살 수 없을 것 같아. 내가 열망했던 일은 아니지만 살다 보니 좋아졌어. 하지만 아이를 얻기 위해 포기해야 한다면 할 수 있어."

"널 만난 이후 네가 무엇인가를 하고 싶어 하는 것이 처음인 것 같애.

하지만 판단을 빨리 해야 할 거야. 석 달 후면 배가 불러 올 거야. 그리고 마지막으로 꼭 하고 싶은 말은 그 아이를 낳는 대신 너는 사회적인 모든 지위를 잃을 거야. 세상은 네가 상상한 것 이상으로 가혹하고 비정해."

"효진아, 이 아이는 내 인생에서 유일하게 나에게 온 아이야. 석호하고 삼 년 동안의 결혼 생활에도 임신이 되지 않았어. 아마도 이번이 내 인생에서 마지막 임신일 거야. 아이를 잃고 싶지 않아."

"내 의견을 묻는다면 나는 반대야. 나중에 아이로 인해 발생하는 온갖 문제에 관해 나랑 의논할 생각은 꿈도 꾸지 마."

"그럼 누구랑 의논하니?"

"채팅하는 사람이 정신과 의사래매? 공식적으로 돈 내고 진료 받으러 가면 되겠네."

"그 정신과 의사가 아기 아버지면?"

효진은 어처구니가 없다는 듯이 계속 웃어 댔다.

"네가 어떤 결정을 하건 예의상 아이 아버지한테는 말하는 것이 낫겠다. 그나저나 뭐 먹고 싶은 것 없어?"

"아주아주 매콤한 새우찜."

"휴우, 나중 일은 그때 가서 생각하자. 네가 교수가 아닌 다른 직업으로 돈을 벌 각오만 하면 문제는 그렇게 복잡하지 않아. 우리 뭘 할까? 무지개 아이스크림을 팔까? 크리스털 풍선을 팔까? 일단 새우찜을 먹으면서 종목을 정해 보자."

효진이 서서히 승용차를 출발시켰다. 효진과 채원을 실은 검정 벤츠가 국도 위를 힘차게 달려 나갔다. 단단하게 옹이가 져 있던 채원의 마음속 얼음이 서서히 녹아내리기 시작했다.

ㅏ

햇빛 모으기

1

　2층집 아이가 마당에 쪼그리고 앉아서 돋보기로 햇빛을 모으고 있었다. 아이는 흰 종이 위에 돋보기를 대고 종이에 불이 붙을 때까지 끈질기게 들여다보았다. 아이는 점점 더 몰입해 갔다. 아이의 햇빛 모으기에는 집요한 구석이 있었다. 초점이 모아져서 종이 타는 냄새가 났다. 조금씩 종이가 타들어 가다가 불이 확 붙었다. 아이가 움찔했다.

　김병수는 아침에 일어나서 바로 로또복권을 사러 가려고 했는데, 자질구레한 집안일로 오전이 훌쩍 지나가 버렸다. 시곗바늘은 벌써 오후 3시를 가리키고 있었다.

　그는 오랜만에 꿈을 꾸었다. 꿈에서 돌아가신 어머니가 비단 옷을 입고 나와서 환하게 웃으면서 그를 손짓으로 불렀다. 그가 다가가자 땅문서를 내밀었다. 그는 반듯하게 서서 어머니가 주는 땅문서를 받았다. 그러자 어머니가 환하게 웃으면서 점점 옅어졌다. 그는 본능적으로 그것이 돈꿈이라는 것을 알았다. 그리고 그 꿈으로 인해 행운이 올 것도 알았다.

그는 연신 감사하다고 말하면서 그 땅문서를 가슴에 꼭 끌어안다가 잠에서 깨어났다.

그는 꿈에서 깨자 자신의 인생이 또 한 번 대박을 칠 것 같은 예감에 가슴이 뛰었다. 현관을 나서서 큰 도로를 지나 1등을 다섯 번이나 만들어 낸 로또복권을 파는 나들슈퍼로 향했다. 그는 길을 걸으면서 이 꿈을 자기만 가질지, 허씨만 주고 마씨는 빼 버릴지 허씨와 마씨 모두에게 줄 것인지 계속 갈등했다.

슈퍼에 도착해서 주머니에서 낡은 수첩을 꺼냈다. 수첩 첫 장에 그가 생년월일을 가지고 만들어 놓은 여섯 개의 숫자가 적혀져 있었다. 그는 숫자 여섯 개를 조심스럽게 사인펜으로 칠한 후 종업원에게 내밀었다.

"일곱 장이요."

기계가 종이를 드르륵드르륵 토해 냈다. 그는 종업원에게 7천 원을 치르고 슈퍼를 나왔다. 그는 로또복권 일곱 장을 들고 화신부동산으로 날렵하게 발걸음을 옮겼다. 갈등을 끝내자 기분이 가뿐했다. 허씨, 마씨, 공씨 그리고 거기에 있는 모든 사람에게 공평하게 한 장씩 나누어 줄 것이다. 그는 행운을 나누어 주는 '운수남' 이니까.

2

김병수의 인생에 딱 한 번 볕이 든 날이 있다. 그날도 그는 꿈을 꾸었다. 그날 꾼 꿈은 신통방통했다. 그의 방 안으로 쌀밥 한 톨을 등에 진 개미들이 구물구물 모여들었다. 구물구물 끊임없이 모여든 수백 마리의 개미들이 엉겨서 십을 짓기 시작했다. 이내 커다랗고 농그란 검은 집이 완성되었다. 그는 진저리를 치면서 잠에서 깨어났다. 온몸이 개미들이 기어 다니는 것처럼 스멀거렸다. 직감적으로 돈꿈이라는 생각이 들었다.

오전에 행운의 전령처럼 그의 핸드폰이 울렸다. 그의 얼굴에 웃음이 가득 찼다. 그가 다니는 인력사무소 건물에서 화신부동산을 하고 있는 공씨였다. 그는 일이 없는 날이면 부동산 사무실에서 내기바둑을 두었다. 그럭저럭 20여 년을 알고 지내는 사이였다. 공씨의 부동산은 인력사무소에 나왔다가 일을 잡지 못한 사람들이 하루를 머무를 수 있는 곳이었다. 하루 종일 라면도 끊여 먹고 커피도 마셨다. 공씨는 따로 월세 같은 것을 받지는 않았지만 재량껏 푼돈을 챙겼다. 화신복덕방에서 화신부동산으로 멋지게 이름은 바뀌었지만 사무실 내부는 20년 전이나 지금이나 변한 것이 거의 없었다. 화신복덕방을 개업할 때 선물로 받았던 손바닥만 했던 행운목이 어른 키만큼이나 자랐다.

"김씨? 사무실로 빨리 와. 빨리."

그는 검정 패딩을 걸쳐 입고 집을 나섰다. 부동산에는 마씨와 허씨가 벌써 와서 믹스커피를 마시고 있었다. 석유난로가 타고 있어서 사무실 안에는 훈김이 가득했다. 그가 사무실에 들어서자마자 공씨가 앉아 있던 소파에서 벌떡 일어났다.

"김씨, 조상이 문서 주는 꿈이라도 꿨어?" 병수는 깜짝 놀랐다. 행여라도 자기 꿈을 팔라고 할까 봐 "어, 어." 하면서 말끝을 흐렸다. 옆에 있던 마씨와 허씨가 "진짜네, 진짜네." 하고 눙쳤다. 뭔가 분위기가 심상치 않았다. 들떠 있었다. 술렁거렸다. 사무실에 있는 사람들의 눈동자에는 호기심에 가득 차 있었다. 그는 종이컵에 믹스커피를 타서 소파에 앉았다.

공씨가 그의 맞은편에 앉더니 유리 탁자 위에 토지등기부등본, 지적도 등을 펼쳐 보였다. 지적도에는 빨간 색연필로 동그라미를 그려 놓았다.

"이거 봐 봐. 이거 김씨 집 아니여?" 병수는 돋보기를 끼고 부동산등기 부등본을 들여다보았다. G광역시 남구 회양동 631번지. 병수의 집이 맞았다. 대지 220평이었다.

"잘 봐 봐."

"우리 집 맞는디."

"김병수. 한자도 잘 봐 봐. 진짜 맞어?"

"우리 집 맞어."

그가 등기필증이 아닌 부동산등기부등본을 떼서 본 것은 처음이었다. 공씨는 입에 거품을 물었다.

"서울 부동산이라면서 전화가 걸려 왔어. 딱 이 번지를 말하면서 3억에 이 집을 사 달라는 거야. 자세히 보니까 김씨 자네 집터 자리야."

"엥? 3억?"

마씨가 기겁을 하면서 소리를 질렀다.

"뜬금없이 무슨 소리야?"

"김씨 집을 3억에 사겠다는 사람이 있다니까."

공씨가 입에 거품을 물었다. 마씨의 눈이 휘둥그레졌다.

"왜? 거기 뭐가 들어오나?"

허씨가 말했다. 마씨가 부동산등기부등본을 들여다보았다.

"길이 있어야 뭘 해 보는지 말든지 하지. 차가 들어갈 길도 없는 맹지가 어떻게 개발이 돼? 그린벨트로 묶인 산 바로 아래 겨우 나대지나 면한 수준의 땅에 개발은 무슨 개발이야."

남의 일에 마씨가 씩씩거렸다.

"맹지? 맹지라니? 우리 땅이 왜 맹지야? 엄연히 사람이 살고 있는데. 길이 있으니까 사람이 드나드는 거지. 내가 나무 때고 살아? 나도 엄연히 기름 때고 살아. 우리 집이 슬라브집이라고 지금 무시해?"

허씨가 부동산등기부등본을 뚫어져라 쳐다보았다.

"자네 집이 220평이나 돼? 뭐가 이렇게 넓어?"

"마당이랑 밖이랑 얼기설기 얽혀 있어서 그래. 담을 쌓고 남은 텃밭으로 쓰고 있는 땅이랑 길도 우리 땅이야."

"텃밭? 그거 국유지 아니었어?"

"국유지랑 딱 경계선이야. 콘크리트로 담을 쌓다 보니 집은 코딱지만 해지고 나머지 땅이 집 밖으로 밀려 나가 버린 거지."

"그 맹지를 왜 그렇게 많은 돈을 주고 사지?"

허씨가 고개를 갸웃갸웃했다. 맹지라는 말을 두 번째 들었을 때는 그렇게 화가 나지는 않았다. 맹지라는 말을 두 번 듣고 나자 맹지인 것 같기도 했다.

"가만가만, 달뫼마을에 새로 짓는 아파트 분양한다는데 24평이 팔천칠백이라던데 3억이면 24평 아파트 세 채를 사겠네?"

공씨가 화들짝 놀라며 말했다.

"엥? 3천만 원을 잘못 들은 거 아녀?"

마씨의 목소리에는 노여움이 묻어났다.

"3천이라니. 3천이라니?"

"3천이 적은 돈이야? 솔직히 누가 돈 3천을 내고 그 맹지를 사겠냐? 자네 같으면 자네 땅을 3천만 원에 사겠냐? 자네야 평생을 거기서 살아서 불편한지 모르지만 거기서 뭘 할 수가 있어? 그 판자집 같은 슬라브집에서 살 수가 있어, 장사를 할 수가 있어, 그린벨트로 묶인 땅 옆에서 뭘 할 수가 있겠어, 자네만 떠나면 거기는 잡풀이 우거진 나대지잖아.”

병수는 도깨비에 홀린 것 같았다.

“그래도 이유가 있으니까 그 큰돈을 주고 사겠지. 안 그래?”

허씨가 가장 긍정적이었다.

“실은 내가 꿈을 꿨어. 방 안으로 개미들이 구물구물 끊임없이 모여들어서 개미집을 짓더라고.”

허씨와 마씨가 “엥?”하고 놀란 표정으로 병수를 벙 쪄서 쳐다보았다.

공씨가 일주일 동안 여기저기 발품을 팔고 다녔다. 다른 부동산에도 가 보고, 알고 지내는 구의원도 만나 보았다. G광역시 남구 회양동 631번지가 개발된다는 소문은 없다고 했다. 무엇보다 그린벨트와 맞닿아 있어서 그린벨트나 거의 마찬가지라고 했다. 그 주변의 땅을 사는 사람들도 없고 부동산과 관련해서는 아무 소문도 없다고 했다.

공씨가 여기저기 알아보니 땅은 시가로 딱 3억이라고 했다. 20년 전에 산 땅값이 그렇게 형성돼 있었다. 그런데 3억이라는 돈을 내고 그 땅을 살 사람이 그동안은 없었던 것이다. 팔려는 생각도 없었고 사려는 사람도 없었다.

3

김병수의 집은 G광역시 남구 회양동 631번지였다. 그린벨트로 묶여 있는 금암산 맨 우측에 옹삭하게 붙어 있는 삼각형 모양의 땅에 지어진 슬레이트집이다. 그 동네는 원래 G시 서구 회양동이었다. 1995년에 G시가 광역시로 승격되면서 남구로 분구하면서 편제되었다. 품바라고 불리던 각설이들이 모여 살던 동네로 해방 이후에 섬에서 올라온 사람들이 한두 명 정착해서 만들어진 동네로 광복촌이라고 불렸다. 1960년대 초 기독교 재단에서 운영하는 사회복지시설 세 개가 인근에 차근차근 들어서면서 사회복지시설을 기준으로 달뫼마을이 형성되기 시작했다. G시 시내와는 한참 떨어져 있었다. 차가 들어갈 수가 없어서 도시 속에 섬처럼 고립되어 있었다.

증도에서 서울로 가던 그의 부모님이 서울까지 못 가고 이곳에 정착해서 3형제를 낳아 길렀다. 부모님과 함께 살던 마당이 있고 노간주나무가 있던 무허가 판잣집이었다. 병수는 1955년 4월에 태어났다. 여동생 둘은 결혼을 하면서 집을 떠났다.

병수가 사는 집은 그대로 있는데 도시가 슬근슬근 집을 향해 다가왔다. 1970년대 중반 IBRD 차관으로 집이 없는 서민들을 위한 국민주택단지가 조성이 되었다. 사람들이 국민주택에 입주하기 시작하면서 광복촌에서 걸어서 5분 거리에 있는 달뫼마을에도 월세방이 하나, 둘 나오기 시작했다. 광복촌 사람들은 연탄으로 난방을 할 수 있는 달뫼마을로 하나둘 떠나갔다. 각설이들도 하나둘 어디론가 흩어졌다. 병수도 드디어 전세로 옮겨 갈 수 있는 돈을 모았다. 그러나 그의 어머니는 송곳 꽂을 땅이라도 자신의 이름이 박힌 땅을 갖고 싶어 했다. 그는 달뫼마을에 전셋집을 얻는 대신에 광복촌에 있는 그 집터를 샀다.

광복촌의 스무 가구 정도 되던 집들이 하나둘 떠나고 그의 집만 덩그러니 남았다. 사람들이 모두 떠난 폐허에는 잡풀이 자라났고 집은 스스로 허물어졌다. 병수가 워낙에 부지런해서 새벽 다섯 시면 일어나서 주변의 풀들을 낫으로 베고 정리를 했다. 그의 집 주변에 넓은 터가 생겼다. 그 터를 갈아서 비료를 사다가 뿌리고 텃밭을 만들었다. 텃밭은 나뭇가지로 원을 쳐서 텃밭이라는 경계를 만들었다. 아주 작은 오솔길이었지만 20년을 걸어 다니자 제법 길 같아졌다. 차 한 대가 일방통행으로 아슬아슬하게 지나갈 수 있었다.

적금을 부어서 돈이 모이자 그 집에 콘크리트로 담을 쌓았다. 삼각형 땅에 담을 원형으로 쌓고 나자 나머지 땅이 집 밖으로 밀려나 버렸다. 남향이어서 햇빛이 아주 잘 들었다. 유리창을 통해 방 안으로 들어오는 햇빛이 너무나 좋았다.

집의 외양은 못났지만 병수에게는 소중한 우리 집이었다. 번듯하게 증축할 돈은 마련할 수가 없었다. 하지만 초겨울마다 고슬고슬하게 새 벽지로 도배를 했다. 다행히 아내가 손재주가 있어서 시장에서 꽃무늬나일론 옷감을 떠다가 재봉틀로 커튼도 만들어서 걸었다. 깨지거나 금이 간 그릇들에는 다육식물이나 허브를 키웠다. 마당에 줄줄이 놓인 선인장만 20여 개가 넘었다. 오래오래 잘 키워서 선인장꽃도 피워냈다. 손바닥만 한 꽃밭에는 봉숭아, 맨드라미, 붓꽃, 노란소국을 심었다.

아이들은 20분을 걸어 내려가서 버스를 타고 학교를 다녔다. 그는 아이 둘을 반듯하게 가르치고 싶었다. 돈 욕심보다는 아이들 공부 욕심이 더 컸다. 다행히 아이들이 공부 머리가 있어서 제법 야무지게 공부를 따라갔다. 두 아이 모두 인문계 고등학교 연합고사에 합격했을 때가 가장 기뻤다. 그는 아이들을 꼭 인문계 고등학교에 보내고 싶었다. 특히 수학

경시대회에서 1등을 할 정도로 영특하고 총명한 딸아이를 여상으로 보내
버리지 않을까 전전긍긍했다. 딸아이를 인문계 고등학교에 보내고 싶다
는 말은 친형제들, 친구들, 심지어 아내에게도 말하지 않았다. 그것이
그가 가진 가장 사치스럽고 절박한 꿈이었다. 그는 자신의 아이들이 대
학을 갈 수 있다는 희망을 갖고서 고등학교를 다니게 하고 싶었다. 그는
딸아이 손을 잡고 그 도시에서 가장 명문여고였던 J여고 앞 분식점에서
딸아이와 함께 떡볶이를 사서 먹으면서 먼발치로 그 교문 안을 들여다보
았다. 일제강점기 때 붉은 벽돌로 지은 건물이 아름다웠다. 그는 딸아이
에게 너는 커서 꼭 J여고를 가라고 말해 주었다. 고등학교가 평준화가
되어서 시험을 쳐서 J여고에 입학할 수는 없었다. 그는 딸아이가 그 학
교 교복을 입고 그 학교를 다니는 모습을 보고 싶었다. 성묘를 갈 때마다
어머니께 빌고 또 빌었다. 그리고 마음을 다잡고 다잡았다.

　딸아이가 고등학교 배정을 받을 때 아이는 인기가 좋은 사립여고를 쓰
고 싶어 했지만 병수가 J여고로 밀어붙였다.

　"내가 너한테 바라는 게 뭐가 있었냐. 오로지 그거 하나뿐인데 그것 하
나를 못 들어주냐?" 말까지 더듬거렸다. 천천히 달래도 되었을 텐데 그
러기에는 마음이 너무나 다급했다. J여고를 갈 수가 있는데 그걸 포기하
려하다니. 딸아이는 병수를 이해하지는 못했지만 1지망으로 J여고를 써
서 배정을 받았다. 딸아이가 J여고는 집에서 버스로 한 시간이나 걸리
고, 공부도 지지리도 못하고 교복도 후지고 어쩌고저쩌고 구시렁대면서
울상을 지었지만, 그는 자신의 쿵쿵거리는 심장 소리가 들릴 만큼 가슴
이 뛰었다. 아내도 굳이 버스로 한 시간이나 걸리는 그 학교를 대체 왜
쓰냐고 구시렁댔다.

그는 아이와 함께 J여고 교복을 사러 갔을 때가 그의 인생에서 가장 행복했다. 아이는 교복을 입고 입이 튀어나왔지만 그는 세상을 다 가진 것 같았다. 그는 방 안에 스타일이 유행에 뒤떨어졌다는 J여고 교복이 걸려 있는 것만으로도 행복했다. 무려 100년이나 이어 온 유구한 전통의 교복 아닌가. 그는 마당의 빨랫줄에 걸려 있는 딸아이의 교복 블라우스가 햇빛을 받아 고슬고슬해지는 것을 넋을 놓고 바라보곤 했다.

아이들은 구불구불한 산길을 20분 정도 걸어가야 학교로 가는 버스를 타는 도로에 닿을 수 있었다. 그는 아이들 수업료를 마련하지 못할까 봐 전전긍긍했다. 고등학교 수업료 두 학기분을 미리 마련해 놓아야 안심이 되었다. 수업료를 흰 봉투에 담아서 문갑에 넣어 놓고 눈으로 확인해야 안심이 되었다. 그는 문갑에 아이들의 학교 관련 서류를 차곡차곡 모아 놓았다. 사실 그때 자기가 아이들을 대학에 보낼 수 있으리라는 확신은 없었다. 아이들을 인문계 고등학교까지는 어떻게든 자신의 힘으로 마쳐 주고 싶었다.

아이들은 야간 자율학습을 마치고 어둠 속 산길을 걸어서 집으로 돌아왔다. 집에 도착하면 밤 열한 시쯤 되었다. 산길이라서 무서울 법도 한데 자기 집이라고 생각하니까 무서운 줄도 모르고 잘도 걸어 다녔다.

병수는 아이들이 불을 밝히고 새벽 두 시까지 공부를 하고 있으면 그것만으로도 가슴에서 행복이 봇물처럼 번져 갔다. 행복했다. 전기가 들어오고, 가스를 놓았고, 기름보일러를 놓았다. 그거면 됐지. 더 이상의 것은 바라지도 않았다. 한 가지 아쉬운 것은 욕실에서 따뜻한 물을 마음껏 쓸 수 있도록 도시가스가 있었으면 하는 것이었지만, 그 꿈은 애써 억누르면서 살았다.

도배 일은 일당은 꽤 많았지만 일이 계속 있는 것이 아니어서 두 달 정도 버틸 돈을 마련하기도 쉽지 않았다. 그는 원룸을 짓는 공사판 일, 대리운전 등도 했다. 그러나 배운 것이 도둑질이라고 결국 도배 일로 다시 돌아왔다. 도배 일이 공사판 뙤약볕에서 등짐을 지거나, 술 취한 사람들을 상대해야 하는 대리운전보다 더 좋았다.

공사판 일용직에서 일을 하고 돈을 떼이는 것이 반복되자 그는 허씨, 마씨와 셋이서 함께 도배일로 정착했다. 도배는 일을 시작하고 끝을 맺는 맛이 있었다. 알싸하게 퍼지는 풀 냄새도 좋았다. 손재주가 있어서 다른 사람보다 일의 끝마무리를 잘 했다. 꽃무늬 벽지 같은 경우 무늬를 양쪽에서 맞추어야 했는데 귀신처럼 두 장을 딱 맞추었다. 버리는 벽지가 하나도 없었다.

허씨, 마씨와 함께 농이 섞인 이야기를 하면서 일을 하고, 일이 끝나면, 셋이서 두부김치 같은 간단한 안주를 앞에 두고 소주 여섯 병 정도를 나누어 마셨다. 그렇게 한평생이 흘러갔다.

화신부동산에서 내기바둑에 져서 사는 소주와 안주값, 어떻게 해도 도저히 끊을 수 없는 담뱃값이 병수가 쓰는 돈의 전부였다. 옷도 안 사 입었고 차도 항상 버스를 타고 다녔다. 신발도 한 번 사면 물이 샐 때까지 신었다.

반찬은 아내가 재래시장을 가서 사 온 재료들로 배추김치, 깍두기, 콩나물, 무생채, 가지나물, 파래부침, 부추전 등 재료값이 많이 들지 않는 반찬을 해서 먹었다. 대파, 양파, 부추, 상추는 텃밭에서 길러서 먹었다. 콩나물은 직접 길러서 먹었고, 청국장도 띄웠다. 고추와 깻잎은 몇 번 시도했다가 포기했다.

아이들이 시험을 끝내면 삼겹살을 굽거나, 소고기불고기를 해서 상추 쌈을 싸 먹는 것이 병수네가 하는 유일한 사치였다.

아내는 하루에 가스불에 압력밥솥으로 밥을 두 번씩 했다. 아이들 밥 상을 항상 고슬고슬한 새 밥을 지어서 차렸다. 밥상 한가운데 있는 큰 접 시에 달걀 다섯 개를 깨서 넓게 계란 프라이를 하거나 두부 지짐을 올려 놓았다. 그것도 아니면 부추전이나 김치전을 부쳤다. 고슬고슬 지은 새 밥과 별식 같은 요리. 그는 아내가 아이들 밥상을 밑반찬만으로 차리면 역정을 냈다. 밑반찬만이 아닌 꼭 다른 별식. 그것이 계란 프라이여도 상 관없었다. 아이들에게 너희들은 뭔가 특별한 것, 별식을 먹는 아이들이 라는 것을 보여 주고 싶었다.

아내는 그 좁은 주방에서 매실 장아찌, 오이 장아찌, 마늘 장아찌, 고 추장, 된장 등을 오종종거리며 만들었다. 그는 전선을 연결해서 주방 싱 크대 위에 형광등 두 개를 나란히 달아 주었다. 형광등 세 개를 밝히자 주방이 환해졌다. 전기세가 아까웠지만 그것이 병수가 아내에게 해 줄 수 있는 최고의 사치였다.

마씨, 허씨와는 돈 분배 문제가 깔끔했다. 도배를 해 달라는 전화를 받 고 돈을 받고 돈을 나누는 일은 허씨가 담당했다. 말하자면 허씨가 그들 의 오야지였다. 허씨가 돈 가름에 있어서 아주 깔끔했다. 10원 끝자리까 지 정확하게 나누어서 입금해 주었다. 병수와 마씨 모두 돌아가면서 해 봤는데 은행 수수료를 뺀 돈을 3등분해서 10원 끝자리까지 맞추어서 입 금을 한다는 것이 보통일이 아니었다. 마씨는 만원 단위까지만 맞추고 6, 7천 원 정도는 자기 주머니에 챙겨 버렸다. 허씨는 중학교를 졸업해서 글씨 쓰는 일이나 은행 기계 다루는 일을 더 잘했다. 그래서 허씨가 오야지로 굳어졌다. 허씨는 부동산에 드나드는 사람들의 경조사에 '祝結婚' '賻儀' 쓰는 일을 도맡아서 했다. 사람들은 자기가 써도 되는데 굳이 허씨를 찾았다. 병수도 항상 허씨에게 부의 봉투 글씨를 받았다. 허씨는 필기체로 글씨를 배워서 '김병수' 하고 그가 쓰는 것보다 허씨가 써 준 '김병수'가 훨씬 더 단아했다.

병수는 도배하는 기구들을 담는 바구니에 빗자루와 쓰레받기를 항상 가지고 다녔다. 그리고 도배가 끝나면 커다란 쓰레기들을 치우고 나서, 빗자루로 방을 꼼꼼하게 쓸고 그 쓰레기를 쓰레기봉투에 담아서 쓰레기장에 버려 주고 왔다. 도배를 의뢰한 사람이 쓰레기가 치워진 깨끗한 방에 들어서는 것을 상상하면 기분이 좋아졌다. 내 집이 아니어도 새로운 공간에서 살아갈 그들에게 행운을 빌어주고 싶었다.

그래서 병수는 자신의 돈으로 종량제쓰레기봉투를 사가지고 다녔다. 종량제쓰레기봉투값이 결코 적은 돈이 아니었다. 그는 종량제쓰레기봉투에 쓰레기를 담아서 쓰레기장에 당당하게 버리고 싶었다. 그런데 허씨가 그 봉투값을 너무 아까워했다.

일이 끝나고 술자리에서도 왜 그런 일에 돈을 쓰는지 모르겠다면서 구시렁대서 술맛 떨어지게 했다. 병수는 허씨와 말싸움하는 것이 지겨워서 지금은 종량제쓰레기봉투는 아니고, 파란색 비닐 봉투에 쓰레기를 담아서 입구를 잘 묶어서 쓰레기장에 버린다.

병수의 아들은 국립대인 G대 경제학과를 졸업하고 신한은행에 취직을 했다. 아들이 대학에 합격했을 때 그는 진심으로 더 이상 바라는 것이 없어졌다. 무엇인가를 더 바라는 것이 죄스러웠다. 그것만으로 자신이 죽을 때까지 행복할 수 있을 것 같았다.

그는 딱 한 번 G대 학생식당에 허씨, 마씨, 공씨를 데리고 가서 점심을 대접했다. 그것이 그가 아들에게 해 본 처음이자 마지막 부탁이었다. 그 말을 하기 전에 열 번도 넘게 고민하고 염려했다. 거절당하면 상처 입을까 봐 아들에게 스쳐 지나가는 소리로 "너희 대학교 식당에서 허씨 아저씨하고 마씨 아저씨 밥을 대접하고 싶다."는 말을 슬그머니 건네 보았다. 속이 깊은 아들은 그 말이 무슨 말인지 금방 알아듣고 흔쾌하게 그렇게 하겠다고 했다.

　날짜는 금요일로 결정했다. 화창한 오월 마지막 주 금요일이었다. 모두들 깨끗하게 이발을 하고 단정하게 옷을 차려 입고 왔다.

　학교까지는 공씨의 차를 타고 갔다. 공씨 옆자리에 허씨가 탔고, 뒷자리에 병수와 아내, 아들, 마씨가 몸을 서로 포개서 탔다. 대학 안으로 들어가서 주차를 했다. 그는 아들의 도움을 받아서 쿠폰 여섯 장을 샀다. 그리고 대학생들과 나란히 줄을 서서 식판에 밥을 받았다. 점심을 먹은 후 학생회관 밖에 있는 원형 테이블에 앉아서 아들이 자판기에서 빼 온 달달한 커피를 마셨다.

　5월의 대학 캠퍼스는 천국이 따로 없었다. 허씨는 진심으로 감동한 것 같았다. 허씨의 눈빛이 아스라했다. 대학생들은 활기차고 아름다웠다. 자기 아이가 이렇게 아름다운 공간에서 이렇게 아름다운 아이들과 함께 공부를 한다는 사실이 꿈만 같고 가슴이 벅차왔다. 자랑스러웠다.

　아이가 대학을 구경시켜 주겠다고 했다. 허씨와 마씨는 몇 번이나 손을 휘휘 내저으며 사양했지만, 아들 녀석은 그들을 데리고 학생회관에서 경제학과가 있는 상대 건물까지 천천히 걸으면서 이것저것 설명을 해 주었다.

병수는 아내의 손을 잡고 천천히 캠퍼스를 걸었나. ㅗ 학교는 1951년에 설립되었다고 했다. 플라타너스나무가 수령 70년이 넘어선 고목이었다. 병수는 진심으로 아름답다고 생각했다. 아들은 상대 건물 안으로 들어가서 자신이 강의를 받는 3층 강의실까지 그들을 안내했다. 허씨는 손으로 강의실 벽을 쓸어 보더니 "페인트를 칠한 지 2년 정도 된 것 같네."라고 말했다.

그것이 전부였다. 아내와 병수는 단 한 번으로 만족했다. 허씨와 마씨도 단 한 번으로 만족했다. 허씨는 자신이 G대 학생식당에서 밥을 먹었다는 말을 십 년 넘게 우려먹으면서 살았다. 자식들이 장사나 주식으로 큰돈을 번 사람들도 있어서 이것저것 비싼 음식들을 먹고들 살았다. 소고기 등심도 먹고 광어회도 먹고 돼지갈비도 지글지글 끓여 먹으면서 살았다.

그런데 허씨가 G대 학생식당에서 식판을 들고 대학생들과 함께 밥을 먹었다고 하면 사람들이 모두 "엥?" 하는 반응이었다. 아이들을 잘 키워서 G대에 보낸 사람들도 있었다. 그러나 대학 식당에 가서 아이와 함께 밥을 먹고 싶다는 말을 입 밖에 꺼낸 용기 있는 사람들은 없었다. G대 학생식당에서 밥을 먹은 사람은 허씨, 마씨, 공씨 그리고 병수가 전부였다.

수학에 탁월한 재능을 보였던 딸아이는 학비가 전액 국비인 한국과학기술원(KAIST) '생명공학과'를 지원해서 당당히 합격했다. 병수는 딸아이가 진심으로 고마웠다. 딸아이는 대학에 합격하면서 기숙사로 떠났다.

3억이라는 말은 모두에게 활력을 주었다. 세상에 존재하지도 않는 돈이었지만 그들은 모였다하면 3억 이야기를 하면서 시간을 보냈다. 공씨는 열심히 그 땅에 대해서 캐고 다녔다. 3억으로 할 수 있는 일은 참으로 무궁무진했다. 프랜차이즈 통닭집도 할 수 있고, 곰탕집도 낼 수 있고 편의점도 차릴 수 있었다.

병수가 아내에게 땅 이야기를 하자 아내는 처음으로 속내를 내비쳤다. 2층 양옥집으로 이사를 가고 싶다고 말했다. 그는 아내가 그런 생각을 하고 살았는지는 정말 몰랐다. 그가 그 집을 좋아하듯이 아내도 그 집을 좋아할 것이라고 막연히, 아니 당연하게 생각하고 있었다. 그런데 아내는 3억이 진짜라는 말을 듣고 곰곰이 생각하더니 양옥집으로 이사를 가고 싶다고 했다. 그것도 조금 괘씸했다. 이 집에 대한 아니 병수의 삶에 대한 배신 같기도 했다.

그는 마음의 결정을 내리지 못하고 3개월을 흘려보냈다. 일상은 조금도 바뀌지 않았다. 그가 3억이나 가진 자산가라는 것이 명명백백하게 밝혀졌지만 그의 일상은 조금도 변하지 않았다. 그는 여전히 로또복권을 사고 도배 일을 하고 있었다. 그러나 마음속에서는 이미 균열이 일어나 버렸다. 이럴까 저럴까 생지옥이 따로 없었다. 서울에 있는 부동산에서 다시 전화가 걸려 왔다. 병수는 한참을 망설였다. 그런데 일은 다른 쪽에서 마무리되었다.

아들 녀석이 여자친구를 데리고 온다고 했다. 아내는 걱정이 태산이었다. 식구들끼리 살 때는 아무런 불편도 없었는데 남의 식구에게 집을 보어 준다고 생각하니 모든 것들이 걸렸다. 아무리 쓸고 닦아도 30년 동안 쌓인 궁기는 사라지지 않았다. 주방을 환하게 밝혀 주던 형광등도 이제 와서 보니 전선은 얼키설키 밖으로 드러나 있고 그 위에 파리똥이 잔뜩 끼어 있었다. 그 집은 남향이기는 해도 환기가 잘 안 됐다. 30년 동안 띄운 메주와 청국장 냄새가 곳곳에 박혀 있었다. 20년 전에 한 꽃무늬 커튼에도 궁기가 잔뜩 배어 있었다. 3억 때문에 병수의 눈이 변한 것인지 원래 그런 집이었는데 병수 눈에 콩깍지가 끼어서 안 보였는지 알 수가 없었다. 무엇보다 난방이 안 되는 욕실도 조금 부끄러웠다.

아들 여자친구는 은행에서 같이 일하는 아가씨였다. 결국 병수는 마음을 바꿨다. 그는 땅을 3억에 팔았다. 30년 동안이나 정 붙이고 살았던 집에서 떠나려니 마음이 아팠다. 제일 신이 난 것은 공씨였다. 땅 서류를 이전하고 자기 일처럼 양옥집과 새 아파트를 보러 다녔다. 그는 공씨와 함께 새로 분양하는 아파트를 보러 갔다. 집이 아니라 다이아몬드 같았다. 그는 미색 벽지를 손으로 쓸어 보았다. 그는 수박등 땅을 판 돈으로 아들을 결혼시키고, 새로 지어 분양한 24평 아파트를 사 주었다. 그리고 아들의 아파트에서 20분 거리에 있는 2층 양옥집을 사서 이사를 했다. 2층은 전세를 내주고, 1층에서 아내와 함께 살았다.

아들은 24평 아파트에서 신접살림을 시작했다. 며느리가 해 온 혼수로 꾸민 24평 아파트는 꽃밭 같았다. 그는 일을 마치고 돌아오는 길에 아들의 아파트에 들르곤 했다. 아파트 주차장에서 다사로운 불빛이 들어와 있는 205동 1207호 아들의 아파트를 바라보면 가슴에 등불이 탁 하고 켜지는 것 같았다. 그 불빛은 온 세상의 행복을 빨아들이는 것 같았다. 아내는 아들 내외에게 배추김치, 깍두기, 파김치를 시기 맞춰 담가 주었다. 동네 사람들과도 친해져서 해물파전을 나누어 먹으면서 지내다 보니 광복촌 슬레이트집은 기억에서 점점 사라져 갔다.

그 후 그에게 큰일은 일어나지 않았다. 그때부터 병수는 '운수남'으로 불렸다. 일이 없는 날에는 부동산에서 내기바둑을 두었는데 손자 입시나, 자식 취직 시험을 앞둔 사람들이 꿈을 꾸면 꼭 자기한테 팔라고 했다. 꿈값으로는 만 원을 받았다. 딱 이천 원 정도가 적당했는데, 사는 사람들이 꿈값으로 이천 원은 효력이 없으니까 만 원으로 하자고 했다. 다행히 그는 가끔 운수 좋은 꿈을 꾸었다. 병수는 잊지 않고 기억해 두었다가 꿈을 꾼 날 전화를 해 주었다. 그러면 사람들은 깨끗한 돈을 어렵게 준비해 왔다. 그리고 병수가 꾼 꿈 이야기를 듣고, 듣고, 또 들었다. 그는 처음에는 기억이 가물가물하다가 세 번째 말을 할 때는 확신이 생겼고, 자신이 생각해도 제법 그럴듯했다.

하늘에서 금돈이 쏟아져서 바닥에 있는 금돈을 쓸어안는 등의 꿈이었다. 사람들은 하늘에서 쏟아지는 금돈이라는 이미지만으로도 황홀해했다. 그가 좋아하는 꿈은 대파다발을 품에 안고 있는 꿈인데 사람들이 그것은 별로 좋아하지 않았다. 그래도 허씨 아들에게 대파다발 꿈을 꾸어 주어서 그 아이도 좋은 대학에 합격했다. 병수는 가끔씩 금요일이면 로또복권을 사서 친구들에게 한 장씩 나누어 주었다. 그 중 3등에 당첨된 사람도 네 명이나 있었다. 여기까지가 병수 씨의 쥐구멍에 볕 든 날의 이야기다.

병수가 술집에 들어서자 뭔가 웅성웅성 소란스러웠다. 허씨와 마씨가 무엇인가 속닥거리고 있었다. 병수가 호주머니에서 로또복권을 꺼냈다.

"자네들, 이것이 뭔 줄 알아?"

허씨가 의자를 끄집어 당겼다. 공씨가 병수의 눈치를 보았다.

"내가 아침에 꿈을 꾸었는데 돌아가신 어머니가 땅문서를 주더라니까. 내가 그 꿈을 나누어 주려고 로또를 사가지고 왔지."

허씨와 마씨가 "엥?" 하면서 그를 쳐다보았다.

"어머니가 땅문서를 주었어?"

"응, 다른 꿈은 기억이 가물가물한데 이번에는 아주 또렷했다니까."

공씨가 괜히 큼, 큼, 거렸다.

"이게 뭐야? 진짜 병수 운이 로또 1등만큼 컸었나 보네."

허씨도 큼, 큼 거렸다.

"왜 무슨 일 있어?"

"자, 자 술이나 한 잔 받어."

그때 해물파전이 나왔다. 병수는 허씨가 따라준 막걸리를 들이켰다. 공씨가 "나는 진짜로 몰랐어. 나를 믿어 줘야 해. 내가 김희교 구의원도 만나고 부동산 사람들 다섯 명을 직접 만나서 이야기를 들었다니까. 그때는 진짜 아무 일도 없었다니까."

"대체 무슨 일인데 그래?"

병수는 갈급증이 났다.

"저기 병수 네가 3억에 팔아버린 땅 있잖아. 그게 세븐건설에 16억에 되팔렸대."

"엥? 그게 무슨 소리야"

"금암산이 그린벨트가 풀려서 세븐건설에서 아파트를 짓는 데 병수 네 땅이 꼭 있어야 한데. 네 땅이 없으면 20층까지 밖에 못 짓는대. 네 땅이 있으면 24층까지 올릴 수가 있대. 그게 뭐라고?"

"일조권."

"그래 일조권 때문에 네 땅이 꼭 있어야 한대. 그래서 그 땅이 16억에 되팔렸대."

"일조권이 뭐야?"

"햇빛을 볼 수 있는 권리인가 뭔가 그렇대. 그 땅을 산 사람이 남구청 장 처남이래. 조만간 그린벨트가 풀릴 줄 알았던 거지. 남구청장 처남하 고 세븐건설 사장이 작당을 해서 금암산 그린벨트를 풀고 건축허가를 받 아내서 남구청장 처남이 알박기로 3년 만에 13억을 번 거야."

마씨의 목소리에 활력에 넘쳤다. 그의 불행이 마씨의 행복이었다. 귀 신 씨나락 까먹는 소리 같았다.

"나는 진짜로 몰랐어. 내가 구의원한테도 몇 번이나 물어봤다니까."

병수는 손에 들고 있던 로또복권을 슬그머니 호주머니에 집어넣었다.

"그래도 사가지고 온 로또니까 나눠 갖게. 자네 꿈은 이미 남구청장 처 남이 홀라당 잡쉬 버린 것 같지만. 그래도 남은 부스러기라도 있겠지."

그는 로또 복권을 공씨, 허씨, 마씨에게 한 장씩 나누어 주었다. 그 후 로 사람들은 그에게 더 이상 운수남이라는 말을 하지 않았다. 대신에 모 였다 하면 16억 이야기를 했다. 16억으로 할 수 있는 일은 상상을 할 수 가 없었다. 16억으로 할 수 있는 일을 상상해 낼 수가 없어서 별로 재미가 없었다. 재미로 치면 3억이 훨씬 더 실감나고 재미있었다.

그는 화병이 들었다. 13억을 잃어버린 상실감에 가슴이 아파왔다. 세상에 존재하지도 않는 돈 때문에 상실감이 몰려왔다. 가슴에 불을 담은 것처럼 화가 차올랐다. 잊을 만하면 마씨가 16억을 들먹거려서 속에 불을 질렀다. 16억을 벌 수도 있었던 자기가 이깟 도배일을 하고 있는 것도 억울했다. 16억은 하늘의 별이나, 미국 뉴욕처럼 알지만 모르는 것이었다. 자신하고 무관하다고 생각했다가도 남구청장 처남이 벌었다는 13억이 꼭 자기 돈만 같았다. 13억을 빼앗긴 것 같았다.

하루는 술자리에서 마씨가 또 16억 말을 꺼내자 허씨가 이제 그만하라면서 마씨의 말을 뚝 잘랐다.

"병수 자네도 그러는 것이 아니여. 그 3억으로 자네 아들 때 맞춰 24평 아파트 떡 하니 사서 결혼시켰잖아. 그것이 자네 어머니가 자네한테 주신 땅문서야. 더 이상 바라면 사람도 아니지. 자네가 지금 뭣에 홀려서 광복촌 슬라브집은 다 잊어버렸지. 자네 3년 전까지 슬라브집에 살았어. 자네 아들이 구경시켜 준 대학교도 다 잊어버렸지. 16억 소리 듣더니 사람이 이상하게 변하네. 좋은 며느리 얻은 것이랑 자네 아들 편하게 직장생활 잘 하는 것은 다 잊어버린 것 같아."

마씨가 입을 삐죽거리면서 술잔을 들이켰다.

"나는 자네가 항상 고마워, 대학교 구경도 시켜 주고, 꿈 잘 꿔서 우리 아들 대학교도 붙게 하고."

"그게 병수가 꾼 꿈 때문이야? 자네 아들이 공부를 잘 해서 그렇지."

마씨가 이죽거렸다.

"그래서 자네는 자네 아들 취직 시험 볼 때 병수한테 꿈 산다고 그렇게 들들 들볶았냐? 날이면 날마다, 믿지도 않으면서 그렇게 들볶았어? 병수가 결국은 꿈 꿔서 줬잖아. 아니야? 아들 시험 합격하고 나서 우리한테 삼겹살 샀잖아. 아니냐?"

"기분이 좋아서 산 거지 꿈 때문에 산 건 아니야."

"옛날 일 다 잊어버리지 마. 병수 자네도 정신 차려. 도배 시마이가 옛날 손맛이 아니야. 뭔가 부족해. 딱 떨어지지가 않고 헐렁해. 나는 병수 자네를 항상 감사하게 생각하고 있어. 자네가 애들 인문계 보내는 것 보고, 나도 따라서 인문계 보낼 자신이 생겼고, 자네가 아이들 대학 가르치는 것 보고 나도 대학 보낼 자신이 생겼어. 솔직히 우리같이 날일해서 언감생심 대학이 뭐야. 솔직히 도배 일하는 사람들 중에 우리가 애들 제일 잘 가르쳤잖아. 자네 아들 대학 붙을 때 생각하면 지금도 내 가슴이 떨려. 내가 자네 아들 자랑하면서 한평생을 산 것 같애. 솔직히 우리 애들이 잘 된 것도 자네 아들 덕이야. 자네가 광복촌 살 때 우리 집은 양옥집이었잖아. 자네보다 살림이 더 나았어도 마음은 항상 불안했는데 자네만 보면 힘이 생겼어. 자네는 나한테는 진짜 운수남이야. 마씨 이제 진짜 16억 소리는 입에도 담지 마."

병수는 허씨의 도배 마감이 부족하다는 지적을 듣고 나자 정신이 번쩍 들었다. 자신이 어딘가 먼 곳을 떠돌다가 되돌아온 것 같았다. 몸은 여기에 있지만 정신은 어딘가를 정처 없이 떠돌았다. 술자리가 끝나자 그는 술기운에 취한 채 어둠 속을 천천히 걸었다. 걷다 보니 아들의 아파트였다. 그는 주차장에서 아들과 며느리가 살고 있을 12층을 올려다보았다. 12층에서 흘러나오는 따스한 불빛을 바라보았다. 허씨 말대로 자기는 광복촌 슬레이트집도 그 집에 심었던 봉숭아꽃도 다 잊어버렸다. 겨우 3년

만에. 3년 만에 30년 동안 살았던 삶을 모두 잊어버렸다. 그는 불빛을 바라보며 오랫동안 서 있었다.

마당에 쏟아지던 햇빛이 떠올랐다. 탐스럽게 무럭무럭 자라나던 아이들, 햇빛이 잘 드는 마당에서 조약돌로 봉숭아 꽃잎과 백반을 찧어서 딸아이의 조막만 한 손톱에 들이던 봉숭아물. 방이 좁은 줄도 모르고, 스탠드를 켜고 새벽 두 시까지 공부하던 아이들. 상이 좁은 줄도 모르고 맛있게 밥을 먹던 아이들. 아이들 수업료를 넣어 두었던 문갑. 병수는 모든 것이 확연하게 떠올랐다. 그의 가슴에 가득 차 있던 화가 사르르 녹으면서, 그 자리에 그 시절의 햇빛이 가득 차기 시작했다.

탐조등

1

거문도등대의 섬광을 소재로 한 홍묘나의 미디어아트 작품 '탐조등'은 학림문화센터 1층 로비 한 벽면을 가득 채우고 있었다. 어둠 속 일렁이는 파도는 포효하는 검은 짐승 같았다.

거문도등대는 1905년에 점등되었다. 프리즘 렌즈에 의해 적색섬광과 백색섬광이 15초마다 교차한다. 적색섬광은 일렁이는 검푸른 바다 위를 23마일까지 불을 밝혔다. 거문도등대는 2005년 12월 31일, 숨이 다할 때까지 백 년 동안 칠흑 같은 어둠을 향해 빛을 쏘았다. 어둠 속 바다 위, 교차하는 적색섬광과 백색섬광만이 지상의 날것처럼 날카롭게 살아 있었다. 한 치의 오차도 없이. 고요 속, 차가운 섬광만이 23마일의 공간을 원형으로 밝혔다.

1층 커피숍에서는 뉴에이지풍의 피아노곡이 흐르고 있었다. 피아노 선율 사이를 탐조등의 파도 소리가 뚫고 들어왔다. 피아노 소리와 파도 소리는 불협화음으로 부딪혔다.

'시네필로' 강의를 하기 위해 학림문화센터에 갈 때마다 '탐조등'의 파도 소리가 뒤통수에 따라붙었다. 강의실이 있는 2층으로 올라가기 위해 계단을 오르다가 발걸음을 되돌려서 1층으로 다시 내려와서 작품 앞에 섰다. '탐조등'은 배 갑판 위에서 거문도등대를 향해 카메라를 고정시키고, 거문도등대의 섬광을 사로잡은 작품이었다. 배가 출렁일 때마다 섬광도 흔들렸다. 바다와 거문도등대 사이의 거리가 아득했다.

내가 학림문화센터에서 '시네필로' 강의를 시작한 지도 벌써 4년이나 되어 간다. '시네필로'는 '영화 속 철학읽기'라는 부제로 영화에서 나타나는 철학을 이야기하는 시민대상 인문학 강좌다.

수강생들과 함께 영화를 본 후, 내가 20분 정도 강의를 한다. 수강생들에게 두 가지 정도의 질문을 받고 내가 답변하는 식이다. 그리고 걸어서 3분 정도 거리에 있는 맥줏집으로 옮겨서 마른안주나 돈가스 안주를 시켜 놓고 생맥주 500cc를 마시면서 두 시간 정도 사담을 나눈다. 수강생들이 한 달에 내야 하는 돈은 10만 원이다. 5만 원은 수강료이고 나머지 5만 원은 생맥주집 술값이다. 내가 학림문화재단으로부터 받는 강의료는 회원들에게서 걷는 75만 원과 문예기금에서 지원받은 국가 보조금 85만 원을 더해서 160만 원 남짓이다. 대학에서 강의를 하고 받는 시간강사료와 비교하면 결코 적지 않은 금액이었다.

강의는 처음 일곱 명에서 시작했다. 대학 강의와 달리 레포트도 없고 시험도 없어서 나태해지기 쉬웠지만, 한 명 한 명 몸을 불려서 지금은 15명이나 되었다. 수강생들은 두서너 명이 들고 나고 했다.

학림문화센터는 학림문화재단에서 운영하고 있는 사무국장 1명과 간사 1명이 상근하는 심플한 조직의 민간문화단체다. 학림건설은 '더 루브르'라는 29층, 70평형 아파트 브랜드를 출시해서 100% 분양시켰다. 학림문화재단은 건설업으로 시작해서 유통업, 저축은행 인수, 홈쇼핑 채널까지 사세를 확장해 신흥 재벌 대열에 합류한 학림그룹에서 자금을 출원해 만들었다.

학림문화센터는 노출 콘크리트 양식으로 지은 심플한 4층 건물로, 1층 커피숍, 2층 강의실, 3층 전시실, 4층 사무실로 구성돼 있었다. 심플하고 감각적이고 명쾌했다. 시민인문학강좌는 '시네필로'를 포함해서 모두 네 개의 프로그램으로 구성돼 있었다. 기획전시는 6개월에 한 번씩, 일년에 두 번만 했고, 나머지는 대관전시와 상설전시로 운영됐다. 옥상에는 의자를 두고 테라스를 꾸며 놓았다.

처음 강의 제안을 받고 고민을 많이 했다. 선배들이 시민강좌를 하면서 스트레스 받는 것을 많이 봤었다. 시민강좌는 수강생들과 사적인 관계가 시작되면 감정적으로 복잡해지기 쉬웠다.

나는 감정적으로 관계가 복잡해지는 것에 두려움을 갖고 있다. 그래서 행동반경도 좁고, 인간관계도 협소했다. 대학생 아이들을 가르치면서, 신화학이나 고대 그리스, 니체 관련 책을 읽고, 캔맥주를 마시면서 사는 것이 가장 쾌적했다. 비싼 옷이나 가방에 대한 욕심도 별로 없고 식탐도 없다. 집도 지금 살고 있는 24평이면 충분했다. 따로 거창한 서재가 필요하지도 않다. 내가 대학 전임강사가 못 된 것은 가슴 아프지만 그것은 내 노력만으로 되는 일이 아니어서 지금은 마음을 접었다. 내가 감정적으로 메말라 간다는 것을 알고 있었지만 이미 내 나이는 마흔을 넘어섰다. 내 삶의 틀이 이미 만들어져 있는 것이다.

내 남편, 내 아이도 감당 못 해서 결혼도 안 했는데, 남의 남편, 남의 아이, 남의 시댁 이야기를 들어주어야 한다는 것은 상상만으로도 끔찍했다.

2

강의 공고가 나가고 총 일곱 명이 수강 신청을 했다. 수강생은 남자 둘, 여자 다섯이었다. 조금 실망한 나에게 사무국장은 성인 대상 인문학 강의 수강생으로 일곱 명이면 그렇게 적은 숫자는 아니라고 말했다. 다른 강의와 달리 빔프로젝트를 설치해야 하는 번거로움이 있었다. 사무국장은 몸으로 하는 일을 아주 잘하는 사람인 듯했다. 어쨌거나 강의는 시작됐다.

첫 번째 영화는 '구로사와 아키라' 감독의 〈라쇼몽〉이었다. '루빈의 컵'과 연결해서 〈라쇼몽〉 이야기를 시작했다. 강의를 모두 끝내고 학림 문화센터를 걸어 나오려는데, 뒤에서 "현진아—"하는 소리가 들렸다. 나를 직함 없이 '현진아'로 부를 수 있는 사람은 많지 않았다. "나야 나. 기억나지?" 여고 동창 수현이었다.

나는 발길을 돌려서 그녀와 함께 1층에 있는 커피숍으로 들어갔다. 나는 카페라떼를 시키고 그녀는 아메리카노를 시켰다. 그녀는 전문대를 졸업하고 바로 결혼을 한 후 전업주부로 지냈는데 아이가 중학생이라고 했다. 수강 신청할 때 강사가 나인 줄 몰랐다고 했다. 기분이 묘했다. 거의 20년 만에 만났는데 바로 어제 만난 사람처럼 이야기를 한다는 것이. 수현은 서글서글하고 수다스러웠다. 목소리도 컸다. 그리고 잘 웃었다. 거침없이 내 이름을 부르는데 마음이 툭 놓였다.

시민 대상 강의는 대학생 전공자들을 가르칠 때와는 조금 달랐다. 수강생들의 열정은 전공자들 못지않았다. 지식에 대한 갈망이 있었던 사람들이라서 수업 태도는 아주 진지했다. 또 대화의 기쁨도 있었다. 시니컬하고 냉소적인 대화에 지쳐 있던 나는 모든것을 긍정하고 이해해 주는 대화가 참으로 인상적이었다. 만약 내가 흡혈귀라고 고백을 하면, 사람들은 쯔쯔쯧, 어쩌다가 그렇게 됐을까로 시작해서, 어디 어디에 있는 한의원을 가면 그 병을 고치는 약을 구할 수 있다는 식으로 흘러갈 것이다.

강의가 시작된 지 6개월쯤 지났을까.

수현이 데려온 신입회원이 영훈 엄마였다. 수현과 영훈 엄마는 중학교 반장엄마 모임에서 만났다고 했다. 영훈 엄마의 남편은 종합병원인 '청운병원'의 원장이라고 했다. 영훈 엄마는 짧은 단발 웨이브 퍼머를 하고 검정색 패딩재킷을 입고 있었다. 수더분한 차림새였다. 흔히 주부들이 마트에 장을 보러 갈 때나 입을 수 있는 차림새였다. 명품 가방, 하다못해 명품 스카프 한 장 없었다. 신발도 단화를 신고 다녔다. 간호사로 일하다가 아이를 낳은 후 그만두고 전업주부로 살았다고 했다. 그녀는 수업 시간에는 있는 듯 없는 듯 있었다.

영훈 엄마는 강의에 두 번째 나오는 날, 커다란 보온병에 더치커피를 담아 왔다. 강의실에는 믹스커피가 있었다. 그동안은 종이컵에 믹스커피를 각자 타서 마셨다. 그녀는 그 다음 수업에 나오는 날에는 장미 문양이 새겨진 포트메리온 머그컵 20개를 가져왔다.

그녀는 수업이 시작되기 20분 전에 미리 도착해서 테이블 위에 도자기 커피잔을 세팅하고 직접 더치커피를 잔에 따랐다. 나는 세팅된 영국 명품 커피잔을 들면서 조금 불편했다. 뭐랄까, 수업의 집중력이 흐트러지는 기분이었다. 커피를 한 잔 마시고 수업을 시작하는 것이 좋기는 한데, 테이블 위에 열을 맞추어 있는 장미 문양이 새겨진 커피잔이 자신의 존재감을 너무나 뽐냈다. 수현이 입술을 삐죽거렸다. 맛있는 커피를 마시니까 엔도르핀이 돌기는 했다. 문제는 그 다음에 일어났다.

강의를 마치고 심플하게 맥줏집으로 이동을 해야 하는데 수업이 끝나고 나서 영훈 엄마가 화장실에서 유리컵을 씻는 동안 15명이 기다려야 했다.

수현이 노골적으로 짜증을 냈다. "다음부터는 유리컵 쓰지 말고 그냥 일회용 컵으로 마셔요."

그날 이후에도 영훈 엄마는 가끔씩 맹감잎에 쌓인 망개떡이나 한 개씩 포장된 호박 인절미 등 이런 저런 간식을 준비해 왔다. 내 수업에 신경을 써주는 그녀가 고맙기도 하고 부담스럽기도 했다.

세상 많은 것들과 거리를 유지하면서 혼자만의 영역 안에 갇혀 살던 나에게 수현은 거침없이 내 영역을 침범해 왔다.

여고 동창은 대학에 와서 사귄 사람들과는 확실히 달랐다. 반말로 하는 대화가 너무 편했다. 어딘가 먼 곳을 여행하고 다시 돌아온 것 같았다. 수현과 함께 난생처음 찜질방을 가 보았다. 수현은 그런 나를 냉동되었다가 해동된 사람 같다고 했다.

어느 금요일 아침, 수현에게서 전화가 걸려 왔다. 전주에 있는 갤러리로 그림을 보러 가자는 것이었다. 다른 도시로 간다는 것이 마음에 끌렸다. 약속 장소로 나가 보니 수현의 차 안에 영훈 엄마가 함께 있었다. 그후 우리는 한 달에 한 번 정도 시내를 벗어난 곳에 있는 갤러리와 레스토랑이 함께 있는 곳으로 그림을 보러 다녔다. 운전은 주로 수현이 했다.

나는 다른 친구들이나 학교 업무로 만난 사람들에게는 음식값을 잘 내면서도 어쩐지 영훈 엄마와 있을 때는 식사 값을 내지 않았다. 대신 커피숍에서는 내가 계산을 했다. 코스가 나오는 파인 요리나 스테이크 등 비싼 식사는 항상 영훈 엄마가 샀다. 내가 커피를 사는 횟수가 잦아서, 영훈 엄마가 우리 교제에 큰돈을 쓰고 있다는 생각을 전혀 하지 못했다. 또 그것이 너무나 은밀해서 내가 알아차리지 못했다.

　수강생들은 추석과 설에 나에게 명절 선물을 했다. 영훈 엄마가 총무였다. 수강생들이 돈을 모아서 한 선물은 더덕 세트였다. 그리고 그녀가 개인적으로 나에게 한우세트를 선물했다. 처음에는 부담스러웠는데 받다 보니 익숙해졌다. 더덕은 분홍색 보자기, 한우는 금색 보자기로 포장되어 있었다. 백화점 식품매장에서 파는 대나무바구니에 담긴 한우 명절 선물세트가 그렇게 비싼 줄을 몰랐다. 명품 스카프나 가방 같은 것이었으면 부담을 느꼈을 것이다. 그런데 더덕과 한우가 함께 있으니까 식재료로 느끼고 가볍게 받았다.

　1년쯤 지났을까. 그날은 남해에 있는 곰스크갤러리로 그림을 보러 갔다. 두 시간 정도 운전을 해서 살고 있는 도시만 벗어나도 기분 전환이 된다. 우리나라 어느 곳에나 펼쳐져 있는 들판이며 능선이다. 어느 곳으로 가거나 비슷비슷했다. 그래도 내가 살고 있는 도시만 아니면 나들이 기분이 났다. 남자친구가 없이 벌써 3년이나 지나서 그런 나들이를 못 한 지도 3년이 넘었다. 익숙한 갤러리 구조인데도 내가 살고 있는 도시에서 볼 때와는 달랐다. 그림들을 둘러본 후, 갤러리 옆에 있는 이탈리아 레스토랑에서 점심 식사를 하게 되었다. 파스타로 식사를 마치고 후식으로 나온 커피를 마시고 있었다. 영훈 엄마가 조금 머뭇거리며 말을 꺼냈다.

　"저 선생님께 의논드릴 일이 있어요."

"뭔데요?"

"이게 기사 거리가 될지 잘 모르겠어요. 저희 병원에 교통사고로 허리를 다쳐서 1년째 입원 중인 아이가 하나 있어요. 부모님이 모두 돌아가시고 할머니와 단 둘이 사는 아이예요. 그런데 그 아이가 병원에서 인강으로 공부를 해서, 고등학교 검정고시에 합격을 하고 이번에 수능을 치렀는데, 거점 국립대인 A대학에 합격을 했어요. 대학 등록금은 4년 동안 저희가 대기로 했어요. 환자분들도 자기 일처럼 기뻐하시더라구요. 아이를 응원하는 차원에서 신문 기사가 나가면 어떨까 하구요."

"네."

"병원비도 1년 치나 밀려 있대. 기사가 나가면 너무 좋겠다. 아이가 절망하지 않고 병원에서 공부를 했다니 얼마나 기특하니. 과외다 학원이다 해도 A대에 입학하기 힘든데."

수현이 말했다.

나는 그때 마음을 열었다. 등록금이야 눈에 선명하게 보이는 돈이니까 기부를 할 수도 있지만, 병원비는 조금 차원이 다르다. 대학은 안 가면 그만이지만 고등학생이 허리 치료를 그만둬 버릴 수는 없는 일이니까.

그것이 시작이었다. 영훈 엄마는 내 안에 숨어 있던 숭고한 감정을 건드렸다. 그래서 평소 같으면 절대 할 수 없는 일들에 용기가 생겼다.

3

민주가 정한 약속 장소는 싱글몰트를 주로 파는 위스키바였다. 술집은 밝고 활기에 넘쳐 있었다. 쳇 베이커의 '본 투 비 블루'가 흘러 나왔다. 민주는 웨이터와 가벼운 눈인사를 하고 나를 룸 안으로 데리고 들어갔다. 그녀는 캐시미어 코트를 벗어서 소파 위에 얌전하게 개켜 놓았다. 쿠션감을 거의 느낄 수 없는 가죽소파의 감촉이 아주 좋았다.

민주는 대학 과 동기이자 나의 유일한 친구였다. 내가 성격이 변변하지 못해서 백만 원 정도 융통해 쓸 수 있는 사람도 없었다. 가족들에게도 돈 이야기는 입이 떨어지지가 않았다. 그동안 부모님께서 대 주신 등록금만 해도 석사 학위를 받을 때까지 무려 12학기나 된다. 민주는 크고 작은 다른 부탁들은 거절을 해도, 내가 돈 이야기를 하면 단 한 번도 거절하지 않고 그날이 가기 전에 계좌로 입금해 주었다. 제일 크게 빌려서 쓴 돈이 오백만 원이었다. 물론 돈이 생기면 바로 갚았다.

"여기 룸 안에서는 담배 피워도 돼."

웨이터가 글렌피딕 12년산 한 병과 접시에 담은 치즈를 세팅해 주고 나갔다. 치즈 옆에 재떨이도 놓아 주었다. 민주는 익숙한 몸놀림으로 얼음 집게로 크리스탈 아이스버킷에 담겨 있는 각얼음을 집어서 온더록스 잔에 넣었다. 스트레이트 잔에 위스키를 따라서 온더록스 잔에 부은 후, 손목 스냅을 이용해서 온더록스 잔을 가볍게 흔들어서 내 앞으로 내밀었다. 모든 것이 물 흐르듯 자연스러웠다.

"나 부장으로 승진했어."

민주는 H일보 정치부장 명함을 내 앞으로 내밀었다.

"너 문화부 기자 아니었어? 정치부 안 힘들어?"

"그게 언제적 얘긴데. 안 힘들어."

"정치인들하고 술도 마시고 해야 하는 거 아냐?"

"그 정도는 마시지. 폭탄주도 말고, 파도도 타고. 그 정도는 해. 그런 건 별로 안 힘들어. 우리 집 남자 순수 지켜보는 게 힘들지. 지금은 무농약 딸기 농사 짓고 있어. 다 썩어가는 새끼 손가락만 한 딸기 얌전하게 씻어 와서 나 먹으라고 천진난만한 눈빛으로 나 쳐다보는 게 견디기 힘들지."

민주의 남편 승태 이야기였다. 승태는 민주와 나의 과후배로 5년 연하였다. 승태의 열렬한 구애로 결국 결혼에 골인했다. 그때 승태 나이는 겨우 스물여덟이었다.

"이혼하지 그러니."

"이혼?"

민주는 이혼이라는 말을 처음 들은 사람처럼 어깨를 으쓱하면서 화들짝 놀라는 표정을 지었다.

"순수한 맛이라는 게 있잖아. 어떻게 지켜 낸 순수인데, 남 주기엔 아깝지. 신용불량자라서 더 이상 큰 사고는 안 나. 돈 못 벌고 순수한 거만 빼면, 나머지는 괜찮아. 못생긴 딸기 좀 먹으면 어때? 죽는 것도 아니고."

민주가 포크로 치즈 한 조각을 콕 찍어서 내 앞으로 내밀었다. 나는 그 치즈를 받아먹었다.

"민주야. 시네필로 수강생 중에 청운병원 원장 부인이 있어. 청운병원에 부모님이 모두 돌아가셔서 할머니와 단둘이 사는 고등학생 아이가 있는데, 교통사고로 허리를 다쳐서 1년째 입원 중이래. 그 아이가 병원에서 공부를 해서, 고등학교 검정고시에 합격을 하고 수능을 치러서 A대학에 합격을 했는데, 청운병원 원장이 그 아이 4년 등록금을 대기로 했대. 미담 기사로 어때?"

민주가 고개를 갸웃했다.

"청운병원 사모라고?"

"응."

"할 말이 그게 다야?"

"응."

"청운병원 사모가 딱 거기까지만 말해? 그 다음 말 없었어?"

"없었는데."

"너 지금 나한테 청탁하니?"

민주는 내 눈을 정면으로 쳐다보면서 "딸깍" 소리가 나게 금장라이터를 켜서 담배에 불을 붙였다.

"아 아냐 그런 거. 내 수강생인데 내가 청탁할 일이 뭐가 있겠어."

그녀가 소파에 등을 기대고, 담배 연기를 깊게 들이마시면서 다리를 꼬았다. 그녀는 손가락으로 테이블을 톡톡 두드리면서 말을 이어나갔다.

"현진아. 내가 너를 좀 아는데. 네가 남의 일에 나서고 할 사람이 아니야. 진짜 그게 다야?"

"신문기자가 기삿거리가 있어서 기사를 쓴다는데 문제 될 게 있어?"

"김박사. 네가 그래서 교수가 못 된 거야. 코앞만 쳐다보면서 하루하루 죽어라 공부만 하면 뭐하니? 교수 못 된 거 하나도 안 억울하고 견딜 만하지? 견뎌야지 뭘 어쩌겠어. 까짓 시간강사만 죽어라 한다고 진짜 죽어 버리는 것도 아니고. 여우짓만 하던 꼴통 후배가 학과장 하는 거 지켜보면서 시간당 4만 원씩 받으면서 열심히 강의 뛰어야지 뭐."

"너 진짜."

"넌 실력도 좋은 네가 왜 자꾸 임용에서 밀리는지 아직 이유도 모르겠지. 아니 알려고도 안 했겠지. 아니면 다 알면서도 시치미를 떼고 있거나. 내가 그 기사 쓰는 거 거절하면 어쩔 거야? 기사 감도 안 되고 재미도 없어서 거절한다면 어쩔 거야?"

굴욕감이 스쳐 지나갔다. 그런데 민주가 사람 대놓고 이죽거리고 그런 스타일은 아니었다. 뒤에서 호박씨 까는 스타일도 아니지만 사람 앞에 두고 면박 주는 스타일도 아니었다.

"내가 정치부 기자를 하면서 배운 게 뭔지 아니? 정치는 구도라는 거야. 누가 당선될지 수학 공식처럼 답이 딱 나와. 구도에 의해서 당선이 확정되더라고. 너 지금 내 말 겁나 기분 나쁘지. 그래도 내가 그 기사를 써 줬으면 좋겠지? 그게 청탁이야."

민주는 내 눈빛이 확 바뀌는 것을 놓치지 않았다. 없던 일로 하고 자리에서 일어나 버리고 싶었지만 참고 앉아 있었다.

"생존해 있는 인류 중에 우리 집 남자하고 네가 그나마 순수한 종족이야. 내가 웬만하면 감이 딱 오거든. 근데 이건 도무지 감이 안 오는 구도야. 도대체 네가 왜 이런 문제를 들고 나를 찾아오냐는 거지. 청운병원 사모하고 너하고 엮일 일이 전혀 없는데 말이지. 너 아직도 내가 무슨 말 하는지 못 알아먹겠지. 너 전문직 여자가 샤넬백 들고 다니면 촌스럽고 취향 없어 보이고 그러지? 그래도 사람들이 왜 이걸 굳이 들고 다니겠니? 들고 다니다 보면 들고 다닐 만해. 사람들이 한눈에 스캔하는 거 뻔히 보이는데 그게 또 견딜 만해. 싼 물건은 싼 맛이 있고, 비싼 물건은 비싼 맛이 있거든. 내가 어떻게 해 주면 돼?"

"뭘?"

"기사 써 달라매? 뭘 어떻게 해 줄까?"

"아. 아."

나는 영훈 엄마의 전화번호를 민주에게 내밀었다.

"현진아. 난 이 정도면 솔직하게 다 말했어. 쓸데없는 일에 너무 큰 패 쓰지 마."

민주가 왼쪽 눈을 찡긋했다.

일주일 후, H일보 사회면에 영훈 엄마의 남편인 김선호 원장과 아이 가 함께 찍힌 사진과 함께 기사가 제법 크게 보도되었다. 민주의 문자를 보고 신문을 찾아보았다. 신문 기사를 보면서 뭔가 찝찝했지만 그것이 정확이 무엇인지는 깨닫지 못했다.

신문 기사가 나간 후, 영훈 엄마는 수현과 나에게 식사 대접을 했다. 몇 번이나 거절했지만 결국 나는 영훈 엄마와 저녁을 먹고 있었다.

H일보 기사가 나간 후, 김선호 원장은 TV 명사초청 인터뷰 프로그램 에 '봉사활동하는 의사'로 출연하게 되었고, 몇 개의 신문에 비슷한 내 용의 인터뷰 기사가 실렸다.

개인적으로 친분이 있었던 의사 몇 명과 의료 봉사를 다니던 김선호 원장은 본격적으로 '모두함께'라는 의료봉사 NGO단체를 출범시켰다. 발기인은 모두 10명이었다. 나도 발기인으로 들어갔다. '모두함께'는 작 은 사무실을 얻어서 창립대회를 가졌다. 발기인 10명과 의사를 포함해 참여회원이 50여 명 규모였다.

김선호 원장은 추진력이 아주 강했다. '모두함께'가 창립한 지 한 달 도 못돼서 라오스 의료봉사단체가 꾸려졌다. 라오스로 봉사 활동을 갈 때 고등학생에게까지 문호를 개방했다.

공교육에 적응하지 못해 대안학교인 '용현학교'에 다니고 있는 고등학생 아이들 다섯 명이 라오스 의료 봉사에 함께 참가했다.

나는 '모두함께'에서 하는 라오스 의료봉사를 신문기사로 보았다. '시네필로' 수업을 마치고 맥줏집에서 하는 2차에서도 라오스 봉사 활동이 화제에 올랐다. 영훈 엄마는 핸드백에서 A4종이를 꺼내 수강생들에게 한 장씩 돌렸다.

"라오스에는 초등학교도 다니지 못해서 글도 읽지 못하는 아이들이 있대요. 그 아이들은 신발도 안 신고 맨발로 다녀요. 자원봉사자 한 명이 이 아이들을 가르치고 있는데 땅에 텐트를 치고 가르치고 있어요. 그래서 '모두함께'에서 이 아이들을 위해서 작은 학교를 건립할 계획을 세웠어요. 학교를 건립하고 그 옆에 작은 보건소를 함께 짓는 거죠. 회원가입해 주시고, 한 달에 3천 원씩만 CMS계좌로 이체해 주시면 돼요."

영훈 엄마는 이상한 열기에 휩싸여 있었다. 수강생들은 초등학교도 못 다니고 텐트를 치고 공부하는 애들을 위해 학교를 짓는다는데, 한 달에 3천 원만 내면 된다는데, 야멸차게 거절을 하지 못하고 모두 기부 증서를 썼다.

"저희 선생님께서는 모두함께 발기인이세요. 우리나라도 예전에 다른 국가로부터 도움을 많이 받았으니까 이제 우리도 갚아야죠."

라오스에 학교를 짓는다고 했을 때 한편으로는 놀랐고, 내가 그 일에 참가한다는 것이 가슴 뿌듯하기도 했다. 초등학교도 다닐 수 없는 아이들에게 글을 가르친다는 생각만 해도 가슴이 벅차올랐다.

사실 나는 그때까지만 해도 반신반의했다. 3천 원씩 기부 받아서 어느 세월에 라오스에 학교를 세울 수 있을 것인가. 차라리 아이들을 위해서 학용품이나 신발을 사서 선물하는 게 더 현실감이 있어 보였다. 나는 실제 그 아이들을 위해서 신발 50켤레를 사서 보내기도 했다.

6개월쯤 지났을까. H일보 교육면에 '용현학교' 아이들이 '모두함께' 로고가 새겨진 청색 재킷을 맞춰 입고 라오스에 세워질 학교의 벽에 페인트 칠을 하고 있는 기사가 보도되었다.

김선호 원장은 결국 라오스에 학교를 건립했다. 나는 라오스에 함께 가지는 못했다. 언제부터인지 민주는 라오스 봉사 활동을 따라가서 취재를 해 오곤 했다. 현장에서 취재한 기사여서 기사는 생생했다. 학교 건물 앞에서 V자를 그리면서 활짝 웃고 있는 라오스 아이들의 해맑은 얼굴을 보면서 나는 내가 한 일에 순수한 기쁨이 차올랐다.

어쩐 일인지 영훈 엄마는 민주와 함께 자리를 만들지는 않았다. 민주는 갤러리 나들이를 갈 때 함께 가지고 해도 거절을 했다. 영훈 엄마는 2월 말에 아이가 고3이라서 뒷바라지를 해야 한다면서 '시네필로' 강의를 그만두었다. 영훈 엄마가 하던 총무는 수현이 물려받았다. 그녀가 강의에 나온 지 3년 만이었다.

4

어느 날 민주가 경쾌한 목소리로 전화를 걸어왔다. 이사를 해서 저녁 식사 대접을 하고 싶다고 했다. '시네필로' 강의가 끝나는 날, 학림아트 센터로 나를 데리러 온다고 했다.

목요일 오후, 내가 강의를 마치고 나오자 민주는 커피숍에서 나를 기다리고 있었다. 아메리카노를 한 잔 마시고 커피숍을 나왔다. 오후 5시였다.

"그냥 밖에서 먹어도 되는데, 번거롭잖아."

"괜찮아. 승태 씨가 음식 만들어서 손님 접대하는 그런 거 좋아해. 게다가 내가 꼭 너한테 식사 대접을 하고 싶어서 그래."

"내가 너한테 식사 대접 받을 일이 뭐가 있어? 항상 네가 나를 도와주었지."

민주가 어깨를 으쓱했다. 함께 로비를 걸어 나오다가 그녀가 '탐조등' 앞에서 걸음을 멈추어 서서 작품 설명을 읽었다.

"야, 이 작품 정말 압도적이다. 거문도등대 불빛이 비출 수 있는 거리가 무려 23마일이래. 23마일이면 42km야. 민주야. 사람이 42km 떨어진 곳에 서서 탐조등을 바라보고서 서서히 걸어간다면 말야, 그러니까 42km 앞을 바라보면서 어떤 일을 계획하고 차근차근 실천한다면 말야, 2km 앞을 바라보면서 사는 사람하고 어떻게 다를까?"

민주가 하이힐 굽 소리를 내면서 또각또각 주차장을 향해서 걸어가기 시작했다.

"네 차는 여기 두고 내 차로 이동하자."

그녀는 주차장에 도착해서 샤넬 핸드백에서 차키를 꺼내서 버튼을 눌렀다. "삑." 하는 소리가 났다. 신형 BMW였다. 그녀가 BMW 운전석 문을 열면서 말했다.

"타."

나는 보조석 승용차 문을 열고 탔다. 새 차에서 나는 가죽 냄새가 코를 찔렀다.

"차 바꿨어?"

"응, 네 덕에 차도 바꾸고, 아파트도 바꿨잖아."

"내 덕에? 내가 뭘 했는데?"

"그러니까."

민주는 부드럽게 주차장을 빠져나갔다. 그녀의 차는 시내를 벗어나서 40분쯤 달렸다.

"집이 꽤 외곽에 있네."

"외곽이 아니고 무등산 기슭에 있지."

"무등산 기슭에 아파트를 지을 수 있어?"

"무등산에서 법이 허락하는 가장 가까운 곳이겠지."

민주가 도착한 곳은 무등산 기슭에 있는 학림건설이 지은 '더 루브르' 아파트였다. 2층 지하 주차장에 차를 세우고 엘리베이터를 탔다. 민주의 집은 옥상을 테라스로 쓸 수 있는 복층 구조 29층에 있었다.

민주와 엘리베이터에서 내렸다. 그녀가 현관의 비밀번호를 눌러서 아파트 문을 열었다. 아파트 안으로 들어서자 대리석 바닥의 서늘한 기운이 느껴졌다. 새 집 냄새가 코를 찔렀다. 거실이 엄청나게 넓었다. 거실에는 벽에 걸린 검정 텔레비전과 베이지색 가죽 소파가 장식의 전부였다. 주방에서 매콤한 냄새가 났다.

"현진 씨. 어서 오세요."

승태는 나의 대학 후배이기도 한다. 민주의 우리 집 남자였다.

나는 소파에 앉았다. 이 아파트가 왜 시내를 벗어나서 40분이나 운전을 해야 했는지 단박에 알 수 있었다. 거실의 사각의 통유리에 무등산의 초록이 가득 담겨 있었다. 거실이 무등산으로 가득했다. 뷰가 멋지다는 말이 무엇인지 처음 알았다.

"복층 구조여서 테라스도 있는데, 테라스 구경할래?"

나는 민주를 따라서 테라스로 향했다. 테라스에는 '행복이 가득한 집' 같은 잡지에서 본 것 같은 북유럽풍의 테이블과 팔걸이의자 네 개가 놓여 있었다.

"뷰가 죽이지? 그래서 시내에서 멀고, 평수가 넓어도 '더 루브르'가 100% 분양이 됐던 거야."

나는 고개를 끄덕였다. 뭐가 어떻게 된 일인지, 도무지 알 수가 없었다. 나와 같은 24평 아파트에 살던 민주가 어떻게 학림건설에서 분양한 아파트를 사서 이사를 올 수가 있었을까. 신문기자 월급을 모아서 사기에는 감당하기 어려운 액수였다.

"덥지. 가서 저녁 먹자."

주방으로 들어서자, 승태가 아일랜드식탁 위에 화이트와인과 스테이크를 차려 놓고 오븐에서 피자를 꺼내고 있었다.

"먹자."

"무농약 딸기 농사를 지으신다면서요?"

승태가 피자 위에 있는 딸기를 가리켰다.

"이게 제가 기른 딸기예요."

"아. 네."

승태가 와인 잔에 화이트와인을 따랐다.

"와인은 여기까지만 마시고 맥주 마시죠."

승태가 일어서더니 쪼르르 달려가서 와인셀러를 열었다. 위 칸에는 와인이 가득 차 있고, 아래 칸에 기네스가 가득 차 있었다.

"여기 두 줄은 소주예요. 술하고 안주는 먹고 죽을 만큼 준비돼 있어요.

"먹고 죽기는 왜 죽어. 먹고 즐겨야지."

"스테이크 어때요?"

"아주 맛있는데요."

"잘 구워졌죠? 여기 딸기도 드세요."

승태는 피자 토핑에서 딸기만 쏙쏙 골라냈다.

민주가 승태의 손을 탁 쳤다.

"가져와. 가져오라고."

승태가 쪼르르 냉장고로 달려가더니 쟁반에 가득 담긴 딸기를 가져왔다. 딸기는 새끼손톱만 했고 그나마 다 찌그러져 있었다. 마트에서 잘 익은 탐스러운 딸기만 보다가 깜짝 놀랐다.

"현진아. 딸기 다섯 개만 우선 먹고 스테이크 먹어."

나는 포크로 딸기를 집어 먹었다. 승태의 입이 함박만 해졌다. 2km 앞만 바라보고 사는 사람의 자족적인 미소였다.

저녁을 먹고 약간 더운 테라스에서 치즈 안주를 앞에 두고 기네스를 마셨다. 맥주가 쌉싸름했다. 승태는 열심히 안주를 만들어서 가져왔다. 멀리 시내 불빛이 아스라하게 내려다보였다. 동화 속처럼 환상적인 불빛이었다. 나는 민주가 캐슬에 입성한 것을 인정해야 했다. 지은 지 24년 된, 24평 내 아파트는 저 아스라한 불빛 어느 한 점일 것이다. 24년이 지나도 그 가격 그대로일 내 24평 아파트. 나와 똑같은 한 점 24평 아파트에 살던 그녀는 어떻게 캐슬에 입성했을까. 대체 우리에게 무슨 일이 일어난 것일까. 내가 시치미를 떼고 눈을 감아서 나만 모르는 것일까.

'탐조등'의 검푸른 파도가 생각났다.

5

'시네필로' 수강생들 사이에서 영훈이 수시 학생부종합전형으로 Y대 의대에 합격했다는 말이 돌았다. 수현은 입술을 삐죽거렸다.

"영훈이 의대 합격했어?"

"너 몰랐어? 영훈이 Y대 의대 합격했잖아. 수시 학종은 스나이퍼여야 해. 특등사수여야 한다는 거지. 목표를 정확히 설정하고, 과녁을 정조준 해서 쏘아야 해. 따앙. 중학교 때까지 영훈이랑 우리 아이랑 성적이 거의 엇비슷했어. 걔가 의대 갈 공부머리는 아니었거든. 그런데 고등학교 때 외고에 합격하면서 우리 아이랑 인생이 달라지기 시작하더라고. 네가 영훈이 입시에 제일 큰 공을 세웠지."

"내가? 난 한 거 아무것도 없는데."

"아무것도 없기는. 진짜 모르나 보네. 네가 영훈 엄마한테 H일보 이민 주 기자 소개해줬잖아. 그때 아마 이기자가 영훈이 외고 자기소개서 써 주었을 거야. 그리고 김선호 원장 기사 잘 써 주어가지고 김선호 원장이 명성을 얻어서, 시민단체 무사히 꾸리고, 3년 동안 라오스로 의료봉사 다녔잖아. 봉사활동 갔다 올 때마다 신문에 '고등학생 라오스 의료봉사' 기사 대문짝만 하게 실리고. 영훈이 그 기사 가지고 생활기록부랑 자기 소개서 잘 써 가지고 결국 의대 합격했잖아."

"그때 영훈이가 중3이었어?"

"진짜 모르나 보네. 이민주 기자 학림건설 비상장주식 사두었으면 이번에 큰 돈 좀 만졌을 거야. 얼마 전에 학림건설 코스닥에 상장했잖아. 신문기자 해가지고 어떻게 샤넬백을 들고 BMW를 몰아. 민주 씨가 영훈이 학종 스펙 관리해 줬잖아. 중3 때 특목고 자기소개서 쓰면서, 3년 후에 쓸 의대 자기소개서까지 모두 다 계산했을걸. 3년 동안 읽을 독서 목록 선정해 주고, 독후감 거의 다 첨삭해 주고, 의료봉사 갔다 오면, 신문에 기사 써 주고. 특이한 봉사활동 세팅해 주고. 영훈이 국제의학포럼, 아셈문화포럼 이런데서 봉사활동 했잖아. 아마 대학 자기소개서도 써 줬을 거야."

"말도 안 돼."

"김선호 원장이 라오스로 봉사 활동을 6개월에 한 번씩 갔잖아. 그때 고등학생들 데리고 갔잖아."

"공교육 적응 못한 용현학교 아이들 데리고 갔어."

"대안학교인 용현학교 아이들을 데리고 갔지. 그런데 거기에 영훈이도 끼어서 함께 간 거지. 캄보디아로 밥퍼 봉사활동만 다녀와도 스토리가 나오는데, 라오스 의료봉사니까 얼마나 새롭고 근사해. 신재균 의원 아들도 그 봉사활동 열심히 따라다녀서 수시 학종으로 대학 잘 갔잖아. 신의원 부인이 라오스 갈 때 김치하고 장아찌 바리바리 싸 가지고 따라다녔잖아. 아마 가서 밥도 직접 했을걸. 할머니들이 입는 것 같은 이상한 냉장고 바지 입고, 유리병 가득 든 라면 박스를 불끈불끈 드는데 누가 국회의원 부인인 줄 알았겠어. 집에서 일하는 도우미 아줌만 줄 알았을 거야. 그 용현학교 아이들 중에 학림건설 대표 아들도 있었지. 우연이라고 하기에는 모든 것이 아귀가 딱 딱 들어맞잖아."

수현이 원한에 사무쳐서 말했다.

민주가 '더 루브르'에 입주했다는 말이 입안에서 맴돌았다.

"네 아이는 같이 안 갔어?"

"라오스로 봉사활동 한 번 갈 때마다 돈이 얼마가 들어가는데."

"네 아이는 어떻게 됐어?"

"우리 애는 일반고 1등급인데 정시로 Y대 화학과 합격했어. 그것만 해도 다행이지 뭐. 화학과 졸업하고 약대로 편입시키려고."

"영훈 엄마는 수더분해서 사교육 같은 건 전혀 안 시킬 것 같았는데. 봉사 활동도 열심히 하고."

"영훈이 엘리트 사교육빨이잖아. 사립초 4학년 때부터 엘리트 사교육 끝판왕이었어."

"너는 처음부터 알고 있었니?"

"그걸 모르는 사람이 어딨어. 사립초 수업료가 얼만데. 한 달에 스쿨뱅킹에서 빠져 나가는 돈만 웬만한 회사원 급여 정도는 돼. 종합병원 원장 부인이 명품에도 관심 없고, 골프도 안 치고, 피부도 안 가꾸고 그럴 때는 이유가 있겠지. 뭔가 다른 쪽으로 욕망이 뻗친 거야. 봉사 활동 할 때 봐 봐. 정말 몸으로 하는 일을 얼마나 열심히 하는지. 고무장갑도 안 끼고 맨손으로 걸레 빨아가지고 무릎 꿇고 방바닥 훔치고 그래. 일하는 아줌마처럼 일을 한다니까. 김선호 원장 혹시 정치에 관심 있나? 요새 경로당 봉사 활동도 다닌다고 하더라고. 거기서 할머니들 점심밥도 해주고 그런데."

"그래도 라오스에 학교도 지었잖아. 그래서 애들 공부도 하고. 민주도 라오스에 학교를 지었을 때 얼마나 기뻐했는데. 너도 기뻐했잖아. 얼마나 대단하니? 다른 나라에 학교를 다 짓고."

"물론 라오스 아이들을 위해서 학교를 지었지. 그 모든 건 다 사실이야. 99퍼센트 선한 의도지. 거기에 아주 쪼끔, 아주 손톱만큼 사적인 욕심을 채운 거지. 공교롭게도 신의원 아들하고 학림건설 대표 아들이 용현학교를 다니고 있었고, 용현학교 아이들하고 영훈이를 라오스에 데리고 다닌 거지. 뭐 법을 어긴 건 아니니까. 손해 본 사람은 아무도 없잖아."

나는 자리에서 일어섰다. 이야기를 계속하다가는 이야기가 어디까지 흘러갈지 알 수가 없었다.

'탐조등'을 볼 때마다 드는 생각이 있다. 멀리 있는 등대의 불빛을 보면서 한 걸음 한 걸음 어둠 속을 뚫고 걸어가는 사람과 전조등에 의지해 오종종 밝은 길만 안전하게 걸어가는 사람. 모든 사람들이 다 알고 있는데 나만 모르고 있었다. 민주는 내가 시치미를 떼고 있다고 말했다. 모두 다 말했다고 했다. 손해 본 사람은 아무도 없었다. 그림 맞추기 퍼즐처럼 모든 것이 완벽했다.

몸에서 열이 뻗치기 시작했다. 나는 감고 있던 스카프를 목에서 풀었다. 운전하기 위해 승용차에 키를 꽂는데 오른손이 덜덜 떨려 왔다. 빨리 집에 가서 얼음을 넣은 얼음물을 마셔야겠다. 그리고 생각을 더 해 봐야겠다.

별의 위로

1

이 이야기는 내가 이십 년 동안 카페를 하면서 들은 어떤 이야기보다 기묘하다. 하지만 이 글을 쓰는 지금은 이 세상에는 눈에 보이지 않는 것들을 믿는 사람들이 의외로 많다는 것을 안다. 이성적으로는 납득할 수 없지만 느낌으로 이해하는 이야기 말이다. 스마트폰으로 인터넷 검색을 하는 시대에도 전국 골목 구석구석에는 점집이 촘촘히 박혀 있다. 아무리 기술문명이 발전해도 점술의 영역은 고유하게 자기 영역을 차지하고 있다.

나는 G시의 주택가와 학원가가 공존해 있는 거리에서 '블루노트' 라는 카페를 이십 년 동안 운영하고 있다. 요새는 커피전문점에서 에스프레소 기계를 이용해서 추출한 원두커피를 팔지만, 내가 운영하는 카페는 2,000년대 그 시절의 재즈카페다.

내가 카페를 시작한 것은 1996년이다. 처음에는 스탄 게츠, 빌리 홀리데이, 샤데이, 마일즈 데이비스, 허비 행콕 등의 다분히 세기말이 느껴지는 재즈 음악을 틀었다. 빌리 홀리데이의 끈적한 목소리에서 왜 세기말을 느꼈는지는 알 수 없지만 하여튼 그때는 그랬다. 왕가위 감독의 〈중경삼림〉의 시간이 멈추어 선 채 '블루노트' 에 고여 있었다. 나에게는 음악을 선곡하는 나만의 취향이 있었다.

우리 가게에 오는 손님들도 말로는 정확하게 설명할 수 없지만 '째즈카페' 에서 트는 음악이 있다고 생각했다. 아직도 그때 구입했던 CD들로 음악을 틀고 있으니까, '블루노트' 는 급격하게 변화하는 세상의 흐름을 타지 않고, '블루노트' 만을 중심으로 한 중력으로 버티고 있는 셈이다.

손님들은 내 가게에서 빌리 홀리데이의 음악을 들으면서 예하출판사에서 나온 무라카미 류의 『한없이 투명에 가까운 블루』나 무라카미 하루키의 『상실의 시대』를 읽었다.

줄리엣 비노쉬가 나오는 〈퐁네프의 연인들〉과 〈나쁜 피〉, 도리스 도리 감독의 〈파니핑크〉를 보았다. 일본 문화가 개방되기 전이었다. 인터넷을 사용하는 사람이 극소수여서 은밀하게 우리끼리 취향을 공유하고 있었다. 이 도시에서 인터넷을 할 수 있는 카페가 생긴 것이 1997년이었다. 그 카페 이름이 '인터넷카페' 였다. 무사히 밀레니엄이 지나가고 드디어 21세기가 열렸다.

21세기가 열리면서 밀란 쿤데라가 습격을 해서 손님들은 『참을 수 없는 존재의 가벼움』을 한 권씩 사서 가방에 담고 다녔다. '포스트 모더니즘' 이라는 단어가 만병통치약처럼 쓰이던 시절이었다. 어제 서가를 정리하다가 우연히 무라카미 류의 『고흐가 왜 귀를 잘랐는지 아는가』라는 책을 휘리릭 넘겨보게 됐다. '고흐가 왜 귀를 잘랐는지 아는가' 의 원제는 'エクスタシー', 영어로 하면 'Ecstasy' 였다. 이 책이 출판된 것은 1997

년이다. 'Ecstasy'와 '고흐는 왜 자기 귀를 잘랐나'. '엑스타시'는 향정신성 약물 아닌가. '엑스타시'와 '고흐'가 무슨 관계가 있다는 말인가.

가게 메뉴를 보면 커피, 녹차, 홍차, 유자차가 있다. 커피전문점과 결정적으로 다른 것은 맥주와 안주가 있다는 것이다. 맥주는 카스, 하이트, 밀러, 기네스, 하이네켄으로 세분되어 있고 안주는 노가리, 마른안주, 치즈 세 종류다. 칼로 깎는 재료와 불을 사용해야 하는 안주는 팔지 않는다. 평수가 넓지 않은 가게에서 불을 사용한 요리를 하면 가게에 음식 냄새가 배고, 가게에서 음식 냄새가 나면 음악을 듣는 데 방해가 된다. 단 담배를 피우는 것은 허용한다. 맥주를 마시면서 이야기를 하다 보면 당연히 담배를 피우게 되는데 한참 대화를 하다가, 이야기를 끊고 담배를 피우러 가게 밖으로 나간다는 것은 정말 아이러니한 일이다. 흡연에 관한 당국의 규정이 강화되면서 담배를 피우러 오는 사람들로 오히려 손님이 늘고 있다.

그동안 카페를 하던 업주들은 커피전문점, 피자집, 노래방 등으로 업종을 변경했지만, 나는 변심하지 않는 단골 고객들과 함께 이십 년 동안 적자를 내지 않고 가게를 잘 운영해 오고 있다.

손님 테이블에 앉아서 맥주를 같이 마시기도 하지만 전문적인 술집은 아니다. 실내조명의 채도는 밝고, 이십 년 동안 손님들이 남겨 두고 간 흔적들로 추억의 사진첩 같은 곳이기도 하다. 사진첩을 펼치면 추억들이 톡톡 튀어나온다. 우리 카페를 다니면서 결혼하고 이혼하고, 다시 결혼하고 이혼을 한 손님도 있다. 이십 년이라는 세월은 그 모든 것을 하고도 남을 만큼 긴 시간이다.

2

주소희(朱昭熙)라는 아가씨는 2층짜리 이 건물 위층에 있는 건축사사무소에서 일했다. 너무나 앳된 얼굴이어서 처음에는 놀랐다. 동안인 줄 알았는데 동안이 아니고 실제 어렸다. 그녀는 스물세 살이라고 했다. 마이스터고등학교 건축설계과를 졸업하고, 국비로 하는 교육프로그램에서 건축설계프로그램인 캐드와 3D맥스를 배운 후 곧바로 건축사사무소에 취직을 해서 건축설계 경력이 벌써 3년이나 되었다. 그 흔한 4년제 대학교를 다니지 않고 정글 같은 사회에서 단단하게 제 영역을 차지한 야무진 아가씨였다.

첫 만남이 지금도 생생하다.

"언니 카스 한 병 주세요. 안주는 그냥 팝콘 주실 수 있죠? 한 시간만 있다가 사무실로 바로 들어갈 거거든요. 저는 2층 폴라리스건축사사무소에서 일해요. 건축사사무소 이름이 좀 야시시하죠? 우리말로 하면 북극성이래요. 북극성 아시죠? 작은곰자리에서 가장 밝은 별이에요. 작은곰자리 보실래요? 이래 이래 생겼어요."

그녀는 갈색 냅킨에 검정색 모나미볼펜으로 작은곰자리를 그렸다. 목소리가 낭랑했고, 머리에서 발끝까지 다이아몬드처럼 빛났다. 165㎝ 가량의 키에, 잘록한 허리, 세팅 퍼머를 한 긴 머리에서 윤기가 자르르 흘렀다. 일하는 데 지장은 없어 보였다. 레이스 무늬가 들어간 크림색 미니원피스를 입고 있었다. 걸그룹이 무대에서 살랑살랑 엉덩이를 흔들면서 춤을 출 때 입을 만한 하의실종 미니원피스였다.

"나 예쁘고 젊소!"라고 선언하는 듯한 옷차림새였다.

"건축사무소에서 뭘 해요?"

"캐드하고 3D맥스를 써서 건물 리모델링이나 인테리어 디자인을 해요. 요새는 시내 외곽에 갤러리 카페가 유행이잖아요. 갤러리 카페 같은 경우는 건물 전체를 설계하죠. 그런 건 일 년에 한 건 정도 있구요. 대부분 카페나 옷가게 인테리어를 해요. 리부트, 낯선, 사강, 실스마리아 모두 저희가 인테리어한 가게들이에요."

리부트, 낯선, 사강, 실스마리아. 그녀가 열거한 가게들은 이 거리에서 시크하고 세련된 상업 공간들이었다. 내가 놀란 건 그녀의 미모가 아니라 한 치의 의심도 없이 그녀가 내뱉는 "언니" 소리였다. 나와는 무려 17년이나 나이 차이가 나는데 마치 십 년 동안 함께 산 사람처럼 스스럼없이 "언니" 하는데 괜히 설렜다. 남자들이 "오빠!" 한마디에 간, 쓸개 다 빼 주는 이유를 알겠다.

무엇보다 기특한 것은 술값을 치르는 그녀의 매너였다. 술값이 6,000원이었다. 그녀는 장지갑을 사용하고 있었는데 건방진 몸짓으로 신용카드를 내밀지 않고 오천 원권 한 장과 천 원권 한 장으로 술값을 치렀다. 만원 아래 금액에는 현금을 써야 한다는 것을 알고 있었다. 정해진 규칙은 없지만 매너 같은 것 말이다. 그녀의 지갑에는 만 원권, 오천 원권, 천 원권 지폐가 가지런하게 담겨 있었다. 지갑에 얼마가 들어 있는지 물어보고 싶은 지폐 수납이었다. 카페를 이십 년 동안 하다 보니 손님이 술값을 내는 태도만 보아도 그 사람의 성정, 성장 배경 등을 대충 짐작할 수 있었다.

그녀는 퇴근 후 가볍게 맥주 한 병을 마시고 퇴근했다. 종종 야근도 하는 것 같았다. 그녀는 자신이 마신 컵을 스스럼없이 치워 놓고 가기도 했다. 은행 업무 등 급한 용무가 있을 때는 그녀에게 가게를 부탁하기도 했다. 그녀는 눈썰미 손썰미가 있어서 가르치지 않아도 카페 메뉴를 잘도 만들어 냈다. 그런 주소희에게서 정말 느닷없이 그녀의 친언니 좀, 그러니까 朱좀에 관한 이야기를 듣게 되었다.

3

일요일 오전 창밖에는 뜨거운 햇빛이 쏟아져 내렸다. 가게에는 아이슬란드 밴드, 크렌베리스의 'Twenty one'이 흐르고 있었다. 열네 번씩이나 스물한 살, 스물한 살, 스물한 살을 외쳐 댔다. 어쩌라고.

그때 머뭇거리는 듯한 엄마의 문자가 왔다.

내일 시간 좀 비워 놓거라.

군더더기 없이 깔끔한 문장이었다. 이제 엄마도 일흔 살이 넘었다. 대학교수의 딸로 태어나 성악을 전공한 후 대학교수가 되고 아직도 명예교수라는 직함을 유지하고 있는 엄마는 얼음처럼 차가운 사람이다. 그런 엄마가 단 하루 음력 7월 보름인 백중(百中)날만 되면, 엄마는 내 앞에서 순한 양처럼 고분고분해진다.

네.

짧게 답장을 보냈다.

주소희와 맥주 두 병을 앞에 놓고 창밖을 바라보고 있었다. 누가 만들어 냈는지 이름도 멋진 브런치를 먹기 딱 좋은 시간이었다.

"언니 조금 있다가 일어나야 해요. 우리 좀이 언니 일을 도와줘야 하거든요. 내일이 백중날이어서 결혼식 준비를 해야 해요."

주소희가 23세니까, 언니라고 해 봐야 25세 혹은 27세 정도 될 터였다.

"결혼식? 언니가 결혼을 하는 것은 아닐 테고 언니가 결혼식과 관련된 직업을 갖고 있어?"

"어머, 어머, 어떻게 아셨어요? 진짜 신기하다. 맞아요. 비슷해요. 그걸 딱 알아맞힌 사람은 언니가 처음이에요. 내가 말하기 전에는 아무도 몰라요. 말을 해도 잘 알아듣지도 못하지만."

그녀는 체념했다는 듯이 가벼운 한숨을 폭 내쉬었다.

"특이한 직업도 아닌데?"

"부케는 아니고 부케 같은 것이고요, 메이크업아티스트는 아니고 메이크업아티스트 비슷한 거예요."

수수께끼 같았다.

"부케는 아니고 부케 같은 것? 메이크업아티스트는 아니고 메이크업아티스트 같은 것? 결혼식은 아니고 결혼식 같은 것?"

내가 입에서 흘러나오는 대로 말을 하자 주소희의 눈이 커졌다.

"어머, 언니 맞아요. 결혼식은 아닌데 결혼식 같은 거예요."

"그게 뭔데?"

"언니 진짜 모르고 말한 거예요?"

"뭘?"

"지금 한 말요."

"자기가 그랬잖아. 부케는 아니고 부케 같은 것. 그래서 결혼식은 아닌데 결혼식 같은 것이 머리에서 떠올랐어."

"내가 말하기 전에 알아맞힌 사람은 언니가 처음이에요. 맞아요. 영혼결혼식이에요."

전원이 탁 하고 나가면서 불이 꺼져 버리면 누구나 허둥거리기 마련이다. 머리가 멍해졌다. 모든 것이 멈춘 것 같았다. 그때 가게에 흐르고 있던 크렌베리스의 목소리가 더 크게 들렸다. 고개를 흔들었다.

주소희는 계속 말했다.

"우리 좀이 언니는 영혼결혼식 일을 해요. 주례하고 상차림만 빼고 모두 다 해요. 영혼결혼식 연출이라고 해야겠네요. 주례는 지담 스님이 서시고요, 상에 올릴 음식은 절에 있는 보살님들이 만들어요. 그 두 가지만 빼고 좀이 언니가 모두해요. 상차림에 음식을 어디어디 놓고, 무슨 술을 올릴지, 술잔을 몇 개를 놓아야 할지, 신부 부모가 어느 쪽에 서야 할지, 신랑 부모가 어느 쪽에 서야 할지 모두 결정하죠. 영혼결혼식이 끝나고 지담 스님하고 둘이서 지물(紙物)을 태워요."

"언니가 무당이야?"

나도 모르게 소곤거렸다.

"무당은 아니고 무당 비슷한 거예요. 신을 받은 게 아니니까 그냥 일반인이죠. 신 받는 건 포기했어요. 하도 사람들이 이참에 신을 받는 게 어떻겠느냐고 조언을 해서 강진 백일암에서 하루에 천 배씩 올리는 백일기도까지 했어요. 언니가 신빨이 약해서 신은 못 받았어요. 언니는 일반인신분으로 영혼결혼식 준비, 지물 만드는 것 같은 걸 하는 거죠."

"언니가 영혼결혼식에 쓰일 인형 같은 걸 직접 만든다는 거지? 그걸 어디서 만들어? 작업실이 따로 있어?"

"금동에 '꽃담촛초'라고 향초, 향 등을 파는 가게가 있어요. 그 가게 안쪽에 조그맣게 작업실이 있어요. 지물은 예전에는 짚으로 만들었는데, 요새 짚을 어디서 구하겠어요. 무명천을 떠다가 바느질을 해서 만들어요. 무명천으로 옷을 해 입히고, 머리도 세팅 퍼머를 한 것처럼 하고, 화장도 색조화장을 해요. 요새는 립스틱을 안 바르고 틴트를 발라요. 웃기죠. 옷감에 물들이는 거니까 립스틱으로 쓱쓱 칠하면 더 쉽지만 언니는 꼭 틴트를 쓰죠. 볼터치도 핑크색으로 샤방하게 해요. 사람들이 엄청 좋아하더라고요. 특히 신부 엄마들이요. 그래서 좀이 언니한테 예약하려면 거의 일년 정도 기다려야 해요. 언니가 한 달에 한 쌍씩밖에 혼례를 안 치르거든요. 그게 뭐 영(靈)을 받고, 영(靈)을 보내는 자신만의 의례래요."

"언니 무당이지?"

"무당 아니라니까요."

"영혼결혼식을 하는 사람이 실제로 있단 말이야? 영혼이 어디가 있는데? 영혼을 본 사람이 있어? 영혼이 존재해야지. It is. 영혼이 존재해야, 결혼식을 하든 뭘 하든 할 거 아냐."

이럴 때 철학과를 졸업한 티를 내는 내가 너무나도 싫다. It is 라니.

"그걸 우리가 어떻게 알아요? 우리도 영혼은 본 적은 없어요. 좀이 언니도 영혼을 본 적은 없어요. 그리고 좀이 언니는 무당이 아니에요. 무당은 신내림을 받고 신어머니도 있고 공수도 받는 게 무당이에요. 우리 언니는 그냥 일반인이에요. 신빨이 안 서요. 영(靈)을 받는 건 아니에요."

"그럼 영혼결혼식이라는 건 가면무도회 같은 거야? 가면을 쓰고 내가 마리 앙투아네트다, 내가 루이 16세다, 뭐 이러는 거 있잖아."

"그런 건 또 아니에요. 진짜 결혼식이거든요. 신랑신부도 있고, 주례 도 있고, 혼주도 있고, 손님도 있어요. 결혼식 끝나면 음식도 먹고, 술도 마셔요. 장례식장에서 먹는 육개장 이런 걸 먹는 게 아니고요, 결혼식장 에서 먹는 음식을 먹어요. 설마 가면무도회를 그렇게 많은 돈을 들여서 하겠어요?"

"그런데 좀이 언니는 어쩌다 그런 일을 하게 된 거야? 일반인이."

"그러니까요. 그게 저희도 의문이에요. 정말 어쩌다 보니까 여기까지 왔어요."

"그러니까 어떻게 그렇게 됐냐고."

"우리 언니가 좀 예뻐요. 나만 봐도 알겠죠?"

주소희가 허리에 왼손을 얹고 오른손으로 머리카락을 튕겼다. 예뻤다. 스물세 살의 눈빛 총명한 아가씨니까 얼마나 예쁘겠는가.

"언니가 미용실에 가면 미용실 원장 선생님들이 미스코리아에 나가라 고 했어요. 키가 170㎝거든요. 눈, 코, 키, 다 커요. 배우 이영애 아시죠? 이영애하고 많이 닮았어요. 키 큰 이영애 생각하시면 돼요. 사람들이 고 개를 갸웃하면서 이영애 씨 아니냐고 물어봐요. 아무리 아니라고 해도 계속 쫓아오는 사람도 있어요. 암튼, 내가 중학교 1학년 때 저희 부모님 께서 교통사고로 모두 돌아가셨어요."

"소희 씨 고아야?"

"언니 말 막 던지실 거예요? 그때부터 친할머니하고 함께 살았어요. 부모님 유산이 조금 있었지만, 사람은 돈이 있어야 살 수 있잖아요. 언니는 고등학교를 졸업하고 3M공장에 취직해서 돈을 벌기 시작했어요."

"포스트잇 만드는 그 3M공장 말이야? 언니가 미국으로 갔어?"

"아뇨. 왕곡산업단지에 스카치테이프랑 포스트잇 만드는 3M공장이 있었어요. 다국적기업이어서 급여가 많았고, 근무 환경도 좋은 편이었어요. 언니는 공장에 다니고 저는 중학교에 다녔어요. 그 공장, 공장장님이 아주 좋은 분이셨어요. 엄마가 안 계시니까 언니가 엄마 노릇을 해야 할 때가 있잖아요. 급식 당번이나 담임 선생님 면담 같은 피치 못할 일정이 있었죠. 그때마다 그 공장장님이 어떻게든 시간을 조정해 주셨어요. 그래서 언니는 3년 동안 제 급식 당번 때 한 번도 안 빠지고 학교에 올 수 있었어요. 그런데 그 공장장님 따님이 대학교 4학년 때 제주도로 여행을 갔다가 교통사고로 죽고 말았어요. 좀이 언니도 몇 번 만난 적이 있는 언니였죠. 그 죽은 언니가 백일암에서 영혼결혼식을 올렸어요. 그때 좀이 언니가 웨딩드레스를 만들어서 선물했어요. 돈이 없으니까 우리 둘이 웨딩드레스를 직접 만들기로 했어요. 언니가 원래 손재주가 좋거든요. 무명천을 떠다가 옷 라인을 잡고, 문방구에서 스팽글을 사다가 밑단에 붙였어요. 그리고 언니가 직접 보라색 수국꽃을 수(繡)를 놓았어요. 인터넷으로 티아라도 샀죠. 그리고 백일암에 가서 영혼결혼식을 처음 본 거죠."

숨이 꼴딱 넘어갔다.

"소희 씨도 같이 갔어?"

"물론이죠. 웨딩드레스를 19세기 영국풍 드레스를 본떠서 만들어서, 그 있죠, 있죠, 〈오만과 편견〉이나 〈센스 앤 센서빌리티〉 같은 영화에서 나오는 것처럼 만들어서."

"빅토리아 양식인가 보다."

나는 노가리를 질겅거리면서 말했다.

"암튼 목, 양쪽 어깨, 양쪽 손목 등 똑딱이로 잠가야 할 곳이 엄청 많았거든요. 그날이 백중날이라고 했어요. 참 그러고 보니 내일이 백중이네요? 그날 영혼결혼식을 처음 본 거예요."

"그전에는 정말 영혼결혼식을 한 번도 본 적 없어?"

"못 봤죠. 언니는 보셨어요?"

"못 봤지."

"좀이 언니는 공장에 다니고, 저는 중학교에 다녔는데 어디서 영혼결혼식을 봤겠어요? 저는 진짜 결혼식도 한 번도 못 본 걸요. 좀이 언니는 영혼결혼식을 본 적은 없지만, 머릿속에서 웨딩드레스 형태가 '짠' 하고 그림처럼 펼쳐진대요. 작가들에게 오는 영감 같은 거죠. 이렇게 라인을 치고 이렇게 자수를 놓으면 되겠다. 뭐 이런 거죠. 그러니까 자수를 놓을 때 장미나 백합 이런 게 아니고 보라색 수국꽃을 놓아야겠다, 뭐 이런 생각이 드는 거예요. 그러면서 수국꽃의 형태와 색깔이 머릿속에서 촤라라락 슬라이드처럼 펼쳐지는 거죠. 상차림도 여기에 과일을 놓고, 여기에 떡을 놓고, 여기에 술을 놓고, 술은 어떤 게 좋겠다, 이런 느낌이 온대요. 청주를 놓을지, 소주를 놓을지, 복분자를 놓을지, 와인을 놓을지 그냥 안대요. 보살 할머니들이 상차림이 그게 아니라고 구시렁구시렁 대다가도 언니가 이렇게 저렇게 고쳐 놓으면 그게 더 나은지 금방 수긍해요. 영혼결혼식에 무슨 법칙 같은 게 있겠어요, 어차피 사람도 아무것도 없는데요. 언니는 감각적으로 더 예쁘게 더 멋지게 입히고 차리는 거죠. 마치 신랑신부가 진짜 살아 있는 것처럼요."

"진짜 살아 있는 것처럼. 무당도 아닌데 무당처럼 영혼결혼식 연출이

가능하다는 거지?"

"그게 가장 맞는 표현이네요. 영혼결혼식은 생각만큼 슬프지 않아요. 초대 손님도 생각보다 많더라고요. 언니랑 나랑 인형 위에 그 웨딩드레스를 입혔어요. 웨딩드레스를 입히고 나니까 신부 인형이 이쁘더라고요. 티아라에 구두까지 신기고 나니까 진짜 예뻤어요. 언니가 갑자기 그 자리에서 자기 파우치에 있는 화장품들로 아이섀도우, 립스틱, 볼터치까지 한 풀메이크업 화장을 시켰어요. 그리고 식장에 그 인형을 뉘어놓기 위해 입장했는데 신부 인형을 본 사람들이 엄청 좋아하시더라고요. 신부가 미스코리아감이라고 농담도 하고요. 좀 우울했던 굿 장이 분위기가 화사해졌어요. 그렇게 된 거예요. 언니는 내가 고등학교를 졸업할 때까지는 공장을 계속 다녔어요. 처음에는 신부 웨딩드레스만 맡아서 만들었어요. 나중에 자기 자식 영혼결혼식, 짝을 찾아 달라고 사람들이 언니를 찾아오기 시작했어요. 남자 A가 찾아오고, 여자 B가 찾아오는 식이었죠. 언니는 가만히 있는데, 남자 A가 왔고, 여자 B가 왔어요. 두 사람이 결혼하면 어떻겠냐고 양쪽 부모에게 물어봤어요. 어차피 남자도 세상에 없고, 여자도 세상에 없잖아요. 그런데 양가 부모님들이 엄청나게 좋아하시는 거예요. 천생연분이라면서 꼭 당신들이 찾던 짝이래요. 정말 신기하죠? 그런데 그렇게 중매를 해 준 사람 중에, 한 신부 어머니가 돈이 엄청 많은 분이 있었어요. 그분이 가게를 하나 차려 줄 테니까, 자기 딸한테 향(香)만 좀 올려 달라고 하셨어요."

"신당 말이지?"

"신당은 무당이 차리는 거고요. 언니는 무당이 아니니까 그냥 가게죠. 그 가게 이름이 '꽃담香초' 예요. 자기가 결혼시킨 사람들 결혼식 사진

진열해 놓은 가게예요. 언니가 포토샵을 이용해서 그 사람들 결혼사진도 만들었거든요."

"그게 신당이지."

나는 맥주를 꼴딱 들이켰다.

그 신부 어머니가 그 가게가 있는 땅까지 朱香에게 등기 이전을 해 주고 가게 인테리어 비용도 모두 대주었다고 했다. 정말 듣고서도, 믿기 힘든 이야기였다.

"꽃담香초에서는 뭘 팔아?"

"지담 스님이 덖어서 만든 수제차, 촛대, 향, 인도향, 목각제기, 언니가 만든 향초, 자수가 놓아진 찻수건, 뭐 그런 걸 팔아요."

"언니는 무당이 못 됐어?"

"무당 아니에요. 그건 신끼를 타고나야 해요. 언니는 신끼는 없어요."

"에이 신랑신부 영혼 느끼고, 같이 대화하고 그런 거 아냐?"

"아니에요. 언니는 중매 서고, 신부 웨딩드레스 만들고 부케 만들고, 신부 들러리 서고 그것만 해요."

"들러리 설 때는 어떤 옷을 입어?"

"연두색 드레스를 입어요. 약혼식 드레스 색깔이에요."

"언니가 예쁘다며."

"네."

"안 찝찝해? 그래도 영혼들이 하는 결혼식인데."

주소희가 고개를 갸웃했다. 왜 그런 생각이 들었지 하는 표정이다. 단한 번도 찝찝하다고 느껴 본 적이 없는 것 같았다.

"언니도 직접 가서 눈으로 보면 그런 생각 안 들어요. 슬픔이라는 뉘앙스가 깃든 파티랄까? 하지만 결혼식인 건 확실하니까 손님들은 모두 들 떠 있어요. 재밌어요. 언니가 공장에서 5년씩이나 일했거든요. 그때 비하면 돈을 굉장히 많이 벌어요. 공장에서 일하는 것보다는 몇 배 낫죠. 공장은 3교대니까 밤샘 근무도 해야 하거든. 손도 거칠어지고 잠을 제대로 못 자니까 피부도 푸석해지고 아무튼 막연하게 상상하는 것보다 훨씬 힘들어요. 그때보다는 훨씬 낫죠. 사람들이 흰 봉투에 돈을 담아서 공손하게 언니에게 내밀어요. 언니가 달라고 한 것도 아니에요. 처음에는 수표를 잘못 담은 줄 알고 신부 엄마에게 전화했어요. 생각했던 금액보다 동그라미가 하나가 더 있었거든요. 사람들은 웨딩드레스 제작을 시작할 때 흰 봉투를 주고 의식이 모두 끝나면 또 흰 봉투를 줘요. 그냥 사람들이 그렇게 해요. 서로 정보를 교환한 사람들처럼 그렇게 하더라고요."

"언니가 밀교에서 내려오는 연금술 비법을 깨달은 것 아닐까? 뉴튼도 마지막에 연금술에 빠졌다잖아."

"공장 다니고, 나 키우고, 밥하고, 청소하느라고 잠잘 시간도 부족했는데, 그런 걸 배울 시간이 어디 있었겠어요? 그냥 타고난 거죠."

"예술가들이 영감을 타고 나듯이 그냥 타고난 거라는 거지?"

"그렇죠. 언니가 무당 신끼는 없는데 보통 사람과는 다른 특별한 에너지는 있는 사람인가 봐요. 어떤 의사 부인이 평생을 편두통에 시달렸대요. 병원에서도 고치지를 못했대요. 편두통이라는 것이 고통이 정말 심한가 봐요. 편두통이 시작되면 먹지도 못하고 움직이지도 그냥 침대에 시체처럼 누워 있어야 한대요. 움직이면 머리가 더 흔들리니까요. 그런데 언니가 만든 향초를 켜고 페퍼민트차를 마셨더니 그 편두통이 감쪽같이 사라졌대요."

"정말? 어떻게 그런 일이 가능하지? 페퍼민트차에 약을 넣은 것 아 냐?"

"그 의사 부인은 좀이 언니가 만든 향초가 그분 인생에서 가장 중요한 게 된 거죠. 병원은 여기도 있고 저기도 있지만, 좀이 언니가 만든 향초 는 꼭 언니가 만들어야 하니까요. 그 의사 부인도 한 달에 한 번씩 와서 향초를 사가면서, 향초 값의 스무 배가 넘는 돈이 담긴 흰 봉투를 내밀어 요. 언니가 그 돈만큼 향초를 드리려고 해도, 극구 사양하고 다음 달에 와서 꼭 그만큼의 향초를 사 가요. 언니하고 페퍼민트차를 마시면서 한 시간쯤 이야기를 하고, 그리고 흰 봉투를 내밀고 가요. 그리고 일 년에 한 번씩 언니가 운전하는 차를 타고 보성에 있는 대원사에 가요. 대원사 에는 세상에 태어나지 못한 아기영가들을 달래 주는 지장보살님이 계시 거든요. 4월에 벚꽃 길이 굉장히 아름다워요. 언니하고 그 벚꽃 길을 반 나절쯤 걷다가 점심 먹고 돌아온대요."

"그분은 어떻게 생겼어?"

"그냥 평범한 분이에요. 남편도 의사고, 아들 두 명도 모두 의사래요. 의사 세 명이 못 고친 병을 언니가 고친 거죠."

"언니는 대체 뭘 타고났을까?"

"신끼가 없는 건 확실해요. 그런데 향초는 정말 이상하지 않아요? 다 른 사람하고 똑같은 재료를 사용해서 만든 소이 캔들인데 그 소이 캔들 을 켜고 병이 낫다니. 진짜 우리 언니가 아니면 사기꾼이라고 했을 거예 요. 하지만 언니가 먼저, 이 향초를 켜면 병이 나을 거예요, 라고 말을 한 건 아니잖아요. 아니 언니도 병이 나을 줄은 몰랐죠. 그냥 그 아주머니가 우연히 선물 받은 향초를 켜고 나서 병이 나으니까 물어물어 찾아오신 거죠."

"진짜 몰라?"

"나하고 촙이 언니는 진짜 모르죠."

"언니 가게에 한 번 가 봐도 돼?"

"물론이죠."

내일 운전 좀 해 줄 수 있니? 내가 음식을 좀 장만했다.

다시 엄마에게서 문자가 왔다. 잠시 망설이다가 네. 하고 답장을 보냈다. 한참 있다가 고맙구나. 라는 답장이 왔다. 엄마는 딸인 나에게 고맙구나. 라는 문자를 쓰는 데 일 분이 넘게 고민하신 거다. 열 달을 배 속에 담아 키우고 낳아, 먹이고, 입히고, 대학까지 가르쳐 놓고, 하루 운전을 부탁해 놓고 나서 고맙다는 말조차 생각한 후에 말했다. 우리 모녀관계가 왜 이렇게 비틀어져 버렸을까. 새삼 고아가 된 것 같은 한기가 몰려왔다. 나는 그렇게 朱촙이 운영한다는 가게, '꽃담촙초'에 가게 되었다.

4

'꽃담촙초'는 보세 옷가게가 줄지어 서 있는 금동 끝자락에 자리 잡고 있었다. 도착하기 전까지 재개발지역에 있는 건물 밖에 대나무깃대에 붉은 천이 달려 있는 음습하고 어두운 점집을 연상하고 있었다. 일곱 평 정도의 오종종한 공간을 상상했는데, '꽃담촙초'는 건축가의 공력이 들어가 있는 화이트톤의 60평 정도의 아담한 목조 건물이었다. 사방이 유리로 되어 있어서 훨씬 더 넓어 보였다.

'꽃담좋초'는 내 가게 '블루노트'보다 훨씬 밝고 산뜻하고 신선한 향기로 가득 차 있었다. 이 향기의 이름이 뭘까. 그 향기는 가게 여기저기 청색 꽃병에 꽂혀 있는 칸나 꽃에서 나는 향기였다. 마음이 환해졌다.

천장 중앙에 샹들리에 조명이 있고 한쪽 벽면에 있는 오동나무 장식장에 결혼식 사진이 담긴 예쁜 액자들이 놓여 있었다. 그 앞에는 인도향이 타고 있었다. 진열대에는 판매 중인 수제차, 보리수묵주, 향초, 향, 촛대 등이 질서정연하게 놓여 있었다.

중앙에는 심플한 유리 테이블과 가죽소파가 놓여 있었다.

"이쪽으로 앉으세요."

朱좋은 흰 와이셔츠에 물 빠진 청바지를 입고 있었는데 정말 눈이 휘둥그레질 정도의 미인이었다. 온몸은 활기로 가득 차 있었다. 그녀가 페퍼민트 차를 오동나무 쟁반에 받쳐서 내 왔다. 앙증맞은 유리잔에 유리 다관에 담겨 있는 페퍼민트차를 따랐다. 연한 하늘색이었다. 톡 쏘는 페퍼민트향이 실내에 가득 퍼졌다.

"실내가 아기자기하네요."

"감사합니다."

朱좋이 일어서더니 묵주 하나를 들고 왔다.

"이거 한 번 해 보세요."

"이게 뭐예요?"

"보리수나무라고 들어 보셨죠? 이게 보리수나무 열매예요. 백일암에 계신 지담 스님께서 보리수나무 열매로 만드신 묵주예요. 열매가 너무

커서 모양은 좀 그렇지만 몸이 찬 사람에게 좋아요. 저희 가게에 오신 기념으로 제가 선물할게요.”

朱香이 내 왼 팔목에 보리수묵주를 채워 주었다. 그리고 그녀가 자기 오른손으로 내 왼손을 잡더니 엄지와 검지 사이를 꾹꾹 눌렀다. 그녀의 손은 따뜻했고 적당한 악력이 있어서 금세 머리가 맑아졌다.

주소희와 朱香이 소리 내어 말하면서 웃는데 젊음이 톡톡 터지는 것 같았다. 온몸이 페퍼민트향으로 가득 차는 것 같았다. 지중해 바다의 카페에서 지는 노을을 바라보고 있는 듯한 감미로움이 온몸을 가득 채웠다.

3M공장에서 5년씩이나 일해서 동생을 공부시켰다는 생활력 강한 香은 세상사의 오밀조밀한 감정 충돌이나 미세한 다툼, 심지어 민감한 돈 문제마저도 그녀 앞에 서면 명쾌하게 정리돼 버릴 것 같은 힘이 느껴졌다. 돈이 없으면 공장을 다니면서 돈을 벌면 되고, 작업실이 필요하면 직접 도배를 하고 나무를 잘라서 작업대를 만들면 될 터였다.

사랑을 하면 같이 자고, 감정이 식으면 헤어지면 된다. 뭐 이런. 조금 많이 나간 것 같지만 그녀의 얼굴, 미소, 몸짓에 은폐가 없었다. 모든 것이 솔직하고 열려 있는 느낌. 주소희에게서 받았던 흔쾌하고 스스럼없는 느낌이었다. 보통 사람들은 이런저런 자잘한 감정들로 온몸이 거미줄처럼 엉겨서 고통 받으며 살아가는데, 좁은 몸으로 일하며 사는, 꼭 꼬집어 말하라면 그리스인 조르바 같은 느낌이었다. 지금 이 순간, 내가 어떤 말을 해도 꼬아서 듣지 않고 있는 그대로 믿어 줄 것 같은 사람.

“참 드레스는 전부 끝났는데 볼래? 같이 보실래요?”

우리는 크림색 커튼 사이 뒤에 있는 작업실로 들어섰다. 허리 정도 높이의 작업대 위, 하얀 종이 위에 무명으로 만들어진 영혼결혼식을 위한 웨딩드레스가 놓여 있었다. 티아라, 유리구두, 수국꽃부케까지 가지런하게 놓여 있었다. 신부의 행복을 기원하는 마음을 제삼자인 나도 느낄 수 있는데, 신부 어머니들은 어땠을까. 거금이 든 흰 봉투를 朱香에게 공손하게 내미는 이유를 알 것 같았다. 모두들 반신반의했을 영혼들의 결혼식. 영혼이 진짜 오는지 오지 않는지조차 알 수 없는 결혼식. 아니 그들은 죽어 이미 이승을 떠나 버렸는데 그깟 결혼식이 무슨 위로가 될 수 있을 것인가.

그러나 촙이 만든 웨딩드레스는 살아생전 아름다웠던 신부를 추억하기에 충분히 정성스럽고 아름다웠다. 그 웨딩드레스는 죽은 자를 위한 것일 수도, 산 자를 위한 것일 수도 있었다. 페퍼민트향이 흐르는 그곳에서 유리 장식장 속의 푸르디푸른 젊은 영혼들을 보면서 코끝이 찡해졌다. 무슨 인연으로 살아서 단 한 번도 만난 적이 없었던 사람들이 웨딩드레스와 턱시도를 입고 수국부케를 들고 환하게 웃으면서 이곳에 있는 걸까. 어떻게 그들의 영혼의 거처를 찾아낸 걸까.

나는 무슨 인연으로 이 상냥하고 총명한 자매와 함께 이 장소에 있는 것일까? 밤이 시작되는 거리에는 간판에 불이 하나둘 들어오고 있었다. 내일 촙이 만든 드레스를 입고 결혼식을 올릴 신부는 어떤 사연을 품고 어린 나이에 이승을 떴을까? 나도 모르게 한 번도 본 적이 없었던 어린 신부의 명복을 빌고 싶어졌다. 알지 못하는 다른 사람을 위해 기도하고 싶어진 것은 생애 처음이었다.

'꽃담좁초'에서 나와 주차장 쪽으로 가는데 문자가 왔다.

오늘 저녁 집에서 저녁 먹지 않으련? 엄마가 음식을 좀 했다. 큰오빠도
올 거다.

엄마였다. 엄마는 이 문자를 보내기 위해서 하루 종일 생각하고, 또 생
각하고, 또 생각했을 것이다. 나보다 세 살 많았던 정우 오빠는 스물다섯
에 세상을 떠났다. 내가 스물세 살 때였다. 그. 러. 니. 까.
정우 오빠는 S대 의대를 다니고 있었는데, 스물다섯 살에 스스로 목숨
을 버렸다. 오빠가 자살을 해서 뒷수습을 하느라고 장례도 제대로 치르
지 못했다. 부모님은 장례를 치르는 것보다 오빠의 죽음이 자살이 아닌
것을 입증하기 위해 모든 힘을 쏟아부었다.
엄마는 제대로 울지도 못하고 오빠가 자살하지 않았다는 것을 입증하
기 위해 이리 뛰고 저리 뛰었다. 대체 자살을 왜 그렇게 숨기고 싶어 했
을까. 그러나 오빠 명의로 된 생명보험이 있어서, 보험회사가 오빠의 죽
음의 방식이 자살이라는 것을 기어이 밝혀내고야 말았다.
나는 엄마가 무서워서 제대로 울지도 못했다. 아무렇지 않은 얼굴로
대학으로 음악사 강의를 하러 가는 엄마가 송충이보다 더 징그러웠다.
강의실에서 리하르트 슈트라우스나 구스타프 말러의 음악에 관해 강의
를 하고 있을 엄마가 너무도 밉고 증오스러웠다. 오빠가 죽었는데 말러
의 음악 따위가 무슨 소용이란 말인가. 내가 문을 잠가 놓고 울고 있으면

엄마는 너무도 차갑고 무서운 목소리로 "집 안에서 울음소리 내지 마라!"하고 말했다. 표정은 밀랍 인형처럼 무표정했다. 목소리는 너무 단정해서 잔인했다.

증권회사에 다니던 큰오빠는 홍콩지사로 발령을 받아 홍콩으로 떠나 버렸다. 그리고 십 년이 지나서야 돌아왔다. 아버지는 다니던 회사를 명예퇴직을 하신 후, 늦가을의 석양처럼 조용한 일상을 보내다가 삼 년 전 위암으로 세상을 뜨셨다. 아버지의 눈빛은 고즈넉하고 속을 짐작할 수 없는 깊은 바닷속 같았다. 난폭한 감정의 동요 없이 산책을 하고 등산을 하고 화초를 키워 내면서 있는 듯 없는 듯 지내셨다. 육체를 다른 곳에 두고 온 허깨비 같았다. 우리 집은 폭풍우가 휩쓸고 지나가 버린 황량한 들판 같았다. 나는 정우 오빠가 세상을 뜨고 3년 후 집에서 나와 독립했고, 얼마 후 '블루노트'를 열었다.

엄마는, 우리 엄마는 정말 견디기 힘들었다. 아무렇지 않은 얼굴로 강의를 나가고, 구스타프 말러에 관한 칼럼을 지속적으로 쓰고, 규칙적으로 요가를 하고, 규칙적으로 수영을 했다. 차라리 우리 가족이 서로를 끌어안고 울면서 세월을 보냈더라면 더 견디기 쉬웠을 것이다.

엄마는 애초에 오빠가 없었던 것처럼 굴었다. S대 의대를 합격할 정도로 수재였던 오빠를 키울 때 얼마나 자긍심으로 가득 차 있었을 것인가. 그러나 엄마는 마치 오빠가 애초에 존재한 적이 없었던 것처럼, 단 한 장의 사진도 남겨 놓지 않고 모조리 불태웠다. 오빠의 사진, 공책, 교과서, 전공서적, 옷들, 신발들, 그리고 오빠가 학교에서 받아 왔던 수많은 상장들.

왜 그래야 했을까? 만약 엄마 옆에 좀이 옆에 있었더라면 어땠을까?

"당신 잘못이 아닙니다."라고 말해 주는 좀이 옆에 있었더라면 엄마는 어땠을까? 우리 가족에게 가장 필요한 말은 "당신 잘못이 아닙니다."라는 한마디였다. 우리는 그 누구에게도 그런 말을 듣지 못했다. 아니 그토록 명민했던 오빠가 왜 스스로 목숨을 끊었는지 그 이유조차 제대로 알지 못한 채 십오 년이 흘렀다.

그동안 우리는 제사조차 제대로 지내지 못했다. 엄마 혼자서 백중날이면 오빠가 모셔져 있는 절에 다니러 가곤 했다. 엄마는 그 누구와도, 심지어 아들인 오빠와도, 딸인 나와도 슬픔의 감정을 나누려고 하지 않았다. 밀랍처럼 하얀 얼굴로 꽃 한 송이 없이 절로 향했다. 허리는 꼿꼿했고 표정은 도도했다. 누군가 엄마 손을 잡고 "당신 잘못이 아닙니다."라고 말해 주었더라면 엄마는 좀 더 빨리, 오빠를 위해 국화꽃을 사고 제사 음식을 만들어서 오빠 명복을 빌어 주었을까.

그러나 우리 가족은 그 누구로부터도 그런 위로의 말을 듣지 못했다. 유리조각처럼 꽂히는 사람들의 잔인하고 호기심 어린 눈길을 온몸에 그대로 받아 내면서 살아온 것이다. 나는 엄마가 미웠다. 너무도 미웠다. 내 감정을 억압하고 내 슬픔을 안아 주지 않는 엄마가 너무도 미워서 어느 순간부터 입을 닫고 말았다. 내가 엄마에게 보내는 어떤 마음의 신호도 없었다. 그리고 엄마가 나에게 보내오는 어떤 신호도 감지하지 못했다. 엄마와 딸인 우리는 낯선 타인이 돼 버린 것이다. 십오 년이라는 세월 동안. 정작 슬픈 일은 정우 오빠가 우리 곁을 떠나 버린 것이 아니라, 엄마와 내가 낯선 타인이 돼 버린 일이다.

엄마 곁에, 내 곁에, 朱좀이 있었더라면 어땠을까. 은폐를 걷어내 버리고 오빠의 영혼결혼식 짝을 찾아다니고 정우 오빠의 영혼결혼식을 치러

드렸더라면 어땠을까. 회한으로 가슴이 미어졌다.

스물다섯 살에 자살한 정우 오빠 때문이 아니라 자신의 상처를 밀랍 가죽 속에 가둬 두고 밀랍 가죽 안에서 상처가 썩어 곪아 흘렀을 엄마가 너무나 가여워서 가슴이 미어졌다. 나는 왜 단 한 번도 엄마가 가엾다는 생각을 못했을까. 내 상처에 홀려서 엄마 상처는 눈에 보이지 않았던 것이다. 내 안의 상처가 너무도 깊고 선명해서 다른 사람을 돌아볼 겨를이 없었다. 내 안의 상실감과 정리될 수 없는 감정들 때문에 혼란스러운 시간들을 혼자서 견뎌야 했다.

그러나 시간은 모든 것을 망각하게 한다. 피처럼 흘러넘치던 상처들도 지금은 가끔 떠오르는 기억인 것이다. 우리가 정우 오빠의 기억을 끌어안고 정우 오빠의 기억과 함께 살았다면 기억은 조금 더 오래갔을 것이다. 어느 쪽이 상처가 덜 했을지 지금 그것이 무엇이 중요한가.

엄마와 내가 낯선 타인이 돼 버렸고, 큰오빠와 내가 낯선 타인이 돼 버린 것을. 엄마는 정우 오빠, 나, 큰오빠를 모두 잃어버렸다. 우리 가족은 서로를 버렸다. 그리고 나는 가족이 있었지만 고아 같은 심정으로 세상을 버텨 왔다. 오히려 부모님은 계시지 않지만 朱香과 주소희는 완벽한 가족이었다.

철학적 용어로 각성을 했다. 지금 이 순간에. 엄마의 바짝 마른 몸은 규칙적인 요가 때문이 아니고, 음식을 넘기지 못하는 고통 때문이었다는 것을. 밀랍처럼 차가운 엄마의 무표정한 얼굴이 실은 울고 있는 얼굴이었다는 것을. 나에게는 형제였지만 엄마에게는 자식이었다는 것을 말이다. 그것을 마흔 살이 넘어서야 알게 됐다. 하지만 지금이라도 알게 돼서 얼마나 다행인가. 그러면 나는 지금 이 순간, 무엇을 해야 하는가. 위로의 방식을 몰랐기에 화해의 방식도 모른다. 그러나 이제 내 나름의 위로의 방식과 화해의 방식을 찾아내야 한다. 우선 지금은 엄마에게 긴 문자를 보내는 것이다.

엄마. 나 지금 출발해요. 여기는 금동이에요. 도착하려면 한 시간쯤 걸릴 것 같아요. 밥은 집에 도착해서 먹을게요. 정우 오빠를 위해 국화꽃다발을 만들어서 갈게요. 사랑해요. 엄마.

내일은 스물다섯 살에 나를 버리고 떠나서, 끊임없이 미워했던 정우오빠와도 화해를 해야겠다. 영전에 국화꽃을 바치고, 명복을 빌어 드리겠다. 그리고 우리 엄마를 안아 드려야겠다.

실스마리아의 구름

1

레지던시 입주 작가들과 다음 주 금요일에 있을 오픈스튜디오 회의를 마치고, 간단하게 술 한잔을 하고 나자 밤 열두 시가 훌쩍 넘어 버렸다. 숙소로 돌아와 샤워를 하고 침대에 누운 후에야 핸드폰을 보았다. 부재중 전화가 다섯 통이나 찍혀 있었다. 모두 혜주로부터 온 전화였다. 그리고 통화가 되지 않자 마지막으로 문자 한 통을 남겼다.

도윤 씨. 꼭 해야 할 이야기가 있어요. 내일 11시 홍성역에 도착해요.

나는 내일 11시에 홍성역에서 기다릴게. 라는 문자를 남긴 후 스탠드 불을 껐다.

혜주와는 4년째 연애 중이다. M의 전시회 뒤풀이에서 만난 후 그동안 행복한 연애를 했다. 규칙적인 섹스와 대화, 그녀는 내게 있어서 삶의 쿠션 같은 존재였다. 내가 일 문제로 머릿속이 정리가 안 될 때, 핵심을 짚는 그녀의 정확한 판단을 듣고 나면, 모든 것이 하나로 질서가 잡혔다.

그녀는 내 마음속을 밑바닥까지 털어놓을 수 있는 또 다른 나였다. 그녀와의 섹스는 아, 뭐라 설명할 말이 없다. 한없이 예민한 그녀의 몸은 나를 뼛속까지 자극했다. 그녀와 섹스를 하고 나면 내 몸에서 박하향기가 나는 듯했다. 알코올과 니코틴에 찌들어 있던 몸이 정화되는 기분이었다. 내 몸속 정액 씨앗까지 그녀 몸에 쏟아부었다.

혜주는 이 주일에 한 번씩 발행하는 웹진 『기차역 풍경』의 발행인이었다. 기차역과 문화유산을 콘텐츠로 했다. 한 곳의 기차역을 결정하고 기차를 탄 후 그 기차역에서 내린다. 그리고 그 기차역 주변의 문화유적지, 맛집, 카페 등을 탐방한 후 여행코스를 만들어서 한 회의 잡지를 만드는 것이었다. 여행의 출발점이 기차역이었다. 전화를 걸면 그녀는 여주거나 능주거나 예산이거나 나주였다. 선덕여왕의 능 주위를 걷고 있거나, 신라시대 금관을 보고 있었고, 아리랑을 듣고 있거나 무가(巫歌)를 듣고 있었다. 그녀는 흐르는 물처럼 항상 어느 곳인가로 흘러 다녔다. 우리가 서로에게 집착하지 않고 오랫동안 연애를 해 올 수 있었던 이유 중 하나다.

무엇보다 그녀는 나를 기다려 주었다. 여자와의 연애 기간이 길어야 4개월이었던 내가 무려 4년 동안이나 연애가 가능했던 이유는 그녀가 끊임없이 나를 기다려 주었기 때문이다.

내가 전화를 하면 전화벨이 세 번이 울리기 전에 전화를 받았다. 술자리를 마치고 전화를 해도, 새벽 한 시 건, 두 시 건 잠에 취한 목소리로 전화를 받았다. 그녀는 내가 원할 때 항상 내 곁에 있어 주었다. 전화를 하면서 그녀가 내 전화를 받지 않을 수도 있다는 생각은 해 보지 않았다.

그녀는 반남의 마한 고분군을 걷다가도, 금관을 보다가도, 무가를 듣다가도 내가 전화를 걸면 세 번이 울리기 전에 전화를 받았다. 언젠가 내가 물었다. "어떻게 그렇게 내 전화를 빨리 받을 수 있니?" "당신 전화벨이 울리기 직전에 난 감지할 수 있거든." 그녀는 내 애인 혜주는 내게 그렇게 말했다. 나는 그녀의 품을 느끼며 수면제를 먹은 것처럼 마음 놓고 깊이깊이 잠들 수 있었다.

그러면 반대로 그녀가 원할 때 나는 그녀 옆에 있어 주었을까. 긴 연애 기간 동안 그녀가 외로웠을 수도 있었겠구나 하는 늦은 각성이 폐부를 찌르고 지나갔다. 나는 항상 일이 먼저였다. 내 일정대로 움직였다. 그녀는 단 한 번도 나를 나무라지 않았다. 그녀는 물처럼 담담했다. 내 일을 호기심을 갖고 바라보아 주었고 진심어린 조언을 해 주었다. 어쩌면 내 인생은 나를 받아 줄 혜주라는 쿠션이 있었기에 마음껏 지르고, 마음껏 누리며 살아왔다. 그동안 그녀가 외로웠을수도 있었겠다는 생각이 든 순간, 미칠 듯이 그녀 몸을 안고 싶어졌다.

2

기차역에서 나와서 나를 향해 걸어오는 혜주는 여느 때와 다르지 않았다. 긴 머리를 한 갈래로 묶고 청색 스트라이프 셔츠에 면바지 차림새였다. 어깨에는 낡은 가죽 배낭이 들려 있었다. 오랫동안 신어서 빛이 바랜 스니커즈는 마치 그녀의 피부 같았다.

내 승용차를 운전을 해서 수덕사로 향했다. 수덕사 아래에 있는 음식점에서 향긋한 산채비빔밥으로 점심을 먹고 자리를 옮겨서 도토리묵과 해물파전과 막걸리를 시켰다. 화요일 오후 두 시여서 주점 안은 한가했다.

"어젯밤에는 오픈 스튜디오 회의를 하느라고 전화를 못 받았어. 급한 일이 있었던 거야?"

혜주는 막걸리를 천천히 들이켰다. 그녀는 젓가락으로 해물파전을 찢어 놓고 상 위에 젓가락을 가지런하게 내려놓았다.

"도윤 씨. 지금부터 내가 하는 말, 납득하기 힘들 거야. 이해할 수 없을 거야."

그녀의 목소리는 담담했지만 이미 무엇인가를 결정한 사람만의 강단이 있었다. 난해한 수학 시험지를 앞에 둔 수험생 같았다.

"도윤 씨. 받아들이기 힘들 거야. 하지만 어쩔 수가 없어. 교통사고는 우리가 예측할 수 없이 그냥 쾅 하고 일어나잖아. 지금도 그래. 이건 내 인생에 일어난 교통사고야."

"돌려서 말하지 마."

"나를 기다려 줄 수 있어?"

"기다려? 기다린다는 게 무슨 뜻이야?"

"자기 학예연구사 H 알지? 우연히 술자리에서 H를 만났는데 많이 이상했어. 지금은 내가 H 옆에 있어 줘야 할 것 같애. 그 사람이 날 필요로 해. 그걸 보고 있는 자기가 너무 고통스러울 것 같아서."

"같이 잤어?"

"아니."

"내가 기다릴 수 없다면 어떻게 되는데?"

혜주는 눈을 커다랗게 떴다.

"그게, 그, 그, 그게 그러면 헤어져야 하는 거 아닐까?"

"헤어져? 그게 말이 되니? 넌 H를 잘 알지도 못해. 그런데 잘 알지도 못하는 사람 때문에 4년이나 사귄 나와 헤어지자고 하는 거야? 말이 되니? 너 같으면 이해할 수 있겠니? 좀 더 그럴듯한 이유 없어?"

"없어. 말했잖아. 이해하기 힘들 거라고. 교통사고 같은 거라고. 당신을 너무 사랑하니까 당신이 배신감을 느끼지 않도록 지금 말하는 거야. 다른 사람한테 듣는 것보다 나을 것 같아서."

"H 결혼했잖아."

"그러니까."

"H 유부남이야."

"그런 건 별로 중요한 문제가 아니야. 지금은."

"그게 안 중요해? 그럼 뭐가 중요해? 유부남인 것도 안 중요하고, 나와 헤어질 각오를 할 정도로 중요한 게 대체 뭐야?"

"지금은 말할 수 없어. 조금만 기다려줘."

"이 좁은 바닥에서 나하고 H를 동시에 만나겠다는 거야?"

"내 말이. 그러니까. 말이 안 된다는 거지."

"나한테서 마음이 떠났어?"

"아니야. 그건 아니야. 내가 살아 있는 동안 내 마음이 변하거나 하는 일은 없을 거야."

나는 막걸리를 벌컥벌컥 들이켰다. 난해한 수학 시험지가 내게로 넘겨져 왔다.

"그러니까 이 사고를 수습할 때까지 조금만 기다려줘."

"그게 얼마나 걸리는데?"

"나는 모르지."

"하."

실타래가 점점 더 꼬여만 갔다. 우리는 말을 멈추고 막걸리 잔만 비웠다.

H는 국립대 총장까지 지낸 저명한 철학 교수의 아들로 태어나 서울대에서 미술사 박사학위를 받고 미술관 학예연구사로 근무하고 있었다. 피아니스트 아내와 딸을 둔 단란한 가정의 가장이었다. 인생에 KS마크를 붙일 수 있다면 그의 이마에 KS마크라도 찍어 주고 싶은 삶의 행로였다. 전시회를 공동주최한 적이 있었는데, 감정을 터트리는 나와는 달리 감정을 철저히 억누르는 스타일이었다. 동동주를 들이켰다. 아무리 생각해 봐도 그 범생이가 자기 아내를 놔두고 다른 여자와 섹스를 하는 그림이 그려지지를 않았다.

막걸리 다섯 병을 마시고 수덕여관으로 들어왔다. 석양이었다. 혜주는 그동안 빈말로라도 "헤어지자."는 말을 단 한 번도 한 적이 없었다. 아무리 화가 나도 '헤어지자'거나 '당신을 떠날 것'이라는 뉘앙스의 말은 단 한 번도 한 적이 없었다. 역설적으로 "헤어지자."는 혜주의 말은 빈말이 아니었다. 그녀는 나와의 관계를 끝을 내고서라도 H의 곁에 있겠다는 것이다.

그녀와 섹스를 한 것이 불과 일주일 전이었다. 그녀의 몸에서는 물이 넘쳐흘렀고, 꽃잎처럼 열렸다. 그녀의 마음이 변한 것이 아니었다. 그녀 말대로 그녀가 도저히 어떻게 해 볼 수 없는 사고가 난 것이다. 그녀 인생에. 그리고 그녀와 인생을 함께 걸어온 나에게 그 사고의 후폭풍이 몰아닥쳤다. 사건이 일어난 것을 빨리 알려 준 것은, 뒤엉기는 것을 싫어하는 심플하고 명쾌한 그녀의 성격 때문이었을 것이다.

　여관 방 안에서 캔맥주를 더 마셨다. 몸에 열이 뻗쳐올라서 터져 버릴 것 같았다. 그녀는 멍했다. 뭔가 텅 비어 버린 것 같기도 했다. 하지만 술기운이 올라오자, 그녀는 습관처럼 내 가슴에 안겨 왔다. 뻗쳐올랐던 나쁜 기운이 금세 다정해졌다. 그녀의 입술에 키스를 하자, 혜주의 몸이 침대 위로 스르르 쓰러지면서 두 팔로 내 목을 감싸 안았다. 폭군처럼 그녀의 몸안으로 들어갔다. 이렇게 내 몸을 좋아하는 여자가 다른 남자 때문에 나와 헤어지자고 한다. 섹스가 끝나고 우리는 기절하는 것처럼 순식간에 잠들었다.

　수덕여관 창밖에 희고 탐스런 꽃이 활짝 핀 이팝나무가 서 있었다. 이팝나무꽃 냄새에 취했다. 5월이었다.

3

　나는 뉴욕대에서 '순수 미술'를 전공하고 한국으로 돌아온 후, 처음에는 대학에서 강의를 했다. 우연히 '아트 앤 아티스트 프로젝트'로 공공미술에 발을 들여놓은 후, 지금은 대학 강의를 접고 독립큐레이터로 활동하고 있다. 전국을 돌아다니면서 공공미술프로젝트를 한 지 벌써 10여 년이 가까워 온다.

　지금은 충남 지역을 기반으로 예산 3억 원의 '홍성역레지던시'를 꾸려 가고 있다. 홍성역 근처에는 대한통운이 물류창고로 썼던 건물이 있었다. 붉은 벽돌로 지어진 근대 건축물이다. 지금은 기차로 화물을 운반

하지 않기 때문에 대한통운 물류창고가 오랫동안 비어 있었다.

'홍성역레지던시'는 그 대한통운의 창고를 미술관, 예술가 창작실, 지역 주민이 함께할 수 있는 북카페 등의 공간으로 꾸미는 일이다. 레지던시는 상반기 하반기로 나누어서 진행했고, 한 번에 열 명의 작가가 참여했다.

레지던시는 총감독과 작가들이 거주를 함께했기 때문에, 집중적인 힘과 노력을 필요로 했다. 한 공간에 열 명의 작가들이 모여서 시너지 효과를 내면서 뿜어내는 에너지는 폭발적이었다. 총감독도 스텝들도 모든 힘을 모아야 했다. 개성 강한 열 명의 창작자들이 24시간 동안 한 공간에서 밥을 먹고, 술을 마시고, 작업을 하는 동안 얼마나 많은 일들이 일어날 것인가? 사건이 일어나면 사건을 중재하고 쓰레기가 가득 차면 쓰레기통을 비워야 했다. 일상이 예술이고 예술이 일상인 공간이었다.

현재 홍성역레지던시에 입주해 있는 작가는 미디어아티스트 홍찬혁 등 총 10명이었다. 그 중 설치미술을 하는 기훈이 마누라처럼 나를 따라다니면서 프로젝트매니저를 하고 있다. '오픈 스튜디오'는 사람들로 문전성시를 이루었다. 오픈 스튜디오 술자리는 새벽 두 시가 넘어서야 끝이 났다. 현장에 있는 것이 아직은 나를 빳빳하게 한다.

발등에 떨어져 있던 오픈 스튜디오를 끝내고 나자 그제야 혜주의 헤어지자는 말이 뒤통수에 달라붙어서 떨어지지 않았다. 그녀는 인내심에 있어서는 인류의 최강자라고 할 만큼 나에게는 무한정 관대했다. 그리고 감정을 쉽게 쓰고 감정에 휘말리는 일도 별로 없었다. 천성이 착하기도 했다. 양보하는 일에도 익숙했고 자기가 가진 감수성과 창조성을 적절하게 누릴 줄도 알았다. 그녀와 일을 해서 잘못될 확률은 거의 없었다. 대신에 그녀가 누군가의 진심을 떠 보기 위해 빈말을 하는 적은 없었다.

소식통인 후배 M에게 전화를 돌렸다. H의 소식을 묻자 M이 시큰둥하게 말했다.

"그 사람에게 무슨 일이 생길 일이 뭐가 있겠어요? 문제를 일으킬 스타일은 아니죠. 문제는 항상 열정의 아이콘인 감독님이 일으키죠."

"부부관계는 괜찮아? 뭐 이혼하거나 그런 거 없어?"

"그런 소문 전혀 없어요."

몇 통의 전화를 더 돌려보았지만 H에 대한 근황은 모두 비슷비슷했다. 워낙에 조용한 편이고 아버지 후광 같은 것이 있어서 다들 후한 평가를 내렸다.

혜주와 통화가 되지 않았다. 내가 전화를 하면 항상 5초 안에 전화를 받던 그녀가 내 전화를 받지 않았다 밤 12시, 1시, 2시가 넘도록 전화를 받지 않았다. 3시가 넘어서야 혜주와 통화가 됐다.

"여보세요. 도윤 씨. 미안해."

"뭐했어?"

"H하고 술 마시면서 이야기했어."

"무슨 이야기?"

"사실 정확히 무슨 말을 하는지도 못 알아먹겠어."

"술 취해서 주정 부리는 거 아냐? 그렇게 부리는 술주정도 있거든."

"아니. 안 취했을 때도 그래. 뭐랄까. 이미 선을 넘어 버린 사람 같아."

"그런 사람하고 무슨 대화를 한다는 거야?"

"나는 말 안 해. H 혼자서 계속 얘기해."

이팝나무꽃이 지도록 혜주와 통화가 되지 않았다. 통화가 되더라도 그녀는 어딘가 텅 비어 버린 것 같았다. 아니면 열에 들떠 있었다. 마치 홍역을 앓고 있는 사람 같았다. 함께 만나서 커피를 마셔도 도무지 대화에 집중을 못했다. 안절부절못했고 어디선가 전화가 걸려 오면 전화기를 들고 밖으로 달려 나갔다. 그녀는 나와 모텔에 들어가는 것을 거부하지는 않았지만 섹스에도 전혀 흥미를 느끼지 못했다. 그녀는 내가 알던 상냥하고 침착하고 간명하고 총명한 혜주가 아니었다. 텅 비어 있거나 열에 들떠 있었다.

이제 내가 그녀를 기다릴 차례가 온 것이다. 삶이 나에게 역습을 가하기 시작했다. M으로부터 전화가 왔다. 이상한 소문이 돌고 있다고 했다. 두 사람은 화가들이 자주 가는 식당에서 계속 목격되고 있었다. 그들은 사람들이 보거나 말거나 첫사랑에 빠진 사람들처럼 열에 들떠서 이야기를 하고, 안주도 먹지 않고 소주만 마신다고 했다. 둘이서 맞담배를 피우면서 다른 사람들 눈을 아예 의식하지 않고 데이트를 한다는 것이었다.

"H가 조금 이상해 보였어요. 왜 그런 거 있잖아요. 사춘기 때 첫사랑에 빠지면 좀 정신 못 차리는 거. 마흔 살에 사춘기가 왔나 봐요. 감독님은 혜주 씨하고 헤어졌어요?"

"아니."

"그럼 감독님도 알고 있었어요?"

"시작하기 전에 말하더라고."

M는 입을 다물었다.

대체 그녀와 H에게 무슨 일이 일어나고 있는 걸까. H는 그녀에게 무슨 짓을 벌리고 있는 걸까. 시간이 흐르고 있었다. 내 손을 이미 떠나 버린 화살처럼 도무지 어찌해 볼 도리 없이 시간이 흐르고 있었다. H를 만나야 한다는 생각만 하면서 시간을 흘려보내고 있었다.

4

형체를 알 수 없는 검은 것이 악령처럼 다가왔다. 압도적인 느낌이었다. 발이 떨어지지 않았다. 해일처럼 밀려오는 그것은 뱀처럼 생긴 검은 구름이었다. 뱀의 형상 같은 검은 것이 서서히 움직이면서 나를 덮쳐 왔다. 그 검은 것은 점액질처럼 내 목을 내 다리를 내 심장을 짓눌렀다. 꿈에서 깨어났을 때 온몸이 뻣뻣하게 경직돼 있었다. 가위에 눌린 것이다. 얼마나 주먹을 세게 쥐었던지 오른쪽 손바닥에 홈이 패어 있었다. 혜주에게 전화를 했다. 전화벨이 스무 번이 울리도록 혜주는 전화를 받지 않았다. 그녀가, 그녀가, 내 전화를 받지 않는다. 그녀가 내 전화를 받지 않는다. 그녀가 내 신호를 받지 않는다. 그녀의 몸과 영혼이 나를 향해 집중해 있지 않고 산만하게 흩어져 있다.

그럴 리가 없다. 그럴 리가 없다. 그것이 시작이었다. 검은 뱀 모양의 구름 꿈을 꾼 날 이후 나는 쉽게 잠으로 빠져 들지 못했다. 겨우 잠이 들었다가도 검은 구름이 나를 덮치는 악몽에 시달렸다. 악령에 빙의되기 전에 알 수 없는 에너지에 시달리는 사람 같았다.

많은 것에 집착하지 않고 담백하다고 생각해 왔던 내 성격도 급격하게 변하기 시작했다. 나는 혜주가 전화를 받을 때까지 한 번, 두 번, 세 번 끊임없이 전화를 했다. 정작 혜주는 변한 것이 없었다.

"도윤 씨 무슨 일 있어?"

그녀는 걱정이 가득 담긴 목소리로 전화를 걸어오곤 했다. 그녀와의 데이트도 특별히 달라진 것은 없었다. 그녀가 기차를 타고 홍성으로 오고, 내가 홍성역으로 그녀를 마중 가고, 수덕사 근처 식당에서 산채비빔밥을 먹고 수덕여관에서 그녀를 안았다. 내 몸이 그녀 속으로 들어갈 때 그녀는 조금 멈칫거렸지만 이내 꽃잎처럼 몸을 열어 주었다. 그러나 더 이상 물은 흘러넘치지 않았다.

그녀는 내 손을 꼭 붙들고 잠에 빠지지도 않았다. 나와 이야기하다가 멍한 표정을 지었다. 내가 한참 프로젝트 이야기를 하고 있는데 이해하지 못하고 "뭐라고 했지?"하면서 이야기를 뒤로 되돌렸다. 딴생각. 그녀는 딴생각을 하느라 번번이 내 말을 놓쳤다. 나는 화를 냈고 그녀는 사과했다. 무엇인가 잘못되고 있었다. 단단한 땅 같았던 우리 관계에 서서히 균열이 갔다. 결국 나는 참지 못하고 잇 사이로 내뱉고 말았다.

"그 새끼랑 잤어?"

심지어 혜주는 그 말마저도 놓쳤다.

"뭐라고? 아 누구랑 잤냐고? 누구? 아. H. 아니. 도윤 씨 그런 걱정은 안 해도 돼. 우리 같이 자고 그런 관계 아니야. 그 사람 섹스 같은 것에는 아무 관심도 없어."

"그럼 넌?"

"나?"

혜주는 선량하고 천진한 눈빛으로 나를 바라보았다. 차마, 날 아직도 사랑하니, 라는 말은 너무 구차해서 내뱉지도 못했다. 나를 향한 그녀의 마음이 변한 것은 없었다. 다만 뭐랄까 집중력의 문제였다. 나만 생각하고, 나만 감지하고, 나의 신호를 기다리고, 내가 원하는 것은 무엇이든

해 주던 그녀가 어디엔가 정신을 팔아 버리고 온 사람처럼 허둥거렸다.

세 살배기 아이를 집 안에 혼자 재워 두고, 마실 나온 엄마처럼 허둥거렸다. 세 살배기 아이의 울음소리가 들리면 언제든 달려가 안아 줘야 하는 사람처럼 말이다. 이제 모든 것이 달라져 버렸다. 나는 하루에 세 번씩 전화를 해서 그녀의 안부를 물었다. 그녀는 변한 것이 정말 없었다. 기차를 타고 여주역에 내리거나, 기차를 타고 조치원역에 내리거나, 기차를 타고 경주역에 내리거나, 기차를 타고 천안역에 내려서 '아라리오미술관'에 들러서 전시를 관람하고 근처 카페에서 기사를 작성하고 있었다.

H와 술을 마시다가도 흔쾌하게 내 전화를 받았다. 그들은 담배를 피울 수 있는 주점에 앉아서 감자전이나 서대초무침을 안주 삼아 술을 마시고 있었다. 그것이 전부라고 했다. 심지어 술자리를 옮기지도 않았다. 그들은 일주일에 5일을 주점에서 병어조림을 시켜서 둘이서 소주 여섯 병쯤을 마시고 12시쯤 헤어진다고 했다. 그것이 그들 관계의 전부였다.

그들의 관계는 '술을 마시면서, 이야기를 한다.' 단 한 문장으로 요약할 수 있었다. 술값은 5만 원선에서 소박하게 나온다. 술값은 H가 낸다. 가끔 혜주가 내기도 하는데 H가 말리지는 않는다, 그러나 술값은 대부분 H가 낸다.

그러니까 소주 여섯 병을 마시면서 다섯 시간 동안 떠드는 것이다. 아니지. H 혼자 떠들겠지. 빌어먹을 자식. 말 못하고 죽은 귀신이 붙었나. 박사니까 아는 것도 많아서 가여운 혜주 붙들고 예술에 대해, 미학에 대해 주절대고 있겠지.

문란한 일상으로 치자면 내가 더했다. 그들은 밤 12시면 자리에서 일어나지만, 나는 술만 마셨다 하면 새벽 두 시를 넘기기 일쑤였다. 자리는 평균 3차까지 계속됐다. 레지던시 기간이어서 사람들이 끊임없이 찾아왔고, 술값은 아무리 못 나와도 20만 원이 넘게 나왔다. 버는 돈은 모두 술값으로 탕진했다. 어제는 레지던시에 찾아온 미술평론을 한다는 여자와 원나잇까지 갔다. 날씬한 외양 속에 숨겨져 있던 그녀의 몸은 뱀피처럼 차가웠다. 빌어먹을. 두 번 다시 안고 싶지 않은 여자였다. 그녀가 하도 엉겨서 모텔에 데려다주고 나온다는 것이 그만 그렇게 되고 말았다.

이게 모두 혜주 때문이다. 그녀가 집중력이 흐트러지니까 나도 흐트러지는 거다. 그녀가 나를 지켜 주지 않으니까 내가 타락하는 거다. 그러나 그녀가 내 엄마는 아니지 않은가. 그녀는 내 애인이었을 뿐이다. 피붙이가 아니라 언제든지 헤어질 수 있는 남녀 연인 관계. 나는 정말 그녀를 사랑했다. 그녀와 헤어져서 산다는 것을, 그녀를 만난 이후 단 한 번도 생각해 본 적이 없다. 우리는 완벽한 연인이었다. H가 나타나기 전까지 말이다.

5

익산문화재단에서 열리는 레지던시 사례 발표를 마친 후 건물 밖에서 담배를 피우고 있는데 기훈에게서 전화가 걸려 왔다.

"감독님. 혹시 사채 쓰셨어요? 사채업자처럼 생긴 사람이 감독님을 만나러 왔다면서 두 시간째 사무실에서 버티고 있어요. 근처 카페에 가 계시면 감독님 도착하면 전화 드린다고 해도 막무가내로 사무실에 앉아 있어요. 지금 오셔야겠는데요."

"지금 어떻게 가? 저녁 먹고 가야지. 그 사람 이름이 뭐야?"

"H랍니다. 분위기가 심상치 않습니다."

담배꽁초를 던져서 발로 비벼 껐다. 더 이상 심상치 않을 상황 같은 게 남아 있을까? 반신반의하면서도 발표를 마친 사람들과 준비돼 있는 식사 자리를 하지 않고 홍성으로 차를 돌렸다.

H는 사무실 철제 의자에 색시처럼 다소곳하게 앉아 있었다. H의 앞자리에 마주 앉았다. 내가 담배를 피워 물자 H도 담배에 불을 붙였다. 그는 내가 알던 사람이 아니었다. 아도니스처럼 발그레하던 뺨과 부잣집 도련님 같은 표정은 모두 사라져 버리고 깡마른 몸, 새까맣고 깡마른 얼굴의 상처 입은 들짐승 같은 사내가 앉아 있었다. 몸에서 불이 일어나서 그의 모든 아름다움을 태워 버린 것 같았다. 심지어 그는 몸으로 벌어먹고 산 사람 같은 냄새까지 났다.

눈빛이 불안하게 흔들렸다. 한 사람의 육체의 아름다움이란 스러지기 쉬운 봄날의 벚꽃처럼 훼손되기 쉽다는 것을 깨달았다. 어느 한순간 썰물처럼 소멸해 버릴 수 있는 게 인간이 가진 몸의 아름다움이었다. 유복한 환경에서 자라나고, 최고의 대학에서 공부를 하고, 관료적인 국립미술관에서 십 년을 일했던 그가 막노동꾼처럼 변하는 데 불과 일 년이 못 걸린 것이다. 무엇보다 그의 얼굴빛이 너무나 검었다.

"식당으로 자리를 옮기죠."

소주잔을 잡은 손이 미세하게 떨렸다. 그가 소주잔을 한 입에 털어 넣었다.

"저 미술관에 사표를 썼어요. 갈 곳도 없고 해서 여기 레지던시에 자리가 있으면 스텝으로 참여하고 싶어서 찾아왔습니다."

"레지던시프로그램은 숙식을 함께하는 거예요. 이곳으로 옮겨 올 수 있겠어요?"

"가능합니다."

H는 소주잔을 비우는 속도가 굉장히 빨랐다. 몸속의 짐승이 소주를 빨아들이는 것 같았다.

"혜주가 제 여자친구인 것은 알죠?"

"네."

"할 말 없어요?"

"없습니다."

"부인과는?"

"이혼하고 싶습니다."

태생이 모범생인 H는 술에 취해도 다소곳한 태가 남아 있었다. H는 나보다 두 살 어렸다. H는 그날로 홍성역레지던시에 눌러 앉았다.

몸에 살집 하나 없이 인도 석가불처럼 말라 버린 H는 속세의 모든 짐을 벗어 버린 한 마리 짐승 같았다. H는 책 한 권, 속옷 한 장 없이 맨몸으로 소나타를 끌고 홍성으로 왔다. 다음 날 기훈과 함께 하나로마트에 가서 양말, 속옷, 수건, 칫솔, 샴푸, 트레이닝복 등을 사 왔다. 기훈과 H는 마치 마누라와 첩 같았다. 기훈은 서른한 살로 H와 무려 9년의 나이 차이가 났다. 기훈은 레지던스 스텝을 먼저 한 선배 노릇을 톡톡히 했다.

"선배님 왜 쓰레기통 비닐 하나 못 씌우세요. 여기에 20L를 씌우면 나중에 꽉 차기도 전에 쓰레기가 넘쳐서 얼마나 불편하겠어요? 주방 쓰레기통은 20L, 정수기 옆 쓰레기통은 50L, 모르겠어요? 숫자 몰라요? 20, 50. 여기 이렇게 씌어져 있잖아요. 20. 50."

H는 종량제 쓰레기봉투마다 L가 다르다는 것을 처음 발견한 사람처럼 숫자를 뚫어져라 쳐다보았다.

"그러네요."

H는 레지던시에 온 처음 한 달 동안은 안주를 전혀 먹지 않고, 깡소주를 마셨다. 한 달이 지나자 두부김치의 두부를 끼적거렸다. 그리고 시도 때도 없이 잠을 잤다. 청소를 하다가, 붓질을 하다가, 원고를 쓰다가 아무 곳에나 쓰러져서 잠에 빠져들었다. 어떤 날은 작업실에 종이 박스를 깔고 새우처럼 오그라져서 자고 있었다. 기훈이 덮어 주었는지 신문지가 몸 위에 덮여져 있었다.

혼자서 중얼거리기도 했다. 다른 작가들이 오면 스르르 자리를 피했다. 박사학위를 받고 국립미술관 학예연구사를 하면서 오랫동안 사회생활을 한 사람 같지 않았다. 정신병원에서 막 빠져나온 사람처럼 보였다.

그리고 어느 오전. 그는 노란 색종이로 나비를 접기 시작했다.

"작품을 시작하나 봐요?"

"실스마리아의 구름이라는 작업을 하려고요. 실스마리아는 니체가 『차라투스트라는 이렇게 말했다』를 집필했던 스위스에 있는 작은 마을입니다. 그 마을에 '말로야 스네이크'라는 구름이 있어요. 중학교 1학년 때 아버지와 함께 실스마리아로 여행을 갔어요. 그곳에서 두 눈으로 직접 '말로야 스네이크'를 보았어요. 거대한 검은 뱀이 저를 향해 달려드는 것 같았어요. 설치미술로 그 검은 구름을 표현해 내고 싶어요. 겉은 검은 뱀이지만 그 속에는 날아오르기 직전의 노란 나비들이 가득 차 있는 거죠."

"멋있는대요."

"저는 대학교 4학년 때 왜 그렇게 쉽게 창작을 포기했을까요? 교수님이 한 번 해 본 조언일 뿐이었는데, 왜 그렇게 쉽게 창작을 포기하고 미술이론으로 전공을 바꾸었을까요? 저는 왜 그렇게 쉽게 저의 애인을 버렸을까요? 어머니가 그냥 한 번 해 본 조언이었을 뿐이었는데, 5년 동안이나 사귄 그녀를 버리고, 잘 알지도 못하는 사람과 겨우 3개월 만나고 결혼했습니다. 그녀가 자존심 때문에 눈물도 못 흘리고 원망 가득한 눈빛으로 저를 쳐다보았는데, 왜 그녀의 눈빛을 외면했을까요? 저는 왜 그렇게 다른 사람이 쉽게 던진 조언에 질질 끌려다니면서, 그들의 비위를 맞추기 위해 그렇게 애를 쓰고 또 썼을까요?"

H는 웅얼웅얼 하면서 나비를 접고 있었다. 저 자신을 죽여 버리고 싶어요 라는 마지막 말은 입 밖에 꺼내지 않았다. 그는 나비를 접고 또 접었다. 노란 나비들이 종이상자 두 개에 가득 찼다.

일정이 모두 끝난 금요일 밤. H와 술집에 마주 앉았다. 그가 또 급하게 소주잔을 털어 넣었다.

"무엇이 문제입니까?"

H는 멍하게 앉아 있더니 더듬더듬 말을 시작했다.

"잠. 잠이 문제였습니다. 5년쯤 됐습니다. 아니 7년, 10년쯤 된 것 같네요. 저는 원래 잠이 없는 편이었어요. 직장 생활을 하면서 박사학위 공부를 해야 했으니까 잠을 조금밖에 못 자는 것을 당연하게 생각했어요. 그런데 박사 논문이 통과되고 이제 잠을 푹 자도 되는데, 잠을 이룰 수가 없었습니다. 2시, 3시, 4시, 5시. 어떤 날은 한숨도 못자고 출근을 해야 했어요. 다음 날 또 2시, 3시, 4시, 5시. 혜주 씨를 만난 날은 거의 일주일 동안 잠을 한숨도 못 잔 날이었어요. 현실인지, 꿈인지, 구름 속인지,

바람 속인지. 그날 죽어야겠다고 생각했습니다. 신이 와서 내 귓가에 속삭여 준다면 정말 죽어야겠다고요. 이 고통을 끝낼 수 있다면. 저는 그날 밤 신을 기다렸습니다. 그런데 신 대신 혜주 씨가 저에게 왔습니다. 혜주 씨를 만난 날부터 조금씩 잠을 잘 수 있었습니다. 혜주 씨와 대화를 하고 나면 잠을 잘 수 있었어요. 모든 것이 잠 때문이었습니다."

H와 기훈은 오랜 친구처럼 도란도란 이야기를 하면서 사무실 청소를 하고, 끼니를 차려내기도 했다. H는 큰형을 따라다니는 다섯 살배기 꼬마처럼 기훈을 졸졸 따라다녔다. 쓰레기통 속의 쓰레기를 버리는 것 같은 하찮은 일상 속의 일들에 H는 화들짝화들짝 놀랐다.

핸드밀에 원두커피가 갈리는 것을 처음 본 사람처럼 굴었다. H가 "이게 정말 커피콩입니까? 이게 정말 커피콩입니까?"를 몇 번이나 중얼거렸다. "커피가 콩이었군요. 콩의 가루였군요. 이렇게 생겼었군요."

H는 커피콩을 일 분도 넘게 바라보았다.

한번은 이런 일도 있었다. H가 딸기잼 뚜껑을 못 열고 낑낑대고 있었다. 나중에는 식칼을 가져와서 뚜껑을 열려고 했다. 기훈이 "선배님 잠깐만요." 하고서 딸기쨈 병을 받아들었다. 그리고 냄비에 물을 끓여서 딸기쨈 뚜껑을 끓는 물속에 1분 정도 집어넣었다 꺼냈다. 그러자 딸기쨈 뚜껑이 스르르 열렸다.

H는 마치 마술을 본 것처럼 놀라워했다. H는 일상에서 일어나는 모든 것들에 깜짝깜짝 놀랐다. 지적 체계를 새로 세우는 일곱 살 아이 같았다.

기훈이 작품 설치를 하기 위해 나무를 톱으로 자르고 있었다.

"이게 톱입니까? 이게 톱이군요. 톱이 이렇게 생겼군요. 이렇게 하면 나무가 잘리는 거군요. 저는 왜 톱을 이제야 봤을까요? 40년 동안 저는 어디에 있었던 걸까요? 제가 살아 있기는 했을까요? 제가 쓴 박사 논문의 제목이 '동양철학적 관점에서 바라본 인터렉티브 아트의 인터페이스 해석'입니다. 동양철학적 관점에서 인터렉티브 아트 작품 해석도 하는 제가 왜 톱을 처음 볼까요?"

"이게 톱밥이라는 겁니다."

"아 그렇네요. 톱으로 나무를 자르니까 톱밥이 나오는 거군요. 제가 톱밥을 아는 것 같습니다. 곽재구의 「사평역에서」라는 시에서 사람들이 사평역에 있는 난로에 던지는 것이 톱밥입니다. 이걸로 불로 피웠습니다."

H가 기훈에게서 톱을 건네받았다. H는 톱으로 나무를 자르려다 빗갈렸다.

"선배님. 지금 몸 개그 하십니까? 선배님은 오른손잡이니까 왼발로 나무를 고정을 시켜야죠. 오른손잡이가 오른발로 나무를 고정하면 각도가 나오겠습니까?"

"그렇네요. 맞습니다. 저는 오른손잡이니까 왼발로 나무를 고정해야겠네요."

H는 왼발로 나무를 고정하고 쓱, 쓱, 나무를 자르기 시작했다. 기훈과 H가 나누는 대화는 만담가들의 만담 같았다. H는 희끄무레하게 스쳐 지나쳤던 일상 속 사물의 감각을 일깨우기 시작했다. 마치 그 단어와 사물을 처음 본 사람처럼 집중했다. 햇빛을 처음 본 사람처럼 햇빛을 느끼고, 바람을 처음 느낀 사람처럼 바람의 감각에 감탄했다. 그는 긴 잠에서 깨어난 원시인 같았다. 그는 자신이 잠을 자기 시작하면서, 비로소 감각의 긴 잠에서 깨어났다고 고백했다. 잠을 자지 못해 멍하고 흐릿한 정신으로 십여 년 이상을 살아왔다고 했다.

9월이 시작되고 후반기 레지던시 일정이 시작됐다. 작가 열 명이 새롭게 입주하면서 레지던시는 사람으로 꽉 찼다. 그중 네 명이 여자작가였다. H는 여자를 처음 본 사람처럼 정신없이 수줍어했다. H는 옥탑 20평을 작업장으로 배정받았다. 레지던시가 본격적으로 시작되자 정신없이 바빠졌다.

H는 작업장 벽면에 합판으로 캔버스를 짜고 그 위에 캔버스천을 붙였다. 합판을 모두 연결시키자 6m 정도의 대형 캔버스가 만들어졌다. 그는 검은색 아크릴 물감으로 '실스마리아의 구름'을 그리기 시작했다. H는 수도하는 사람처럼 매일 조금씩 조금씩 그려 나갔다. 노란 나비를 한 마리, 한 마리 캔버스 위에 붙였다. 그리고 그 위에 검은 구름을 그려 넣었다. 노란 나비는 존재했지만 화면에는 잘 드러나지 않았다. 그는 노란 나비를 접거나 검은 구름을 그렸다.

H의 불안하게 움직이던 눈동자도 어느 정도 안정이 됐다. 깡말랐던 볼에도 서서히 살이 오르기 시작했다. 거무스레했던 피부에 조금씩 붉은 빛이 띠기 시작했다. 여전히 술잔을 한 번에 털어 넣었지만 밥숟가락을 조금씩 뜨기 시작했다. 레지던시 3개월 동안 그는 작업장, 사무실, 숙소를 떠나지 않았다. 책을 읽지도 않았다. 무엇인가 쓰지도 않았다. 섹스나 여자 문제도 없었다. 나비를 접거나 그림을 그렸다. 그게 다였다.

그러면 혜주와의 관계는 무엇이었을까. 그는 여전히 밤이 되면 어딘가 구석에 숨어서 혜주와 한 시간씩 통화를 했다. 쓰레기봉투를 씌운 일, 토마토소스로 파스타를 만든 일, 30평이 넘는 화이트 큐브에서 하는 전시만 기획하다가 7평 시장통 갤러리에서 전시를 기획하는 일의 신선함 등 대화 내용은 무궁무진했고 리좀처럼 사방으로 난삽하게 튀었다.

통화는 한 시간에서 사십 분으로, 사십 분에서 삼십 분으로 점점 줄어들고 있었다. 나는 구석에서 전화기를 붙잡고 있는 H를 보면서 문득 기시감이 들었다. 너무나 익숙한 헛것을 보고 있는 듯했다. 5년 전 밤마다 혜주와 두 시간씩 전화기를 붙잡고 심야 통화를 하고 나서야 숙면을 취할 수 있었던 어떤 남자. 그녀와 섹스를 마치고 그녀의 머리카락에서 나는 땀 냄새를 맡으며 순식간에 죽음 같은 잠으로 곯아떨어지던 어떤 남자의 모습이 환각처럼 나를 스쳐 지나갔다.

H의 '실스마리아의 구름'이 서서히 그 거대한 모습을 드러냈다. 검은 구름 속에 수천 마리의 노란 나비들이 가득 숨어 있었다.

12월 첫눈이 오고 레지던시를 정리하는 전시회에서, '실스마리아의 구름'은 사람들에게 첫 선을 보였다. H의 육체는 정상을 되찾았고, 깡말랐던 몸도 어느 정도 회복되었다.

홍성역레지던시를 끝내고 기훈과 H는 다음 해 1월부터 스페인 마드리드에서 시작하는 '마콘도레지던스' 합격 통보를 받았다. 여전히 기훈은 H를 돌보는 역을 맡고 있었다. H는 소나타를 끌고 홍성에 빈 몸으로 왔다. 그 소나타는 레지던시 스텝에게 넘겨주었다. 그리고 하나로마트에서 산 트렁크를 끌고 인천공항을 통해 마드리드로 떠났다.

기훈은 홍성역에서 베니스비엔날레 본전시 작가가 되겠다고 너스레를 떨었다. H는 무엇인가 말을 하려다가 수줍은 미소로 말을 대신하고 기차에 올랐다. 기훈은 이 레지던시에서 2년을 보냈다. H는 6개월을 보냈다. 그들은 떠났다. 총감독인 나는 아직 남아 있다.

6

혜주는 잡지 마감을 끝내고 홍성으로 왔다. 그녀와 함께 수덕여관에서 일주일을 보내기로 했다. 열 시쯤 잠에서 깨어 커피 한 잔을 마시고 한 시간쯤 수덕사를 산책했다. 폭풍우 치는 날, 실스마리아의 구름처럼 우리에게 밀려왔던 H가 썰물처럼 우리 곁을 빠져나갔다.

내 연인 혜주의 몸은 다시 꽃처럼 피어나 나를 죽음 같은 쾌락으로 빠져들게 했다. 그녀 몸에서 박하 향기가 났다. 그녀는 내 목을 껴안고 키스를 하면서 혀를 밀어넣었다. 그녀의 목을 받치고 길게 키스해 주었다. 그녀의 온몸에서 물이 흘러넘쳤다. 키스를 끝낸 그녀가 흡혈귀가 피를 빨아먹는 것처럼 손등으로 쓰윽 문지르고는 "쓰읍-" 하는 소리를 냈다.

그때 기훈에게서 전화가 왔다. 마드리드였다. 기훈은 여전히 수다스러웠다.

"기훈이야. H도 재밌게 잘 있대."

"나도 알아."

"지금도 전화 와?"

"응. 그날, 그날 있잖아. H를 처음 만난 날. 세미나를 마치고 여섯 명이서 술자리를 했었어. 비가 엄청나게 내렸어. H는 술을 마시면서 죽는다는 말을 여섯 번이나 했어. 술자리가 끝나자 모두 떠나고 H하고 나하고 단둘만 남았어. 우산을 함께 쓰고 있었어. 폭우처럼 비가 왔어. 택시가 와서 내 앞에 멈추자 그가 말했어. 신이 내 귓가에 속삭이면 난 죽을 수도 있어요, 라고. 그 사람을 폭우 속에 버려두고 택시를 탔어. 악령에게서 도망치는 사람처럼 그렇게 도망쳤어. 그런데 현관에 들어서서 불을 켜는 순간, 머릿속에서 데드사인이라는 말이 뇌리를 스쳐 지나갔어. 내가 왜 그렇게 허둥지둥 그 사람을 떠나왔는지 한순간에 알겠는 거야. 데드사인. 그 사람이 나에게 데드사인을 보냈다는 생각이 드는 순간 머리에서 발끝까지 찌르르하고 전류가 흘렀어. 내 몸을 감싸고 있던 얇은 표피가 순식간에 벗겨지는 것 같았어."

나를 향해 있던 그녀가 내 팔을 베고 반듯이 누웠다. 나는 오른손으로 그녀의 머리카락을 정리해 주었다. 왼팔이 조금 저렸다.

"도망쳐 버리고 싶었어. 나는 태어나서 그 사람을 처음 만났으니까. H와 나는 낯선 사람이잖아. 그런데 도망치면 안 된다는 걸 알았어. 만약 바람결에 그 사람이 죽었다는 소식을 들으면 내 일상이 무너질 것 같았어. 아니 죄책감에서 못 벗어나겠지. 고등학교 때 나한테 간절하게 데드사인을 보낸 친구가 있었어. 그때는 데드사인이라는 말은 몰랐었지. 하지만 내가 그 애를 외면하면 그 애가 죽는다는 걸 직감적으로 알고 있었어. 그애는 복도를 걸으면서 나와 눈이 마주칠 때마다 애원하는 눈빛으로 나를 바라보았지. 하지만 난 왕따인 그 애 손을 잡아 주지 않았어. 그 애가 말했지. '나 정말 죽을 거야.' 그 말을 한 이틀 후 그 애는 학교 옥상에서 뛰어내렸어. 꼭 내 잘못은 아니었지. 하지만 난 지금도 그 애 꿈을 꿔. 만약 내가 왕따인 그 애의 친구가 되어 주었더라면 어땠을까 라는 생각이 평생 동안 나를 따라다녔어. 그랬더라면 그 아이는 죽지 않았을까. H를 만난 그날, 내 머릿속에서 데드사인이라는 말이 나를 스쳐 지나간 순간 난 결정했어. 그 사람 곁에 있어 주겠다고. 현관에 서서 신발을 정리하고 수건으로 머리에 묻어 있는 빗물을 닦고 커피를 한 잔 마시고 당신에게 전화를 했어. 헤어지자고 말하려 했어. 유부남인 그 사람과 사귄

다는 소문을 다른 사람을 통해 듣게 하고 싶지 않았어. 그 사람 가족들? 그게 무슨 상관이야? 부모? 아내? 그 사람 인생에 더 이상 무슨 의미가 있겠어? 그들에게도 수없이 데드사인을 보냈겠지. 한번. 두 번. 세 번. 네 번. 하지만 그들은 H의 손을 잡아 주지 않았어. 자신들의 일상의 질서가 깨지는 것만 억울해 했겠지. 타인보다 못한 사람들. 단 한 사람. 당신만 걱정됐어. 하지만 어쩌겠어. 내가 몰랐으면 좋았을 일이 생겨 버린 걸."

"그래서 어떻게 한 거야?"

"H의 말을 들어주고, 함께 소주를 마시고, 신경정신과에 함께 가 주었어. 신경정신과 처음 가서 원무과에서 접수할 때 접수비도 내가 냈어. 병원은 세 번 따라갔어. 신경정신과에서 약 처방전이 나왔고 약을 먹기 시작했지. 그 다음부터는 혼자서도 잘 했어. 병원 진료도 규칙적으로 받고, 나랑 대화도 계속하고. 5개월 정도 지났을까? H는 아주 조금씩 좋아졌어. 정신이 명료해지자, H는 모든 결정을 순식간에 내렸어. 미술관 옆 카페에서 사표를 쓰고 그 사표를 미술관에 등기로 보냈어. 그 사람의 아내에게 사표를 카피한 서류와 H도장을 찍은 이혼서류를 동봉한 서류를 등기로 보냈어. 그리고 H는 승용차를 운전해서 당신한테 간 거야. 내가 현금 백만 원을 빌려줬어. 그의 지적 체계가 어떻게 무너져 버렸는지는 나도 몰라. 착한 남자로 자신이 하고 싶은 말을 억누르고 억누르다 과부하가 걸려 버린 거겠지. 그날 밤 터지기 직전에 나를 만난 거야. 그리고 나에게 말했어. 신이 내 귓가에 속삭이면 난 죽을 수도 있어요."

"신이 내 귓가에 속삭이면 나는 죽을 수도 있어요. 혹시 니체 글에 나오는 문장 아닐까? 속삭이면, 이게 좀 이상해, 보통 말하면 이러잖아. 속삭이면, 미안 미안해 농담이야. 이야기만 계속했어?"

"이야기하고 소주 마시고. 이야기하고 소주 마시고. 자기 그거 알아? 당신도 나 만나고 나서 거의 일 년 동안 새벽 다섯 시까지 내 귓가에 대고 이야기를 계속한 거? 내가 잠들어도 내 손을 잡고 계속했잖아. 새벽 두 시도 아니고 다섯 시라니."

"당연히 기억하지. 하지만 우리는 섹스도 했잖아."

나는 다시 혜주의 입술에 혀를 밀어 넣었다. 수덕여관 창밖으로 보이는 이팝나무 위에 하얀 눈꽃이 피어 있었다. 죽음의 냄새를 피우는, 악령 같은 검은 구름이 폭풍처럼 무서운 기세로 우리의 삶을 습격했다. 우리는 두 손을 꽉 잡고 그 검은 구름의 폭풍우를 견뎌 냈다. 그 구름 앞에서 우리는 산산이 부서져 버렸을 수도 있다. 그러나 혜주와 나는 땅을 단단히 딛고 서서 그 검은 구름의 기세를 견뎌 냈다. 검은 구름은 흔적도 없이 우리를 스쳐 지나 어디론가 사라져 버렸다. 우리는 지금 입맞춤을 하고 있다. 검은 구름 속에 꼭꼭 숨어 있던 노란 나비가 검은 구름을 뚫고 나와 허공으로 힘차게 날아올랐다.

귀향

1

목포 영해동 옛 본전통 거리에 있는 인문학 공간 '봄날의 아침'에서 주최한 학술세미나에서 재환을 처음 만났다. '봄날의 아침'은 목포항에서 걸어서 십여 분 거리에 있는 김영자 화실 2층에 자리 잡고 있었다.

국립 D대 국문학과에서 연구교수로 일하고 있다는 재환은 등산용 운동화에 주황색 선이 들어간 청색 등산 점퍼를 입고 있었다. 학술세미나를 하기 위해 도착한 학자의 복장이라기보다 신문사 보도국 사진기자 모양새였다. 원고와 노트북은 등에 메고 다니는 다갈색 백팩에 담아왔다. 백팩은 등 전체를 사용해야 할 정도로 아주 컸다. 그 속에 원고, 노트북, 카메라, 스마트폰, 휴대용 밧데리, 물통, 필통, 취재수첩, 투명 비닐봉지에 싼 귤 등등이 가득 담겨 있었다. 머리카락은 갈색의 부드러운 곱슬머리였다. 몸에 살집도 있었고 키도 180cm가 넘어 보였다.

학문을 하거나 글을 쓰는 사람들의 호리호리하면서 선병질적인 분위기와는 사뭇 달랐다. 사무실에 도착해 테이블에 둘러 앉아 차를 마시고 있는데 재환이 가방에서 비닐봉지를 꺼내더니 그 안에서 동글동글하고 자그마한 귤을 꺼냈다. "햇귤이에요." 그가 귤을 까서 내밀었다. 햇귤은 새콤하고 달았다.

10월의 셋째 주 목요일 오후였다. 백양사에는 아기단풍이 울긋불긋 물들어 있을 것이다. 창밖으로 보이는 거리에도 다사로운 가을볕이 내려쪼이고 있었다. 그날 열린 학술세미나의 주제는 '국가폭력과 예술작품'이었다. 나는 근로정신대 관련 활동을 하는 모임에서 발간하는 소식지에 글을 써 준 인연으로 만난 '봄날의 아침' 이지영 간사의 전화를 받고 세미나의 사회를 보기로 했다.

나는 소설가로 등단한 지 5년째다. 5년 만에 첫 번째 소설집을 어렵사리 출간을 했다. 5년 동안 소설을 써서 단편소설 열 편이 묶인 소설집을 낸 것이다. 일간지에 칼럼도 간간이 쓰고 있다. 일본 근로정신대 곽후남 할머니 인터뷰를 해서 글을 쓴 적은 있지만 '국가폭력과 예술작품'이라는 거창한 주제에 사회를 볼 깜냥은 안 되는 것을 나 스스로 알고 있었다. 5·18 관련 사진이나 일본 위안부 관련 사진을 눈으로 보는 것만으로도 고통스러워하는 내가 어떻게 국가폭력에 관해 논할 수 있을 것인가.

세미나 사회 제안을 처음에는 거절을 했다. 그런데 이지영 간사가 다시 전화를 걸어오자 어쩔 수 없이 수락을 했다.

그날 발제의 주제는 '소설가 임철우의 장편소설 『봄날』'과 '화가 강요배와 제주 4·3사건'이었다. 소강당에는 60여 명의 관객이 자리를 잡고 있었다. 강당이 꽉 차 보였다. 의외로 대학생들이 많아서 분위기가 활기찼다.

재환이 먼저 장편소설 『봄날』에 관해 발제를 시작했다.

"문학은 역사책이 기록하지 못했던 것, 권력자들이 기록하고 싶어 하지 않았던 것, 어둠 속에 묻혀 있었던 것을 밖으로 끌어내는 작업입니다. 기억되지 못하고 암흑에 쌓여 있던 이야기들의 뚜껑을 여는 것입니다. 은폐를 걷어내 버리는 것입니다. 그리고 그 시절을 살아 낸 사람들을 이야기 속으로 불러내 그들의 말을 들어보는 것입니다. 독일인들은 왜 아우슈비츠의 그 고통스러운 사건을 애써 기억하고, 관련자들을 처벌하고 책으로 묶고 영화를 만들까요? 나치의 행동을 망각하지 않기 위한 것이 아닐까요? 저는 임철우 선생님의 『봄날』을 책꽂이에 등이 보이게 꽂아 놓은 적이 단 한 번도 없습니다. 그 제목을 읽는 것만으로도 고통스러웠 거든요. 항상 책꽂이에 제목이 보이지 않도록 꽂아 두었습니다. 하지만 제 서가에 『봄날』이 있다는 사실을 잊은 적은 단 하루도 없습니다. 『봄날』은 고통스러운 소설 읽기입니다. 그것은 비단 저만의 경험만은 아닐 겁니다. 『봄날』은 그 누구에게나 읽기 쉬운 책은 아닙니다. 하지만 임철우 선생님이 살아남아서 소설을 끝을 맺어 주어서 우리는 더 자유롭게 광주 5·18에 관해 이야기를 할 수 있었습니다. 임철우 선생님께 감사의 인사를 전하면서 이야기를 시작하겠습니다."

약 30분에 걸친 재환의 거침없는 발제가 끝나고, 미술평론가 박영수 교수의 발제가 시작됐다.

"강요배 선생의 최근작은 다음 기회로 미루고, 오늘은 『동백꽃 지다』 라는 책에 실린 작품 위주로 이야기를 하겠습니다. 저는 대학교 2학년 때 인쇄물을 통해서 한 장의 그림을 보게 됐습니다. 1989년이네요. 앙상 한 나무 그늘 아래 할머니와 아이가 앉아 있는 그림이었습니다. 할머니 의 시선은 먼 허공을 향해 있었고 아이는 땅바닥을 응시하는 그림이었습 니다. 저는 우연하게 발견한 그 그림을 출력해서 제 책상에 압정으로 꽂아 두었습니다. 종이에 펜으로 그린 드로잉이었습니다. 그 그림에는 제 목이나 작가 이름이 씌어져 있지 않았어요. 민중미술 작품들이 작가의 이름이 없이 그려지고 사용되던 때여서 그 그림을 그린 화가가 누구인지 알아보려고도 하지 않았습니다. 저는 그 그림을 볼 때마다 가슴 한편이 싸아해졌습니다. 두 사람에게서 흐르는 상실의 그림자가 제 가슴을 후벼 팠던 것입니다. 한참 시간이 흐른 후에 저는 『동백꽃 지다』라는 책을 발견하게 되었고, 그 책 속에서 '시원(始原)'이라는 작품을 보게 되었습니다. 제 책상에 오랫동안 붙여져 있었던 그 작품이었죠. 그 그림을 그린 사람이 강요배고 그 작품의 제목이 '시원'이며 제주 4·3 사건을 소재로 하고 있다는 것을 알게 됐습니다. 아들을 잃은 어머니와 아버지를 잃은 아이였던 겁니다. 강요배는 제주 4·3 사건을 마치 눈으로 본 것처럼 그려 냈습니다. 실제 눈으로 봤을 수도 있겠네요. 아직까지 제주4·3사건은 미완으로 남아 있습니다. 그 사건이 일어난 지 67년째인데도 말이죠. 이제라도 예술이라는 형식을 통해 제주 4·3사건을 이야기할 때입니다."

2

학술세미나가 끝이 나고 걸어서 십 분 거리에 있는 영란횟집으로 자리를 옮겨서 저녁식사 겸 술자리가 이어졌다. 술자리에 참석한 사람은 모두 여섯 명이었다. 술집 안에는 벌써 사람들이 가득 차 있었다.

영란횟집은 주방을 포함해서 이십여 평 정도 됐다. 술상 탁자 위에 깍두기, 양파절임 등 밑반찬 몇 가지와 간재미무침이 올라왔다. 양은 막걸리 잔에 막걸리를 따라 건배를 했다. 막걸리는 시원하고 달았다. 간재미 무침은 새콤달콤했다.

민어회가 먼저 나왔다. 도톰한 살의 민어를 소스에 찍어서 먹었다. 민어회를 안주 삼아 소주로 술을 바꿨다. 술상 탁자 위에 빈 참이슬 병이 세 병, 카스 맥주병이 일곱 병째가 되었다.

재환은 소주와 맥주를 섞은 폭탄주를 만들어서 사람들 앞으로 놓아두었다.

"마실 만하죠?"

술자리가 점점 흥이 오르기 시작했다. '악의 평범성'에서 시작한 이야기가 촛불 시위로, 사드 배치로 갔다가, 하루 전에 심장마비로 세상을 쓴 영화감독으로 종횡무진 계속됐다. 이야기는 다시 '악의 평범성'으로 돌아왔다.

박영수 교수는 80년대 초 안기부에서 고문을 담당했던 경찰을 직접 만난 적이 있었다는 이야기를 했다.

"그 사람은 학교에서 돌아오는 초등학교 손녀딸을 매일 교문 앞으로 마중을 다닐 정도로 가족에게는 헌신적인 가장이었습니다. 치매에 걸린 어머니를 요양원에 모시지 않고 돌아가실 때까지 집에서 모셨다더군요. 저는 그 사람이 고문전문가였다는 사실보다 평범한 가정생활을 지속했고 좋은 아버지였다는 사실이 더 충격이었어요. 인간이 그런 일을 겪으면 인간의 이성이 무너져야 하는데 그 사람은 성실한 일상을 유지했습니다."

재환은 거의 소주를 두 병 정도 마신 것 같은데 끄떡없었다.

"평소에는 그렇게 평범했던 한 인간이 어떻게 그렇게 악하게 변해 버리는 걸까요?"

"인간은 자신이 처해 있는 환경에 쉽게 적응하고 또 다른 사람들에게 쉽게 영향을 받을 수 있는 존재인 거죠. 80년대 시위 진압할 때 악명 높았던 백골단 기억하시죠? 그 백골단들도 전투 경찰로 군대에 온 20대 초반의 평범한 사람들 혹은 대학생들이었죠. 평범하게 대학을 다니다가, 전투 경찰로 군입대를 하고, 부대를 잘못 배치 받아서 백골단이 되었던 거예요. 그런데 김교수님은 국문학을 전공하셨는데 어떻게 국가폭력에 관심을 갖게 되셨어요?"

"제 전공은 민요입니다. 박사논문을 남도 잡요(雜徭)로 썼습니다. 남도 잡요를 채록하기 위해 진도, 완도, 강진, 무안 여기저기를 헤매고 다녔습니다. 그러다가 발길이 함평 월야에 가 닿았습니다. 월야의 할머니들은 타지에서 온 저에게 노래를 불러 주시다가, 그날의 일을 이야기하기 시작했습니다. 만나는 분마다, 제가 글을 쓰는 사람이라는 것을 안 순간 저에게 그날의 일을 말하기 시작하는 겁니다. 저는 빨리 박사논문을 끝내야 했습니다. 그런데 할머니들이 자꾸 저에게 그날의 이야기를 했습니다. 저는 그분들의 목소리를 받아 적을 수밖에 없었습니다."

"그날이 언젠가요?"

박영수 교수가 들깨가루가 많이 들어간 토란 나물을 젓가락으로 집으며 물었다.

"함평양민학살이라고 들어보셨나요? 1950년 한국 전쟁 중에 함평 월야에서 일어난 양민학살사건입니다. 확인된 민간인 희생자만 총 1,164명이나 됩니다. 저는 겨우겨우 박사논문이 통과가 되었고, 연구교수가 됐습니다. 그런데 제 녹음기에는 어마어마하게 많은 할머니들의 목소리가 남아 있는 겁니다. 잊어버리려고 해도, 자꾸만 제 머릿속에 남아 있었습니다. 그래서 저는 그 이야기들을 책으로 펴내려고 합니다. 도와주십시오. 이렇게 잊어버리려고 애를 쓰면서 시간을 보내는 것보다는 차라리 일을 하는 게 나아서요."

재환의 목소리는 열에 들떠 있었다.

"그 할머니들은 살아계시나요?"

"거의 대부분 돌아가셨어요. 제가 그분들을 만났을 때 이미 팔십을 넘기셨어요. 팔십을 넘기셨으니까 저에게 그 말을 하셨을 수도 있겠네요. 저는 살아 있는 한 사람만 제 손을 잡아 준다면 그 사람과 함께 이 책을 끝내고 싶습니다. 도와주십시오."

"5년을 준비했다면 꽤 진척이 됐겠네요."

"약 100여 분의 구술을 채록했습니다. 직접 겪은 분도 있지만 전해 들은 분들도 있어요. 그것을 글로 풀어야죠. 구성도 만들어야 하구요. 그래서 여러분들을 편집위원으로 모시고 싶습니다."

재환은 옆에 놓여 있던 백팩에서 A4용지를 꺼냈다. 편집위원 위촉장 동의서였다. 그 밑에는 계좌번호도 적혀 있었다. 편집위원 백만 원이라고 씌어 있었다.

"이 계좌번호는 뭔가요? 백만 원을 내라는 건가요? 백만 원을 준다는 건가요? "

"백만 원을 내라는 겁니다. 일종의 펀딩이죠. 책을 만들려면 돈이 필요하니까요."

"편집위원들이 원고료를 받는 게 아니고, 백만 원을 내라는 말이에요?" 내가 다시 물었다.

"펀딩이죠. 우선 백만 원을 내시고, 나중에 돈이 남으면 원고료를 정산을 하죠. 이렇게 만날 때마다 밥과 술을 먹어야 하니까요."

참으로 이상한 계산법이었다.

"술 마시는 게 그렇게 중요한가요?"

"중요하죠."

재환이 백팩 주머니에서 모나미볼펜을 잔뜩 꺼내놓았다.

"동의서를 지금 여기서 작성하라는 건가요? 저는 생각을 좀 해 봐야 하는데."

재환은 "생각하면 안 됩니다. 그러면 못해요. 지금 쓰지 않으면 쓸 수 없습니다. 그 일이 일어난 것은 1950년이고 지금은 2017년입니다. 그런데 아직까지도 양민학살의 정황이 정확히 밝혀지지도 않았고 가해자들의 사죄도 없습니다. 누군가가 의도적으로 은폐하려고 했던 것이 아닙니다. 가해자들의 사죄가 없다는 것은 누군가가 글을 써서 기록으로 남기지 않았기 때문입니다. 계속해서 글로 쓰지 않았기 때문입니다. 선생님들은 글을 쓸 수 있지 않습니까. 지금 이 동의서를 쓰셔야 합니다. 그래야 우리가 한 발짝이라도 앞으로 나아갈 수 있습니다."

우리는 얼떨결에 무엇에 홀린 것처럼 '함평양민학살증언록' 편집위원 동의서에 이름을, 핸드폰 번호를, 주소를 적고 있었다.

3

나는 '함평양민학살증언록' 편집위원으로 합류했다. '함평양민학살증언록' 편집회의는 한 달 후, 11월 셋째 주 목요일 오후에 '봄날의 아침'

사무실에서 열렸다.

이지영 간사를 합쳐서 모두 7명이 참석했다. 재환이 USB 네 개를 꺼냈다. 우선 채록된 구술을 문장으로 푸는 것이 급선무였다. 재환이 나, 박영수 교수, 현수민, 이지영 간사에게 USB를 하나씩 나누어 주었다. 내가 받은 USB에는 녹음파일 백 개가 담겨 있다.

단편소설 「정든 곳」을 문학잡지 『문학의공간』에 넘긴 후 하루 동안 푹 쉬었다. 그리고 다음 날 아침, 귤을 입에 까 넣은 후, 녹음 파일을 플레이했다. 녹음 파일 속의 목소리는 팔십 세가 넘은 할머니의 목소리였다. 할머니는 이야기를 천천히 이어 갔다. 녹음파일 한 개를 모두 듣지 못하고 이어폰을 귀에서 뺐다. 가슴이 답답해지면서 숨이 막혀 왔다.

"갓난애기가 하나 있었어. 죽은 사람들 속에서 살아난 애기가 하나 있었어. 시체들 속에서 갓난 애기 울음소리가 들렸대. 애기 부모는 그날 둘 다 죽었고, 그 집안에서는 그 애기 삼촌이 살아남았어. 그 당시 스무 살인가 묵었었어. 삼촌이 그 애기를 데꼬 여기를 떴지. 그 후로는 한 번도 소식을 듣지 못했어. 그 애기는 어찌 됐으까. 어떻게 살았으까. 엄마 아빠도 없이 어떻게 살았으까?"

"혹시 그 삼촌 이름 기억나세요?"

"목포서 고등학교를 댕긴다 했든가. 만호였든가 만식이였든가 그래. 그 애기는 어찌 됐으까이. 서울로 갔다는디 어치게 젖을 얻어 먹여으까? 죽었으까? 미음만 묵었어도 살았을 것인디이."

할머니는 '궁뎅이가 남실남실'로 시작하는 남녀상열지사 노래 한가락을 신명나게 불러주고 나서는, 다시 그 애기 이야기로 되돌아왔다. 재환이 느꼈을 난감함이 느껴졌다.

함평 월야에서 일어났던 참상은 너무도 참혹했다. 함평양민학살은 6·25전쟁 중이던 1950년 12월 6일부터 1951년 1월 14일까지 함평군 월야면, 나산면, 해보면 등 3개면에서 국군 제11사단 20연대(전남지구전투사령부) 2대대 5중대가 민간인을 총으로 쏜 집단 학살 사건이다.

1950년 12월 6일 처음으로 학살이 일어났다. 1950년 12월 2일 공비와 전투를 벌여 부대원 2명을 잃은 5중대는 함평군 월야면 정산리의 동촌과 장교 마을에서 주민 70여 명을 불러 낸 뒤, 남녀노소 가리지 않고 논두렁에서 집단으로 총을 발사했다.

12월 7일 함평군 월야면 월악리에서 7개 부락 주민 130명을 무차별 총살했는데, 현지에서는 이 사건을 '남살뫼학살'이라고 한다.

12월 10일에는 공비들이 마을 앞 도로를 파헤친 것을 주민들의 소행이라 면서 함평군 나산면 외치리에서 21명의 주민을 공동묘지로 불러내 총살했다.

1951년 1월 14일에는 함평군 해보면 상곡리에서 산기슭에 기관총을 설치하고 주민들을 불러낸 뒤, 50여 명을 총살했다. 이와 같은 방식으로 총 6회에 걸쳐 함평에서 약 1,500여 명이 총살된 것으로 추정되고 있다. 확인된 희생자만 총 1,164명이다.

나는 그 녹음파일을 문장으로 옮기면서 몇 번이고 원고를 접어 버리고 싶었다. 녹음파일을 문장으로 옮겨 내는 일은 너무도 고통스러웠다. 눈을 감아버리고 싶었고, 귀에서 이어폰을 빼 버리고 싶었다. 그리고 왜 그런 일이 일어났을까라는 질문에서 벗어날 수가 없었다. 왜 국가가 아무 잘못도 없는 민간인들을 향해서 총을 쏘았을까? 가족들의 참척을 겪은 사람들은 남은 삶을 어떻게 살았고 또 총을 쏜 사람들은 그 기억을 안고

서 어떻게 살았을까.

몇 번이나 소주를 마시면서 원고를 읽어 내려갔다. 맨 정신으로 견디기가 정말 고통스러웠다.

왜 이런 비극이 일어났는지를 누군가로부터 정확한 이유를 듣고 싶었다. 인간이 인간에게 왜 그런 짓을 벌였는지. 그러나 그 누구도 정확하게 왜 그런 일이 일어났는지 말해 주는 사람이 없었다.

모든 것이 희끄무레했다. 그 안개 같은 희미한 역사를 문장으로 쓰고, 그 문장을 재료로 기와를 구워, 그 희미한 역사를 복원하는 기와집을 짓고 있었다.

나는 내 의견을 넣는 것을 포기했다. 그리고 그 테이프 속에서 흘러나오는 이야기들이 진실인지 아닌지 확인하려 하지 않고 오로지 지금 이 시점에서 구술된 사실 그대로 받아 적으려고 했다. 단 한 글자 한 문장도 흘려듣지 않고 사실 그대로 글로 옮겨 적었다. 내 의견은 단 한 자도 넣지 않았다. 할머니들의 말을 그대로 글로 옮겨 적었다.

몇 번이나 울었다. 슬퍼서가 아니라 힘이 들어서 울었다. 힘이 들어서 포기하고 싶을 때 그냥 울었다. 그리고 다시 한 글자 한 글자 써 나갔다. 그리고 나는 재환을 이해하게 되었다. 그가 걸어가고 있는 길. 그가 무엇을 하고 싶었는지 이해하게 되었다. 재환은 재환의 몫을 하고, 나는 내 몫을 하면 되는 것이다.

한참 원고를 쓰고 있는데, 재환으로부터 전자우편이 도착했다. 건조한 안부문자와 함께 첨부파일로 사진파일이 하나 담겨 있었다. 사진파일에는 '강요배 作 젖먹이, 1989'라는 제목이 붙어 있었다. 나는 1989라는 숫자에 속아서 방심한 채 사진파일을 열었다. 강요배의 '젖먹이'가 컴퓨터 창에 떴다. 총을 맞고 죽어서 널브러져 있는 엄마의 젖을 빠는 아이를 그린 그림이었다. 나는 무의식적으로 눈을 질끈 감아 버렸다. 설마, 설마 하면서 천천히 눈을 떴다. 눈을 다시 감아 버릴 수밖에 없었다.

나는 가슴이 답답해져서 재환에게 전화를 걸었다. 밤 10시였다. 누군가에게 전화를 걸기에는 너무 늦은 시간이다.

"여보세요?"

"방금 강요배 젖먹이 봤어요."

"술 한잔 할까요?"

"너무 늦지 않았어요?"

"괜찮아요. 사계절식당에서 저 혼자 맥주 한잔하고 있어요. 천천히 오세요. 차 가져오지 마세요."

"너무 늦었는데."

"괜찮아요. 어차피 지금 잠들기 힘들 거예요."

코트를 걸쳐 입고 목도리를 둘둘 휘감고 방을 나섰다.

사계절식당은 테이블이 네 개 정도 놓여 있는 작은 선술집이었다. 탁자를 앞에 놓고 마주 앉은 사람들은, 맞은편 사람에게 무엇인가를 큰 소리로 말하고 있었다. 자리가 네 개밖에 되지 않았지만 주점 안은 사람들의 말소리로 시끌벅적했다. 내가 의자에 앉자 주인아주머니가 막걸리 잔을 새로 가져다주었다.

"사장님, 꼬막 남았으면 한 접시만 새로 해 주세요."

"교수님 자실 꼬막은 언제든지 있지요."

"감사해요. 이모님 꼬막이 최고지요."

꼬막이 안주로 나왔다.

재환이 꼬막을 까서 내밀었다.

"저, 저 혼자 먹을게요. 저 이런 거 너무 불편해요. 이런 거 안 해 주셔도 돼요."

"뭐요?"

"이렇게 꼬막 까 주시고 이러는 거요."

"아 그래요?"

재환이 멋쩍게 웃었다. 숨 쉬는 것처럼 몸에 배 있어서 자기가 꼬막을 까서 남에게 내민다는 것을 의식도 못한 것 같았다.

재환은 "이게 까는 게 좀 힘들어서요. 이렇게 하면 좀 쉬워요." 하면서 숟가락을 지렛대처럼 사용해서 꼬막 까는 시범을 보였다.

"그렇네요."

나는 주머니에서 종이 한 장을 꺼냈다. 컴퓨터로 출력한 강요배의 젖먹이였다.

"제 질문이 정말 어리석은 건 아는데요. 이 작품 속 여자 죽은 거예요? 살아 있는 거예요?"

재환은 답변 대신 종이를 거꾸로 돌려서 내 앞으로 내밀었다. 나는 눈을 뜨고 그 그림을 바라보았다. 숨을 깊게 들이쉬었다.

"정말 힘드네요. 구술을 푸는 것도 힘들고, 글을 쓰는 것도 힘들고, 그림을 보는 것도 너무너무 힘이 드네요."

"한 잔 마셔요. 여기까지 잘 오셨어요. 맨 정신으로 견뎌 내기 힘들어요. 도망만 가지 말고, 할 수 있는 만큼, 견딜 수 있는 만큼만 하면 돼요. 책이 나올 때까지 도망만 가지 마요. 정 힘들면 일은 여기서 멈춰도 돼요. 이 일은 학위 논문처럼 노력으로 해결할 수 없어요. 감수성과 멘탈은 노력으로 해결할 수 있는 문제가 아니거든요. 이렇게 내 술친구만 해 줘도 돼요. 진짜예요. 일은 여기서 멈춰도 돼요. 시간이 더 걸려도 상관없어요. 아주 잘 하고 싶지도 않아요. 내가 죽기 전까지 할 수 있는 데까지 할 거예요. 끝만 내면 돼요."

재환이 자기 앞에 있던 막걸리 잔을 들어 올렸다. 건배를 했다. 양 엄지 손톱을 이용해서 꼬막을 까먹다가, 숟가락을 지렛대처럼 이용해서 꼬막을 까먹다가, 재환이 까 주는 꼬막을 냴름냴름 받아먹었다. 꼬막 한 접시가 금방 비워졌다. 막걸리를 둘이서 다섯 병이나 마셨더니 몸에 술기운이 화르르 돌았다.

"저도 죽지 않고 살아남아서 이 글을 다 쓰고, 강요배 선생님이 돌아가시기 전에 꼭 만나서 젖먹이에 관해서 이야기를 할 거예요. 그 아이가 과연 어떻게 되었는지."

술을 점점 더 마시자 기분은 점점 더 좋아졌다. 나는 몸을 가눌 수 없을 정도로 술에 취해 버렸다.

4

'함평양민학살증언록' 2차 편집회의는 한 달 후, 12월 셋째 주 목요일 오후 '봄날의 아침' 사무실에서 열렸다. 밖에는 싸락눈이 내리고 있었다. 바닷가여서 날씨는 제법 매섭게 찼다. 편집회의에 참가한 사람은 모두 열네 명이었다. 사람이 늘어나니까 사무실에 활기가 돌았다. 새로운 사람들과 기존 사람들이 상견례를 하느라고 부산스러웠다.

재환이 제안한 1+1이 성과를 낸 것이다. 편집위원으로 한 사람 더 데려오기가 성과를 거두었다. 편집위원 중에 대학교수가 세 명이어서 대학생인 제자를 데려오니까 젊음의 활기가 돌았다.

회의를 마치고 영란횟집으로 자리를 옮겼다. 열네 명이 앉을 자리를 찾기도 힘들었다. 두 테이블로 나뉘어서 앉았다. 홍어무침과 백합탕을 시켰다.

재환이 나에게 소주를 따라 주었다. 차가운 소주가 목줄기를 타고 시원하게 넘어갔다. 나는 숟가락으로 백합탕을 떠먹었다. 청량고추가 많이 들어가서 얼큰했다. 내가 재환을 만난 뒤로 술꾼이 다 된 것 같다.

"혹시 할머니들이 말하는 애기 이야기 기억나세요? 모두 네 분의 할머니가 자꾸 그 갓난아기 이야기를 하세요."

"시체 구덩이에서 살아난 아기니까 사람들의 기억 속에 강인하게 남아 있는 거죠. 총살이 있고 나서 하루가 지났는데, 그 시체 더미 속에서 아기 울음소리가 들렸대요."

"혹시 그 아기를 찾아볼 생각은 하지 않으셨어요? 저도 그분이 어떻게 되셨을지 너무 궁금해서요."

"저도 궁금해서 그분을 추적했습니다."

"그래서 찾으셨어요?"

"그 아기를 데려간 사람도 한 동네사람이었으니까 찾을 수 있었어요. 전화번호까지는 없구요. 찾으려면 찾을 수 있습니다."

"우리 한 번 그분을 만나 볼까요? 이렇게 시간도 많이 흘렀고, 어떻게 사셨는지 궁금하기도 하구요."

재환은 재경함평향우회를 통해 수소문을 했고, 그렇게 해서 우리는 정재만 이사를 만나게 되었다. 정재만 씨는 한국은행 지점장으로 퇴직한 후 H실업 이사로 일하고 있었다.

5

H실업은 경기도 용인에 있는 가구 생산업체였다. 이사실은 평범한 갈색의 사무용 가구들로 꾸며져 있었다. 테이블이 있고 양옆으로 소파가 놓여 있었다. 재환과 내가 소파에 앉자 직원이 테이블에 유자차를 놓아주었다.

정재만 씨는 차를 마시라며 손을 내밀었다. 그는 H실업 로고가 새겨진 갈색점퍼를 입고 있었다. 온화하고 다른 사람을 배려하는 것이 몸에 배어 있는 사람이었다.

"많이 당혹스러우셨죠?"

"아닙니다. 다만 저를 어떻게 찾으셨는지가 궁금했지요. 제가 함평 쪽하고는 인연이 거의 없어서요. 아버지께서 돌아가시기 전에 몇 번이나 무엇인가를 말씀하시려다 결국 말을 꺼내지 못하고 돌아가셨어요. 그게 이거였군요. 저는 아버지께서 말하고 싶었던 것을 알게 돼서 좋습니다."

그의 목소리는 담담했다.

"아버지께서는 언제 돌아가셨나요?"

"5년 정도 됐습니다. 제가 저에 관해 알게 된 것은 겨우 5년밖에 되지 않았어요. 아버지께서는 담낭암으로 돌아가셨는데, 암에 걸리신 후 1950년에 일어났던 일을 저에게 두루뭉술하게 말씀해 주셨어요. 그런데 차마 제가 시체 더미 속에서 살아났다는 말까지는 못하셨군요. 저는 저희 아버지께서 어머니와 결혼하신 후 그제서야 아버지 호적에 올랐습니다. 그래서 초등학교를 열 살에 입학했지요. 제 친아버지는 저를 호적에 올려놓지도 못하고 돌아가셨대요. 제가 실제로는 작은아버지인 저의 아버지께 입양됐다는 사실은 알고 있었지만, 제 아버지가 저를 낳아 주신 분이 아니라는 사실은 거의 잊고 살았습니다. 지금 생각하니까 정말 이상한 일이기는 했네요. 저는 저희 집안의 장남입니다. 어머니께서도 저를 장남으로 대접해 주셨어요. 제 수저 젓가락이 따로 있었고, 밥상에 조기 한 마리라도 올려서 꼭 제 앞으로 밀어 놓고는 하셨어요. 제가 공부하는 책상을 닦는 수건이 따로 있을 정도였어요. 그것이 이상하다고 생각해 본 적이 없습니다. 제가 잊어버린 거였네요. 저희 부모님께서 저를 낳지 않았다는 사실을요. 저희 친부모님께서 어떻게 돌아가셨는지는 잘 몰랐습니다. 하물며 제가 시체들의 구덩이에서 살아났다는 것은 처음 듣습니다. 저희 아버지께서는 그 일이 있었던 1950년에 서울 미아리로 올라오셨어요. 미아리 시장에서 막일을 하시다가 생선 가게 종업원이 되셨고, 일식집에 생선을 배달하기 시작했습니다. 아버지는 새벽 6시가 되면 시장에 나가셨어요. 제일 싱싱한 생선을 받기 위해서였지요. 그러다가 일식집에서 청소부로 일을 하기 시작하셨습니다. 워낙에 성실하고 엽렵하신 분이어서 주방장 눈에 띄게 되었고 일식 요리를 배우게 되셨습니다. 스시 뜨는 법을 배워서 특급호텔 일식주방장이 되셨습니다. 제가 중학교 3학년 때 벽돌로 지은 2층 양옥집으로 이사를 했어요. 그때부터 우리 가족에게 더 이상 경제적 곤란은 없었습니다."

"그랬군요."

"제 형제는 저까지 합쳐서 2남 2녀입니다. 제가 장남이지요. 저는 선린상고를 졸업하고 한국은행에 취직해서 근무하다가 지점장으로 정년퇴직했지요. 아버지께서 워낙에 근면하신 분이시라서 아버지가 시장에서 일할 때도 우리 집은 부자는 아니었지만 돈에 곤란을 겪거나 가난하다는 생각은 하지 못했습니다. 그때는 형편이 모두 비슷비슷하기도 했구요. 부모님께서는 힘닿는 데까지 저희를 가르치셨지요. 저는 대학에 못 간 것을 섭섭해 한 적은 단 한 번도 없어요. 제 아래 여동생은 여상을 졸업했고, 나머지 두 동생은 대학을 마쳤습니다. 셋째가 고등학교에 입학할 무렵 아버지께서 일식집 주방장이 된 것 같네요. 가정 일구고 다들 잘 살고 있습니다. 그런데 저를 그렇게 걱정하신 할머니가 계시다니까 의외네요. 그 할머니께 저희는 잘 살았다고, 공부도 다 마치고 행복하게 잘 살았다고 꼭 전해 주세요."

그의 솔직함과 담담함에 우리가 놀랄 정도였다. 시간이 너무 많이 흐른 것이다. 오히려 1950년의 시간은 월야에 눌러 살아야 했었던 할머니들의 기억 속에 더 오랜 시간 갇혀 있었던 것이다. 정작 정재만 씨의 삶은 그렇게 나쁘지 않았다.

"다음 주에 '함평양민학살증언록' 출판기념회가 있습니다. 와 주실 수 있나요?"

"생각해 보겠습니다."

"추모제도 함께 지냅니다. 꼭 참석해 주셨으면 좋겠네요."

그는 자리에서 일어서는 재환과 나에게 오른손을 내밀었다. 악수를 하는 그의 손은 따뜻했다.

6

　제본소에서 봄날의 아침 사무실로 새 책이 도착했다. 재환과 나는 앞 표지와 뒷표지를 살펴보고 맨 뒷부분에 있는 크레딧에 이상이 없는지 확인한 후 목차를 살펴보았다. 목차도 이상이 없었다. 서문에는 김형진 시인의 「울게 하소서」라는 추모시가 실려 있었다.

　　울게 하소서
　　소리 내어 울게 하소서
　　그들의 죽음을 온 천하에 드러내게 하소서
　　초목과 반딧불까지
　　살아 있는 모든 것들이
　　목소리 높여
　　그들의 죽음을 추모하게 하소서
　　울게 하소서
　　그들의 아들딸들이
　　목소리 높여 울게 하소서

　'함평양민학살증언록' 프로젝트가 시작된 지 2년 만에 책으로 완성됐다. 재환이 구술 채록을 하러 다닌 것까지 합치면 총 7년이라는 시간이 걸린 것이다. 처음 시작했던 편집위원 7명은 한 명도 빠지지 않고 끝까지 왔다. 재환이 매번 맛있는 밥과 술을 사 주었기 때문이다. 책을 만들어 가는 동안 처음 먹어 보는 음식도 많았고, 처음 맛보는 술도 많았다.

캔맥주나 홀짝거리던 내 주량도 많이 늘었다. 그 사이에 '함평양민학살
증언록'을 재정적으로 지원하는 사람들도 생겨나서 원고가 마무리되자,
책을 펴내는 데 재정적으로는 큰 무리가 없었다.

'함평양민학살증언록'은 총 700페이지였다. 분량도 엄청났다. 초판을
3천 권이나 찍었다.

'함평양민학살증언록' 출판기념회는 함평월야초등학교 대강당에서
열렸다. 동네 할머니 할아버지를 비롯해서 유족, 학자, 언론사 기자 등
많은 사람들이 속속 도착했다. 정재만 씨는 아내, 아들 두 명과 함께 행
사장에 도착해서 방명록에 서명을 했다. 정재만 씨가 월야를 떠나 다시
돌아오기까지 무려 60년의 시간이 걸린 것이다.

재환은 봉투에 담은 '함평양민학살증언록' 책자를 정재만 씨에게 내
밀었다.

"와 주셔서 감사합니다."

"아니요. 제가 감사하죠, 저희 부모님을 위해서 추모제도 지내 주시고
요. 정말 감사드립니다. 책 만드느라고 애쓰셨습니다."

정재만 씨가 나에게 흰 봉투를 내밀었다.

"저녁 식사 때 술 한잔하세요."

재환이 받으라며 고개를 끄덕였다. 흰 봉투 안에는 5만 원짜리 신권으
로 20장이 가지런하게 들어 있었다.

진도에서 온 만신 김막례 씨의 진도씻김굿으로 출판기념회가 시작되
었다. 씻김굿은 함평에서 희생된 1,164명의 영혼을 위로했다. 추모제는
제사의 형식으로 진행됐다. 1,164 신위의 67주기였다.

단상에 제사상도 차렸다. 나는 제사상을 차리는 것에 반대를 했다. 씻

김굿을 추는데, 제사상까지 차리면 자칫하면 진짜 굿을 하는 것처럼 보여질 가능성이 컸기 때문이다.

씻김굿도 만신이 아닌 전통무용가를 초대해 씻김굿 형식으로 안무된 춤을 추고 흰 국화꽃을 헌화하는 것으로 출판기념회를 마무리하자는 하자는 의견을 냈다.

그러나 재환이 아주 강하게 반대를 했다. 만신이 씻김굿을 하고, 음식을 준비해서 제사상을 차리자는 것이었다. 또 팥시루떡을 출판기념회에 온 사람들에게 책과 함께 나누어 드리자고 했다. 편집위원들은 글을 쓰라고 할 때보다 더 난감해 했다. 음식은 누가 만들 것이며, 팥시루떡은 누가 썰 것이며, 상은 누가 차릴 것인가. 또 떡을 어떻게 나누어 드릴 것인가. 출판기념회에 갔는데, 책하고 떡을 같이 준다면 핸드백을 메고 다니는 사람은 난감할 것 같았다.

재환은 자기가 다 알아서 한다고 큰소리를 쳤다. 보리암 보살님 한 분께 음식값 이백만 원을 드리고 장보기와 상차림을 맡겼다. 팥시루떡도 100인분이나 맞췄다. 그리고 과일 깎는 것이며, 상을 놓는 것은 재환이 직접 했다. 민가의 제사상처럼 산적이며 도라지나물까지 갖추어진 제사상이었다.

편집위원장이 축사를 마친 후, 간단한 출간 보고를 마쳤다. 유족들이 열 명씩 차례대로 나와서 절을 두 번씩 올렸다. 절을 올리는 데만도 삼십 분이 넘게 걸렸다. 하지만 아무도 지루해하지도 않았고 자리를 뜨지도 않았다. 눈물을 훔치는 사람도 있었지만, 침착하고 흥겨운 분위기 속에서 의식이 진행됐다. 모두들 처음 만난 사람들이었지만, 이런 추모제를 함께 지내 본 적이 있었던 사람들처럼 서로서로 배려하면서 물 흐르듯이 흘러갔다.

거의 300여 명의 사람들이 모여 들어서 동네잔치 같았다. 월야 할머니 할아버지들도 거의 오셨다. 팥시루떡도 아주 좋아하셨다.

정재만 씨도 아내, 아들과 나란히 서서 절을 두 번 올렸다. 유족들의 절이 끝나자 두 시간 가량의 출판기념회가 끝이 났다.

출판기념회를 마치고 근처에 있는 일등한우식당으로 자리를 옮겨서 뒤풀이를 했다. 불고기백반으로 상을 차렸는데 무려 60여 명이 참가해서 저녁식사를 함께했다.

재환이 나에게 맥주를 가득 따라 주었다.

"도망가지 않고 끝까지 함께해 주어서 고마워요."

"정말 힘들었어요."

정재만 씨가 다가와서 편집위원들에게 맥주를 한 잔씩 따라 주었다. 정재만도 재환이 따라 주는 맥주를 흔쾌하게 마셨다. 근처에 숙소를 잡아 놓았다고 했다.

"제 나머지 삶은 더 나을 것 같습니다. 항상 뭔지 모를 안개 속을 걷고 있는 것 같았거든요. 실체를 알 수 없는 찜찜함이었어요. 제 과거가 충격적이기는 했지만, 이렇게 알게 돼서 다행이에요. 아무리 고통스럽더라도 진실을 아는 것이 더 낫습니다."

9시 정도에 식사 자리가 끝이 났다.

"피곤하죠?"

"아뇨. 좋아요. 답답했던 것들이 일목요연하게 정리되는 기분이에요."

나는 재환과 함께 재환의 차를 향해 걸었다. 11월의 밤공기가 차가웠다. 시골의 밤공기는 매섭게 찼다. 어둠 또한 도시에서 보던 어둠과는 달랐다. 몇몇 불빛만 남은 월야는 칠흑처럼 캄캄했다. 재환이 내 코트를 여며 주었다.

　재환이 내 손을 잡았다. 크고 거칠고 단단한 손이었다. 내가 의지할 수 있는 손, 내가 손을 빼지 않는 한 내 손을 절대로 놓지 않을 손이었다. 어둠을 뚫고 한 걸음 한 걸음 밤의 침묵 속으로 걸어갔다. 햇귤을 입속에 넣었을 때의 새콤달콤함이 밀려왔다. 우리는 손을 맞잡고 칠흑처럼 어두워서 한 치 앞도 가늠할 수 없는 나머지 인생길을 함께 걸어갈 것이다.

임철우, 『봄날』, 문학과지성사, 1997.
강요배, 『동백꽃지다』, 보리, 2008.
두산백과사전 두피디아(www.doopedia.co.kr), '함평양민학살사건'을 참고했음.

어디에도 없는 곳

1

　은수는 커피를 마시면서 오전 열 시부터 있을 SBS 텔레비전 교양 프로그램인 〈행복 마당〉 녹화의 대본을 점검했다. 변호사인 그녀는 일주일에 한 번 〈행복 마당〉에 출연해서 가정 문제 법률 상담을 하고 있다. 지금이 일곱 시니까 시간은 충분하다.

　은수는 샤워를 하기 위해 욕실로 들어갔다. 옷가지를 모두 벗고 팬티를 내렸는데, 혈흔이 묻어 있었다. 잠에서 깰 때부터 몸이 무거웠는데 월경이 시작된 것이다. 월경 첫날은 양이 제일 많고, 생리통이 심하다. 그래서 공식적인 행사에는 월경을 조절해 왔는데 일이 좀 복잡하게 되었다. 그녀는 아스피린 한 알을 먹었다. "징그러." 소리가 절로 나왔다.

　방송 녹화장은 활시위를 당기기 직전의 팽팽한 긴장감과 펄떡이는 활어의 몸짓 같은 생동감이 있다. 김PD의 큐 사인이 떨어지자 문가연 아나운서가 은수에게 질문을 던졌다.

　"김은수 변호사님. 가정폭력방지법이 제정된 이후 가정 폭력은 많이 줄어들었나요?"

은수는 불이 들어온 카메라를 응시하면서 살짝 미소를 지었다. 등에서 식은땀이 흘러내렸다. 겨우 삼십 분 정도의 녹화 시간이지만, 그녀는 녹화를 끝내고 나면 심한 피로감을 느꼈다. 짧은 순간에 극도로 긴장을 해야 하기 때문이다. 녹화가 끝나자 김PD가 종이컵에 담긴 커피를 내밀었다.

"김변호사님. 이제 정말 프로가 다 되신 것 같네요. 표정도 자연스럽고 발음도 점점 정확해지고 있어요."

은수는 긍정도 부정도 하지 않는 애매모호한 미소를 지었다. 크림이 들어간 진한 커피가 목줄기를 넘어가자 속이 울렁거린다. 방송은 어려운 일이지만, 변호사로서 대중적인 인지도를 얻는데, 방송만큼 유리한 매체가 없기 때문에 이 프로그램을 포기할 수가 없다.

녹화를 끝내고 은수는 사무실로 출근을 했다. 사무실에 도착한 후, 바로 컴퓨터를 켜고 이메일을 확인했다. 새로 온 여러 이메일들 사이에서 'Light my fire!'라는 제목의 이메일이 눈에 띄었다. 은수는 이메일을 클릭했다. '더 도어즈'의 'Light my fire'가 흘러나왔다. 그녀가 고등학교 때 들었던 곡이다.

은수님.

이 음악을 기억하시는지요.

당신과 함께 이 음악을 들었던 분께서 당신을 추천하셨습니다.

당신께 저희 제약 회사의 신약을 추천하기 위해서입니다.

당신이 저희 회사의 정보를 더 듣기 위해서는, 홈페이지에 3일 안에 가입하셔야 합니다. 가입비는 100달러입니다.

3일이 지나면 이 파일은 자동으로 삭제됩니다.

당신을 추천한 사람은 이강미님입니다.

이메일은 네덜란드에서 왔다.

이강미.

은수는 십 년 동안 간간이 기억하던 강미를 인터넷으로 만나게 될 것 같았다. 백 달러면 십만 원이 넘는 돈이다. 그 제약 회사에서는 무슨 약을 팔길래 단지 정보만 주는데 그렇게 많은 돈을 요구할까? 그러나 분명한 것은 그녀가 가입을 하지 않으면 파일은 삭제가 되어 버린다는 것이다. 은수는 강미가 궁금해졌다. 그녀는 음악대학을 가서 피아니스트가 되었을까? 강미가 은수에게 추천하고 싶은 약은 무엇일까?

은수는 링크되어 있는 주소를 클릭했다. 영문으로 된 사이트가 열렸다. 은수는 회원가입을 했다. 그 사이트는 약을 파는 것이 아니고, 그 회사의 약에 관한 정보를 준다는 사실을 분명히 명기하고 있었다. 헤로인이나 코카인 같은 마약이 아닐까 의심이 갔지만 정보를 받아 보기 전에는 알 수가 없는 노릇이었다. 회원 가입을 했으니 다시 이메일이 올 터였다. 그녀가 볼륨을 키우자 'Light my fire'가 더욱 크게 울려 퍼졌다. 강미는 어디서 어떻게 살고 있을까?

2

어느 토요일 오후.

가을의 석양이었다.

은수와 강미는 음악실에서 공부를 하고 있었다. 은수는 강미가 연습하는 피아노 연주를 들으면서 수학 문제를 푸는 것에도 어느 정도 익숙해졌다. 은수가 그녀를 처음 본 것은 1학년 말이었다. 강미는 음악실에서 베토벤의 「열정」을 연주하고 있었다. 피아노를 연주하는 강미를 보면서 은수는 숨을 쉴 수가 없었다. 강미의 몸은 미풍처럼 흔들렸고, 피아노 연주가 그토록 부드럽게 사람의 마음을 감쌀 수 있다는 것을 처음 알았다. 연습을 마치고 피아노에서 내려온 강미가 등 뒤에서 그녀를 안았다.

"그러지 마."

은수가 강미의 손을 풀었지만, 그녀는 은수의 등에 얼굴을 묻고 있다가 허리를 감싸 안았다. 은수는 한숨을 내쉬었다. 음악실에 어둠이 깃들고 있었다. 강미가 은수의 다리를 베고 소파에 길게 누웠다. 은수는 강미의 검고 탐스러운 머리카락을 부드럽게 쓰다듬어 주었다. 그리고 감고 있는 강미의 눈을 검지 손가락으로 눌러 주었다. 강미는 그녀를 사랑하고 있었다. 그러나 은수가 도저히 받아줄 수 없는 감정이었다. 감옥 같은 대학 입시를 통과해야하는 그녀들은, 출구 없는 여학교에서 모든 열정과 성적 욕망을 여자친구에게 풀어내고, 감당하고 있었다. 강미가 두 팔로 은수의 목을 감싸 안고 그녀의 가슴에 안겨 왔다. 그들은 밤이 늦도록 그렇게 있었다. 먼 훗날 은수는 그날 자신의 숨이 가빠졌다는 걸 알았다.

어느 날 강미가 수업 시간에 배가 아프다면서 한 시간 동안 엎드려 있다가 양호실로 갔다. 은수는 양호실로 강미를 만나러 갔는데, 강미가 약을 먹고 있었다.

"무슨 약이야?"

강미는 약 껍질을 호주머니에 넣었다.

"진통제야?"

"아냐."

강미는 심술궂은 표정으로 침대에 누워서 이불을 머리끝까지 뒤집어 썼다. 은수는 이불을 끌어 내렸다.

"어디가 아픈 거야? 생리하니? 그럼 진통제 먹어. 많이 아프면 병원 가고."

"아악."

갑자기 강미가 괴성을 지르면서 베개를 벽에 집어 던졌다. 그리고 머리를 흔들면서 울어 댔다. 은수는 강미를 품에 안고 그녀의 등을 두드렸다. 강미는 통곡했다. 그리고 호주머니에서 캡슐들을 꺼내서 바닥에 집어 던졌다.

"엄마를 죽여 버리고 싶어. 엄마를 죽여 버리고 싶어."

은수는 바닥에서 캡슐 껍질을 집어 들었다. 강미는 한참을 울다가 지쳐서 잠이 들었다. 잠에서 깨어난 강미에게 은수가 조심스럽게 물었다.

"이거 무슨 약이야?"

강미는 모든 것을 포기한 사람처럼 힘없이 말했다.

"생리조절 하는 약이야. 다음 주에 피아노 콩쿠르 있잖아. 컨디션 조절하느라고 이번 주에 생리를 해 버려야 한대. 그래야 연주에 집중할 수가 있대."

"누가?"

"우리 엄마가. 이제 그런 약 먹는 것 아무렇지도 않아. 그런데 먹고 나면 아랫배가 너무 아프고 기분이 황량해. 정말 이렇게까지 살아야 하나

싶고. 시험이나 콩쿠르 있을 때는 생리 날짜 조절하려고, 피임약도 가끔 먹어."

은수는 질리는 기분으로 강미를 바라보았다.

"꼭 그렇게까지 해야 돼?"

"너는 이렇게까지 하지 않아도 공부를 잘 하잖아. 나는 이렇게까지 해도 더 이상 성적이 오르지를 않아."

"이 약 언제부터 먹었어?"

"중3때, 동아 콩쿠르 나가면서 처음 먹었어."

"너희 엄마가 사다 주셨어?"

강미는 고개를 끄덕였다.

"우리 엄마는 나를 위해서라면, 아니 나의 성적을 위해서라면, 목숨이라도 바칠 수 있을 거야. 내가 꼭 이렇게 살아야 하는지 모르겠어. 숨이 막혀. 밤마다 옥상에서 떨어지는 꿈을 꿔. 가끔씩 아니 자주 죽어 버리고 싶어. 이번 콩쿠르도 숨이 막혀. 난, 내가 무엇 때문에 피아노를 치는지 정말 모르겠어. 왜 피아니스트가 되어야 하는 건지도 모르겠고. 젤 지겨워. 피아노하고 우리 엄마가."

강미는 그 콩쿠르에서 대상을 받았다. 그리고 그녀가 화사하게 웃는 모습이 신문에 실렸다.

은수는 그날, 그 배란 조절제를 서랍에 넣어 두었다. 그리고 학력고사를 보기 전 주에 그 약을 먹었다. 그리고 허리가 끊어지는 듯한 통증을 견디면서 월경을 했다. 그리고 입시를 치르는 날은 월경이 없는 가벼운 몸으로 시험장으로 향했다.

은수는 불을 켰다. 어둠 속에 웅크리고 있던 사물들이 한순간에 벌거벗은 몸을 드러냈다. 주인이 없는 아파트는 정적에 갇혀 있었다. 그녀는 한 사람이 사용하기에 적당한 공간이 있다는 것을 이제는 안다. 32평은 혼자서 사용하기에는 사람의 힘을 필요로 하는 공간이다. 물상들은 제가 있어야 할 곳에, 단정하게 놓여 있지만, 온기가 없다. 온기가.

은수는 오디오의 전원을 넣고, 시디플레이어의 재생 버튼을 누른다. 'Light my fire'가 흘러 나왔다. 그녀는 음악에 맞추어 몸을 흔들면서, 허물을 벗듯 옷을 훌훌 벗어 던졌다. 하루 동안 그녀의 몸을 옥죄고 있던 올인원과 스타킹, 브래지어를 벗어 버리고 욕실로 들어갔다. 그리고 조심스럽게 탐폰을 끄집어냈다. 아래가 쓰라렸다. 그녀는 탐폰을 화장지에 싸서 휴지통에 버리고, 물을 틀었다. 미지근한 물로 아래를 적시자 붉은 물이 다리를 타고 흘러내렸다.

그녀는 샤워를 마치고 헐렁한 셔츠를 입고 침대에 누었다. 그때 휴대폰에서 메시지가 도착했다는 신호음이 울렸다. '레인보우'라는 아이디를 쓰는 신문기자 지효의 메시지였다. 내용은 간단했다. 인터넷 신문 〈컬처닷컴〉 자유게시판을 빨리 보라는 내용이었다.

은수는 〈컬처닷컴〉을 클릭했다. 자유게시판을 보자 가슴이 철렁 내려앉았다. 자유게시판에는 '아이리스'라는 아이디가 자신이 직장내 성희롱을 당했다는 요지의 글을 올려놓았다. 그런데 그 성희롱을 했다는 사람이 이현기 기자였다. 이현기는 은수의 대학 선배였다. 〈컬처닷컴〉 자유게시판에는 아이리스의 글을 읽고 분노한 사람들이 올린 이현기를 비난하는 글들로 도배가 되어 있었다. 아이리스의 글은 다섯 시간 전에 올려졌다.

은수는 "아이리스님 어디까지가 진실인가요?"라는 글을 올리고, 다른 인터넷 신문 사이트를 서핑했다. 이미 아이리스의 글은 모든 인터넷 신문의 게시판마다 올려져 있었다. 아이리스가 올리고 다녔는지 아니면 다른 사람들이 퍼 갔는지 알 수 없었다.

그러나 이미 이현기 기자의 이름은 실명으로 인터넷을 떠돌고 있었다. 계속되는 진보적인 성향의 지식인들의 성 추문에 질려 있던 네티즌들은 사실 여부와 상관없이 심한 욕설이 담긴 글로 이현기를 공격하고 있었다. 그리고 아이리스가 익명으로 시작한 폭로전을 비방하는 글들도 많았다.

한 시간 정도 인터넷 서핑을 끝낸 그녀는 다시 〈컬처닷컴〉 자유게시판으로 돌아왔다. 그녀의 글에는 욕설이 가득한 답글이 올라와 있었다. 그 답글들은 성희롱을 한 남자를 옹호하는 듯한 글을 쓴 그녀에 대한 격렬한 증오가 담겨 있었다. 그것은 이현기에 대한 증오인지도 몰랐다. 그녀는 자유게시판에서 레인보우의 글을 찾아보았다. 아이리스에게 인터넷 여론 재판을 중지하고, 실명을 밝히고 법적으로 대응하라는 글이었다. 레인보우의 그 글에도 욕설이 가득한 답글이 달려 있었다.

은수는 이현기가 성희롱을 했다는 사실이 믿어지지가 않았다. 그녀는 좋은 선배 하나를 잃었다는 상실감이 몰려왔다. 그가 정말 성희롱을 했다면 그는 비난받아 마땅하지만, 그는 자신이 지쳤을 때 소주잔을 기울이면서 이런 저런 대화를 마음 놓고 할 수 있는 유일한 사람이었다. 그러고 보니 언젠가 한번 키스를 했던 것도 같다. 기억이 가물거렸다. 그녀는 이현기의 전화번호를 눌렀다. 휴대폰은 꺼져 있었다. 은수는 지효에게 전화를 했다.

"선배 도대체 어떻게 된 거예요? 정말 사실이에요?"

"지금 사실인가 아닌가가 무슨 상관이겠니? 이미 여론재판이 시작되었는데."

"하지만 사실유무가 밝혀져야 하잖아요."

"성희롱이라는 게 하는 사람과, 당하는 사람의 입장 차이가 있을 수 있잖아. 아이리스가 성희롱으로 느꼈다면 그건 성희롱이야."

"선배는 현기 선배가 그럴 사람이라고 생각해요?"

지효의 한숨 소리가 들렸다.

"재판은 이미 시작되었고, 이기자가 선택할 수 있는 건 거의 없을 거야. 신문사나 이기자나 사건을 더 이상 확대시키지 않을 최선의 방법을 찾고 있을 거니까."

은수는 컴퓨터를 껐다. 그녀는 후배로서가 아니라 사회적 자아로서 자신의 입장을 정리해야 했다. 성희롱을 한 지식인 남성에게 어떻게 대응할 것인가?

4

은수의 초경은 빠르지도 늦지도 않았다. 다만 일주일씩 그런 고통을 견뎌야 한다는 사실이 조금 두려웠다. 그 고통은 초경이 지나자 점점 줄어들었다. 그러나 시험 기간에 월경 주기가 걸리면 성적에 문제가 생겼다. 한국에서 사춘기를 보낸 그녀에게 시험은 거의 일상적인 일이었다.

숨을 쉬듯이 숱한 시험을 치르면서 사춘기를 보낸 후, 그녀는 S대 법대에 합격했다.

강미는 S대 음악대학 피아노과에 원서를 썼고, 불합격되었다. 그리고 그녀는 강미와 모든 연락이 끊겨 버렸다. 육 개월이 지난 후 그녀는 강미가 네덜란드로 유학을 갔다는 사실을 알 수 있었다.

은수는 대학 1학년 때부터 사법 고시 공부를 시작했다. 4학년 때 1차 시험에 합격을 했고, 다음 해 사법 고시에 패스했다. 그동안 그녀는 모두 몇 번의 시험을 보았을까? 그리고 월경을 하면서 본 시험은 모두 몇 번이나 될까? 그녀는 사법 고시를 보면서 강미가 그녀에게 가르쳐 준 배란 조절 약을 먹고 시험을 치렀다. 그녀는 사법 연수원을 마치고 대형 로펌의 변호사가 되었다. 자본주의 사회에서 돈이 가진 위력을 의심하지 않았다. 그리고 어느 정도 자리가 잡히자 여성단체에 소속된 '가족을 연구하는 모임'이라는 단체에서 법률 서비스를 하면서 시민 단체 일을 시작했다.

그녀는 중요한 재판이 있거나 방송 출연이 있는 날은, 가끔씩 피임약과 배란 조절제로 월경 날짜를 조절했다. 그녀는 섹스 없는 자신의 육체가 점점 황폐해지고 있다는 사실을 알고 있었지만, 한 가지를 선택하면 한 가지는 포기해야 한다. 그녀의 몸과 삶은 점점 습기로부터 유폐되고 있었다.

'가족을 연구하는 모임'의 회의는 오후 두 시부터 시작되었다. 아이리스는 이미 여성 단체에 이현기를 성희롱으로 고발을 해 놓은 상태였다. '가족을 연구하는 모임'에서는 이 사건을 비정규직 여성들의 권익 보호 차원으로 밀고 가자는 주장이 제기되고 있었다. 은수는 아직도 자신의 입장을 정리하지 못하고 있었다. 한참 회의를 하고 있는데, 간사가 출력본을 들고 들어왔다.

"회의 중에 죄송합니다. 일단 이걸 읽으셔야겠어요."

그것은 〈컬처닷컴〉 자유게시판을 출력한 것이었다.

출력본에는 '아이리스의 글은 모두 사실입니다.'로 시작하는 이현기의 사과문과, 이현기의 사직서가 수리되었다는 신문사의 기사가 실려 있었다. 한 중견 언론인이 인터넷에 오른 단 몇 줄의 글로 24시간도 되기 전에 사직을 해 버렸다. '가족을 연구하는 모임'의 회원들은 어떻게든 이현기와 인간관계를 맺고 있는 사람들이었다. 싸울 대상이 없어져 버린 것이 허탈하기도 했지만 그의 끝없는 추락에도 모두들 가슴 아파했다. 결국 그는 직장에서 쫓겨났고, 아이리스는 자신을 성희롱한 사람이 없는 직장에서 계속 일을 하는 것이다.

인터넷이 없었다면 절대로 일어날 수 없는 일이었다. 권력이 이미 인터넷으로 급속하게 옮겨 갔다는 증거였다. 절대적이라고 할 수밖에 없는 힘이었다. 신문사라는 거대 조직이 인터넷에 올려진 200자 원고지 다섯 장 정도의 글에 간단하게 굴복 당했다. 그리고 공식적인 사과문을 올린 것이다. 그것은 거의 코페르니쿠스적인 인식의 전환이 필요한 정도의 사건이었다. 혁명으로만 가능한 일 말이다. 이미 우리도 모르는 사이에 혁명이 진행되고 있는지도 모를 일이다. 이현기도 신문사도 문제의 확대를 방지하기 위한 가장 적극적인 대처를 해 버렸다. 그러나 '가족을 연구하는 모임'에서는 '비정규직 여성을 위한 권리 찾기'라는 서명 운동을 하자는 쪽으로 입장을 정리했다. 회의를 끝낸 지효는 몹시 피로한 기색이었다. 그들은 근처에 있는 자주 가는 카페로 발길을 돌렸다.

"야, 아이리슨가 뭔가 어떤 기집애야. 익명으로 뭐하자는 짓이야? 저는 얼굴 안 내밀고 뭘 어떻게 끝내겠다는 거야? 솔직히 성희롱인지 성상납인지 어떻게 알아?"

"현기 선배가 모두 사실이라고 썼잖아요."

지효가 술을 벌컥 벌컥 들이켰다.

"이현기가 진짜 그랬다면 진짜 어떤 남자도 안 믿는다. 아, 정말 세상 살 맛 안 난다."

"선배 신문은 기사 안 써요?"

지효가 담배를 거칠게 비벼서 껐다

"다들 입장 곤란하고, 어쩌다 보니까 내가 쓰게 됐어."

"어떤 식으로 쓸 건데요?"

"속마음은 아이리스인지 뭔지 막 씹어 버리고 싶은데, 팩트가 있잖아. 이현기가 사실이라는데 내가 뭐라고 하겠냐? 성희롱을 했다는데야. 내가 사람을 잘못 봐도 그렇게 잘못 봤을까."

"선배, 아이리스는 계속 직장 생활을 할까요?"

"계속하겠지. 세상은 변해가. 몇 년 전만 해도 꿈도 못 꿀 일들이 실재로 일어난다니까."

"점점 진보하는 거니까 좋잖아요. 선배 같은 사람이 여성 운동을 계속했기 때문에 여기까지 온 거잖아요."

"그렇기는 한데 가끔씩 내가 여성 운동을 하기에는 너무 늙어 버렸구나 하는 생각이 들어. 피해자들이 남자친구와 상의해 가면서 문제에 적극적으로 대처하는 것에도 적응하기가 힘들어."

"세대 차이인가?"

"가치관 차이겠지. 나는 그걸 얻기 위해 많은 걸 포기하고 살았는데, 아이리스 같은 애들은 처음부터 그냥 갖고 있구나 하는 생각 말야."

"선배 같은 사람이 있으니까, 세상이 변한 거예요. 그래서 여자들이 사회 생활하기가 더 편해진 거구요. 우리가 성희롱 피해 상담했던 여자들 말예요. 직장이나 학교를 떠난 사람이 거의 없어요."

"그러게. 아이리스도 일을 계속할 거야. 그나저나 이 영계 좋아하는 성희롱범은 어디 처박혀 있는 거야?"

지효가 이현기에게 전화를 하는 사이 은수는 술잔에 술을 더 따랐다. 은수와 지효는 이데올로기의 시대를 살면서 무엇이든지 투쟁하듯이 했다. 공부도 운동도 여성 운동도. 청바지를 입고 운동화를 신고 남자 선배들을 "형."이라고 부르면서 경중경중 뛰어다녔다.

그런데 요새 이십 대 초반의 여자들은 배꼽티가 드러난 옷을 입고 단 한 번도 세상의 음지를 밟아 보지 않은 표정을 하고 있다. 그녀들은 당당하고 쾌활하며 무엇보다 아름다움에 적극적이다. 그리고 "누나—"하고 따라다니는 귀여운 남자 후배를 사귀는 여자들이 넘쳐나고 있다. 은수도 상담을 하다가 당황할 때가, 자신이 스스로를 진보적이라고 믿었던 사실들이 배반당할 때다.

유정은 대학원생인데 지도 교수를 성희롱으로 고발했고, 그 지도 교수가 해직 당한 경우다. 유정의 전화 상담은 은수가 했다. 은수가 시간이 있다고 하자 유정은 면담을 하러 오겠다고 했다. 은수는 상담실에서 문건을 정리하고 있었다. 문이 열리고 한 여자가 사무실에 들어섰다. 커피색 정장에 세팅 퍼머를 한 풍성한 머리카락이 그녀의 어깨 부위에서 출렁이고 있었다. 사무실의 모든 사람들이 그녀를 바라보았다. 그녀는 성희롱 상담을 하러 온 것이 아니고, 압구정동의 오피스에서 막 걸어 나온 여자 같았다.

유정은 상담실 의자에 앉자마자 가방에서 정리된 문서를 꺼냈다. 문서에는 성희롱을 당한 경위가 구체적이고 논리적으로 정리되어 있었다. 문서는 그래픽으로 장식까지 되어 있었다. 성희롱을 당한 날짜는 일주일 전, 신입생 환영 술자리로 되어 있었다.

"저 담배 피워도 되죠?"

유정은 은수의 무응답을 허락하는 의사 표시로 받아들이고, 가방에서 담배를 꺼내서 불을 붙였다. 그녀는 멋진 포즈로 다리를 꼬고, 의자에 비스듬히 등을 기댔다. 은수는 그녀의 자세가 굉장히 도전적으로 느껴졌다. 그것은 주점에 다니는 여자가 미니스커트를 입고 다리를 꼬고 앉아서, 담배를 피워 물 때와는 또 다른 불편함이었다. 유정은 사건을 명징하게 분석하고 있었고, 이교수와 타협의 여지가 전혀 없어 보였다. 왜냐하면 그녀에게는 대학원에서 공부를 계속해야 한다는 목표가 있었다. 그녀는 어떤 것을 잃어도 자신의 대학원 학적은 포기할 수 없다고 했다. 그녀는 여성단체의 도움을 받으면서 자신에게 유리한 방향으로 상황을 전개시켜 갔다.

은수는 자신이 그토록 기다려왔던 논리적이고 합리적인 여성성이 눈앞에 나타났는데 알 수 없는 적의가 일어났다. 그녀 안에 보수적인 남성성이 숨 쉬고 있었을까. 아니면 자신은 항상 피해를 당하는 여성들에게 무엇인가를 베푼다는 수혜 의식이 있었을까? 진정한 자매애가 아닌 피해 여성들을 자신의 권력을 증거 하는 수단으로 본 것 말이다. 그동안 성희롱 상담을 하러 오는 여자들은 잔뜩 주눅든 자세로, 질질 짜기 일쑤였다. 그런데 유정은 법률 서비스를 무료로 받으러 온 것 같았다.

"이 문건을 혼자 작성했어요?"

"아뇨. 제가 다니는 인터넷 사이트에서 채팅을 하면서 하룻밤 동안 공동으로 작성했어요. 법률적인 부분은 네오가 법대생인데 바로 바로 검색해 주었고, 문장은 제가 게시판에 올린 글을 함께 읽으면서 논리적으로 다듬었어요. 이건 출력본이구요."

"신입생 환영회에서 문제가 일어났군요. 성관계를 갖지는 않았네요?"

"네."

"어떤 부분에서 성희롱이라고 느꼈어요?"

"제가 거절을 했는데도 교수님은 계속 저를 안으려 했고, 모임이 끝나고 나서도 계속 이차를 가자고 제 손목을 끌었어요."

"혹시 그동안 다른 남자와 성관계는 없었구요?"

"그건 제 사생활인데 지금 이 사건과 무슨 상관이 있죠?"

"만약 재판에 들어가면 참고가 되니까요."

"질문 자체가 비상식적이지만 사실대로 얘기하죠. 지금 사귀는 남자와는 섹스해요. 그동안 남자친구가 두 명이었으니까, 모두 세 명의 남자와 섹스를 했군요."

"그럼 그날은 정말 싫었어요?"

"그 교수님은 마흔 살이 훨씬 넘으셨어요. 그리고 겨우 서너 번 남짓 본 남자에게 제가 무슨 성적 호기심이 있겠어요. 저는 제가 자고 싶은 사람과는 잠을 자요. 그런데 교수님과의 섹스를 거절하면 제가 불이익을 당할 것 같았어요. 그것이 어떻게 성희롱이 아닌가요?"

그녀는 명쾌했다.

"만약 실명을 밝혀야 한다면 어떻게 하겠어요?"

"법정으로 가면 당연히 밝혀야 하지 않겠어요. 제가 무엇을 선택할 수 있으리라고 생각하세요? 김천식 교수님은 저의 지도 교수님이세요. 제가 대학원을 계속 다니는 한, 저는 끊임없이 그 교수님에게 그런 제의를 받을 거예요. 저는 그 제의를 받아들이던지, 학교를 포기해야 해요. 제 전공은 저희 대학의 커리큘럼이 가장 좋아요. 저는 다른 대학으로 옮기고 싶지 않아요. 저는 학교를 포기할 수 없어요. 교수님이 더 이상 저를 괴롭히지 못하도록 장치를 만들어야 해요."

유정은 마치 연습이라도 한 것처럼 조목조목 말대답을 했다. 은수는 그녀가 피우는 담배가 계속 신경이 쓰였다. 그리고 계속해서 불편한 기분이 들었다. 이상했다. 유정은 상담을 끝내고 깍듯하게 인사를 하고 나갔다. 당당하고 합리적인 여자였다. '가족을 연구하는 모임'에서는 과연 이 사건이 법정까지 갈 때, 술자리에서 일어난 일을 성희롱으로 입증할 수 있을지 우려를 표시했다. 그러나 사건은 의외로 너무 간단하게 끝나 버렸다.

유정과 같이 채팅을 하면서 함께 문건을 작성한 '네오'라는 아이디가 그 사건을 유정의 학교 홈페이지 자유게시판에 올렸고, 그날 그 자리에 있었던 학생들이 그것은 성희롱이었다는 답글을 올렸다. 그리고 삼 일 후, 김천식 교수는 사직 형식으로 해직 당했다. 그러나 유정은 고소를 취하하지 않았고 얼마 후 이혼 당했다. 유정은 학교 홈페이지에 자신의 입장을 담은 글을 기고했다. 국회 여성 특별위원회에서 제정한 성희롱 방지법과 성희롱 실례를 링크시켜 놓은 그 글은, 여성 문제를 다루는 홈페이지마다 게재되어 있다. 유정에게 격려 메일이 답지했음은 물론이다.

여성계가 서울대 우조교 사건으로 지리멸렬하게 몇 년씩 소송을 한 것이 바로 몇 년 전이었다. 그런데 유정은 자신의 말대로 자신을 괴롭히는 그 교수가 떠난 학교에서 학습권을 보호받으면서, 많은 학생들의 지지 속에서 공부를 계속하고 있다. 그리고 가끔씩 음료수를 들고 '가족을 연구하는 모임' 사무실에 들르기도 한다. 이번 이현기 사건도 비슷한 경로를 밟을 것 같았다. 여성들의 의식이 변하는 속도를 여성 운동을 하는 사람들이 따라가지 못하고 있었다.

은수는 술잔을 기울이면서도 일 걱정을 하고 있었다. 아마 다음 주 방송 소재가 직장 내 성희롱일 터였다. 자신이 방송에서 성희롱범으로 이현기 기자를 다룰 생각을 하니까 오소소 소름이 돋았다. 그러나 은수는 이미 마음속으로 입장 정리를 한 후였다. 은수는 '변호사 김은수'의 정체성으로 방송을 할 것이다. 지효가 '신문기자 강지효'의 정체성으로 팩트에 입각해서 이십 년 지기인 이현기를 성희롱 범으로 비난하는 기사를 써야 하듯이 말이다. 은수와 지효는 각자의 생각에 빠진 채 술을 계속 마셨다.

5

은수는 점심을 먹은 후, 사무실 안으로 들어섰다. 비서가 커피를 들고 왔다. 그녀는 천천히 커피를 마셨다. 창밖에 가을볕이 넘실거리고 있었다. 의자 깊숙이 몸을 파묻었다. 그녀는 오로지 이 가죽 의자에 앉아 있기 위해서 그 오랜 시간 공부를 했다. 공부를 할 때도 의자에 앉아 있었고, 공부가 끝난 지금도 의자에 앉아 있다. 어쩌면 인생은 이렇게 지루한 시처럼, 사랑도 없이, 섹스도 없이, 살 떨리는 감정의 충돌도 없이 그렇게 흘러가 버릴지도 모른다. 그녀는 거리에서 네 살배기 여자아이들을 볼 때면 가슴이 아릿해진다. 성규가 미국 유학을 갈 때, 결혼을 하고 그를 따라 갔다면 자신에게도 어쩌면 꼭 그 정도의 아이가 있을 터였다. 아니 성규가 떠나고 임신을 했다는 사실을 알았을 때, 그 아기를 인공 유산시키지만 않았다면 말이다.

그때가 벌써 서른이었다. 성규는 박사 학위 과정을 밟기 위해서 미국 유학을 결정했다. 은수는 국내에서 공부를 하라고 간절히 설득했다. 성규 또한 결혼을 하고 미국으로 같이 가자고 그녀를 설득했다. 은수에게 법학 공부를 계속하라고 했다. 그러나 은수는 학문으로 법학을 계속할 시기가 아니었다. 도저히 변호사라는 직업을 포기할 수가 없었다. 결국 성규는 입학 날짜를 맞추어서 출국을 했고, 그것이 관계의 마지막이었다. 그 후 몇 번의 길고 짧은 연애가 그녀를 스쳐 지나갔다. 그렇게 흐르는 물결처럼 시간이 흘러갔다.

그 후 섹스를 할 때마다 임신에 대한 공포가 그녀를 옥죄었다. 결혼 밖에서는 절대로 임신하고 싶지 않았다. 미혼인 그녀가 자궁내 시술 장치를 하기도 그렇고, 언제 있을지도 모를 섹스를 위해 피임약을 챙겨 먹기도 번거로웠다. 결국 오기노식 피임법과 콘돔밖에 없었는데, 그것을 합의하는 것도 만만치 않았다. 이래저래 섹스가 귀찮아졌다.

은수는 창밖의 햇살에 마음을 실었다. 가슴이 살며시 저려 왔다. 속도를 의심하지 않았다. 사회 속에서 자신의 정체성을 찾았고, 이제 연봉도 만만치 않다. 그녀가 여자이기 때문에 받는 불이익이 아주 없다고는 못

하겠지만, 지금 변호사로서 그녀의 삶은 나쁘지 않다.

그러나 햇살이 밝은 어느 오후. 그녀는 쓸쓸한 회한에 잠긴다. 세상 어디엔가 이것이 아닌 더 아늑한 휴식 같은 삶이 있지 않을까. 온몸이 흘러내리는 것처럼 피곤했다. 월경 때문이기도 했고, 이현기 기자 문제가 생각보다 그녀를 우울하게 했다. 좀 서글퍼졌다. 믿었던 사람에게 배신을 당한 것 같았다. 시간이 사람을 변하게 하는 것일까? 권력이 사람을 변하게 하는 것일까? 비서가 신문을 들고 들어오자 은수의 상념은 깨졌다. 은수는 여성란을 펼쳤다.

'지식인 남성 성희롱 백태'라는 표제가 신문 지면을 장식하고 있었다.

강지효 기자는 이현기 기자를 겉과 속이 다른 비열한 지식인으로 묘사하고 있었다. 은수는 쓸쓸한 미소를 지었다. 이현기가 먼저 지효를 배반했지만, 지효도 뱀피처럼 차가운 시선으로 냉정하게 사건을 분석하고 있었다. 그리고 아이리스의 고발장을 요약해 놓는 치밀함을 보였다. 은수는 인터넷으로 들어가서 신문을 분석했다. 지효의 기사가 가장 냉정하고 차갑게 이현기 기자의 성희롱을 비난하고 있었다.

그때 그녀의 휴대폰이 울렸다. 그녀가 출연하는 프로그램의 구성작가였다. 그녀는 다음 주 방송 소재가 직장 내 성희롱이라는 이야기를 하고 질문지를 이메일로 보내겠다고 했다. 은수는 짧게 대답을 하고 통화를 끝냈다. 서랍을 열고 나이프를 꺼냈다. 스크랩을 하기 위해 나이프로 신문지를 죽 그었다. 살짝 그녀의 왼쪽 손가락이 스쳤는데 신문지 위로 피가 뚝뚝 떨어졌다. 그 때 은수의 휴대폰이 다시 울렸다. 지효였다.

"야, 아이리스 말야. 뭐 그런 애가 다 있냐. 고소를 취하해 버렸대."

"선배, 아이리스는 자신을 보호하기 위해 최선의 행동을 한 거예요.

자기를 성희롱한 상사가 없는 직장에서 일하고자 하는 자신의 의지를 관철시킨 거잖아요. 이미 이현기가 사직해 버렸는데, 굳이 법정에 서서 자신을 세상에 드러낼 이유가 없잖아요. 애초에 그녀는 피해자예요. 그녀가 여성 해방이라는 명분을 위해서 끝까지 싸울 필요는 없잖아요. 그 애의 행동 자체가 이미 해방된 행동이네요."

지효는 뭐가 화가 나는지 계속 씩씩거렸다. 은수는 휴대폰을 꺼 버렸다. 갑자기 아랫배가 아파왔다. 생리통이었다.

6

카페 '마티스'에 들어서자, 습기를 머금은 매캐한 담배 연기가 코를 찌른다. 바에서 진토닉을 만들고 있던 상익이 그녀를 보고 반가운 표정을 짓는다. 은수는 바 앞에 있는 철제 의자에 앉았다.

"너는 꼭 잊혀질만 하면, 오는구나."

"그러게."

"잊고 살다가 너를 볼 때마다, 혹시 우리가 서로 좋아하는 게 아닐까하는 생각이 들어."

상익이 같은 장소에서 카페를 한 지, 벌써 십 년이 넘었다. 은수는 적적할 때, 아니 무엇인가를 결정해야할 때, 마티스를 찾았고, 마티스는 견고한 성처럼, 그 환락의 거리에서 도도하게 버티고 있었다. 이 도시에도 상익이 트는 철 지난 하드록 음악을 듣는 사람은 항상 있었다. 다만 그들은 밀물처럼 왔다가 썰물처럼 빠져나갔다. 변하지 않는 것은 상익이었다.

"나쁘지는 않니?"

"뭐가?"

"너의 성생활이라던가."

은수는 진토닉을 마신다.

"너는 결혼 안 하니?"

상익이 유쾌한 웃음을 터트린다.

"왜 웃어?"

"네가 그런 질문을 하니까, 우리가 정말 늙었구나. 그런 생각이 든다."

"결혼이라기보다, 너 아기를 갖고 싶다, 그런 생각 정말 한 번도 안 해 봤어?"

상익이 고개를 설레설레 흔든다.

"김은수, 무슨 일 있구나?"

"음. 오늘 굉장한 의뢰가 들어왔거든. 앞으로 오 년 정도 걸릴 것 같은데, 그러면 나, 마흔 살이 넘어. 아무리 생각을 해도 이 일을 하면서 결혼 생활을 한다는 게 불가능해 보여서. 어떤 식으로든 오늘 안으로 결정을 해야 해."

상익은 은수의 맞은편에 앉아서, 팔짱을 낀다.

"너는 그 의뢰를 받아들일 거고, 잘 해낼 거야. 아주 멋지게."

"멋지게? 나는 행복할까?"

"행복할지는 알 수 없지만, 나쁘지는 않을 거야. 지금처럼. 참 어제 성규가 들렀어. 우리 대학 전임강사로 오게 됐데. 딸이 둘이나 된데. 여섯 살하고, 네 살하고."

은수의 목에서 싸한 찬바람이 가슴을 스쳐 내려갔다. 네 살 난 딸아이란 어떤 것일까. 그 아이의 도톰한 입술. 발그레한 뺨. 그 아이의 입술에서는 어떤 냄새가 날까. 어떻게 말을 하고, 무엇을 좋아하고, 원피스를 입히면 허리선이 나올까. 그 아이를 무릎에 앉히고 머리를 땋는 일은 얼마나 정밀할까. 그 아이는 아직도 엄마의 젖을 빨까?

눈물이 고이는지 은수의 눈이 따끔거렸다. 이제 시작이었다. 은수의 변호사로서의 삶이 시작되고 있었다. 그동안의 커리어로 인해 한 단계 도약할 수 있는, 그녀가 사회적으로 비약적인 성장을 할 수 있는 의뢰가 왔다. 그녀는 젊었다. 그녀의 가슴에서 불이 타고 있었다. 그것을 야망이라 불러도 좋고, 야심이라 불러도 좋다. 일곱 살 때 공부를 시작한 후, 단 한 순간도 쉬지 못하고 여기까지 달려온 그녀의 삶이었다.

그녀는 더 넓은 세계를 보고 싶었다. 그런데 가끔씩 정말 가끔씩 미칠 듯이 아이에게 젖을 물려 보고 싶다. 그녀의 온몸에서 꿀물 같은 윤기가 흘러내리게 하고 싶다. 그러나 두 가지를 모두 포기하지 못했던 여자들이 처참하게 무너져 가는 것을 두 눈으로 목격한 그녀였다. 수밀과처럼 탐스러운 딸을 품에 안은 여자들은 모래성처럼 허물어져 갔다. 그녀들의 가슴의 불이 그녀들을 태워 버렸다.

그녀들의 대학 생활과 그녀들의 결혼 생활은 천 년쯤 사회적인 거리가 있었다. 『헤겔 미학』과 칼 마르크스의 『자본론』을 밑줄 그으며 읽었던 그녀들은, 어느 날 꿈에서 깨어 보니 배추 하나 절이지 못하고 멸치 볶음 하나 제대로 못했다. 심지어 빨래 하나 제대로 못했다. 살림 잘 하는 여자들은 빨래를 미지근한 물에 담근 후, 세탁기에 세제를 넣고 돌려서 섬유 린스를 넣고 탈수를 한 후, 다시 맑은 물에 헹구어서 털어서 옷걸이에 널었다.

그녀들은 철창과 같은 일상 속에서 서서히 미쳐 갔다. 그리고 아무리 발버둥을 쳐도 그 일상에서 빠져나올 수 없었다. 그녀들의 품에 수밀과 같은 딸아이를 안은 대가였다. 그 기간은 길지도 짧지도 않았다. 그 딸아이들의 머리를 땋을 수 있을 만큼 기르는 시간, 단 3년이면, 여자들은 자신이 가진 모든 사회적 신분을 몰수당했다. 딸아이는 여자들의 젖을 빨면서 그녀들의 지식, 감수성, 상상력을 함께 빨았다. 여자들은 엄마로 다시 태어나는 것이다. 몸속의 불도 함께 빨린 여자들은 나름대로 행복했고, 몸속에 불이 남아 있는 여자들은 마른 장작을 태우듯이 자신을 태우면서 건너와 버린 강물 속으로 몸을 던졌다. 도박이었다. 강기슭은 여전히 아득하다.

오랜만에 마신 술로 그녀는 빠르게 취해 버렸다. 새벽 세 시가 넘자 상익은 카페의 뒷정리를 마친 뒤 테이블에 엎드려 잠들어 있는 은수를 안아 올렸다.

7

은수는 사인한 계약서를 가방에 넣고 자리에서 일어섰다. 의뢰인의 몸에서 시프러스 향이 났다. 사무실에 도착해서 자신의 의자에 앉자, 밤을 새워 공부를 하고 난 후, 동트는 새벽을 맞을 때의 감미로운 피로가 몰려왔다. 그녀는 아주 천천히 커피 한 잔을 마시고 이메일을 열었다. 이메일은 두 통이 도착해 있었다. 한 통은 제약 회사였고, 한 통은 강미였다.

은수야 안녕.

오랫동안 그리움으로 너를 추억했다면 너는 믿겠니?

나는 아직도 너를 생각하면 가슴이 쓰려와. 내가 너의 곁을 떠날 때 나는 강제로 네덜란드행 비행기에 실려졌어. 엄마는 한국에서 재수를 하는 나를 절대로 용납할 수 없다고 했지. 나는 엄마가 입학 허가를 받아 놓은 음악대학에 입학했지만, 이미 피아노가 나를 떠나 버렸다는 걸 알았어.

이곳은 한국과는 많이 달랐어. 아주 개인적이고 자유로와. 엄마가 나의 인생에 끊임없이 개입하는 것이 그로테스크해 보일 만큼 말야. 하지만 산다는 게 가끔 농담 같을 때가 있잖아. 천년만년 내 옆에서 나를 지배하려는 지배욕에 불탈 것 같던 엄마가 어이없게도 췌장암으로 돌아가셨어. 아버지는 일 년도 안 돼서 재혼을 했고, 엄마의 유산이 고스란히 나에게 남겨졌지. 나는 미련 없이 전공을 비즈니스 마케팅으로 바꾸었고, 지금은 이 제약 회사의 마케팅 이사야.

은수야

이제 용건으로 들어갈게.

그동안 우리 회사에서 보낸 이메일은 잘 받았을 거야. 우리 회사에서는 'DK-2467'이라는 약을 상용화하기 위해서 임상실험 중이야. 'DK-2467'의 주요 효능은, 그 약을 먹으면 배란을 방지해서 월경이 영구히 없어지는 거야. 그리고 임신을 원할 때는 다시 'FA-7845'라는 약을 복용하면 배란이 이루어지지.

그러니까 난소를 절개하지 않고도 월경을 없애는 거야. 우리는 이 약을 개발했고, 각국의 여성들을 개별적으로 섭외해서 임상실험 중이야. 나는 'DK-2467'을 복용했고 월경이 없어졌어. 월경이 없는 나의 삶은 육체적으로 자유롭지.

너는 내가 추천했어. 너에 관한 모든 정보는 나에게 있어. 누군가는 임상실험을 해야 해. 그래야만 이 약이 상용화 될 수 있어. 만약 네가 이 약을 복용하면 너는 바로 다음 달부터 월경이 없어져. 아직까지 부작용은 발견되지 않고 있어. 네가 이 실험에 참여하기를 원한다면 이메일을 주기를 바라.

네가 동의하는 순간, 너는 이 임상실험에 참가한 여성들과 이 약을 지지하는 남성들로 이루어진 '국제DK-2467연대'의 회원이 되는 거야. 이 연대는 아직은 비밀 연대야. 이 연대는 네가 사회적인 역량을 발휘할 수 있도록 국제적인 자본력과 파워로 너를 지지해 줄 거야. 변호사로서 너는 확실한 입지를 구축할 수 있을 거야.

은수야.

나는 아직도 너를 그리워해. 너는 나의 첫사랑이니까.

I miss you.

이강미

은수는 첨부 파일을 열었다. 'DK-2467 임상실험 동의서'가 있었다. 강미는 월경이 없어지는 약을 그녀에게 소개하고 있었다. 월경을 하지 않고 살 수 있는 것이다. 그리고 강미는 그녀를 사회적으로 지지해 줄 수 있는 연대를 소개하고 있었다. 마술이다. 그녀는 그 동의서의 칸을 메꾸어 갔다. 마지막으로 동의서는 질문하고 있었다.

– 당신은 '국제DK-2467 연대'의 회원이 될 것에 동의합니까?

은수는 'Yes'를 클릭했다. 그러자 링크되어있던 '국제DK-2467연대'의 홈페이지가 열리면서 더 도어즈의 'Light my fire'가 흘러나왔다. 화면에서는 오색의 꽃비가 내리고 있었다.

ㅏ 동
전

1

민희는 운이 좋은 편이다. 숙제를 못 해 가면 그 과목 선생님이 배가 아파서 결근을 하고, 체육복을 안 가져가면 2교시부터 비가 내리고, 시험공부를 안 한 과목은 오픈 테스트를 한다. 급하게 전화를 해야 하는데 동전이 하나도 없어서 난감해하고 있으면, 바로 눈앞에 있는 공중전화에 정확히 100원이 남아 있는 정도는 일상적일 정도로, 그녀에게는 사소한 행운이 끊임없이 따라다녔다.

대학도 후기 대학을 갈 예정으로, 자신의 성적으로는 어림도 없는 대학의 국문학과에 원서를 넣었는데, 십 년 만에 처음으로 그 과가 미달이 되어서 합격을 했다. 민희 인생은 문장으로 치면 두괄식이다. 다른 사람은 피나는 노력을 해서 그 대가를 나중에 받는데, 민희는 홀랑 선물을 먼저 받고, 나중에 뼈빠지게 고생해서 그 대가를 치러야 했다.

그녀가 지리산 중턱에 있는 지리산관광호텔에서 열리는 학술 세미나에 참가하게 된 것은 순전히 우연이었다. 대학 선배인 경린 선배가 갑자기 팔이 부러져서 병원에 입원에 있어서 대신 세미나에 참석해 달라는 전화를 받았다.

"나는 못 해요. 학술 세미나를 해 본 적도 없고, 난 공부도 못하잖아요."

"너 열등감 있니? 소설가가 소설만 잘 쓰면 되지. 새삼스럽게 공부 타령을 하냐. 발제하는 거 아니니까 괜찮아. 자료는 내가 전부 보내 줄 테니까 원고를 보면서 쭉 읽으면 돼. 1박 2일이니까 세미나 끝나고 온천에서 스파도 하고."

"아줌마같이 무슨 온천 타령이에요? 나는 소설도 못 쓰고, 공부도 못하고 원고도 잘 못 읽어요."

같은 말도 어쩌면 저렇게 밉게 할까? 민희는 일방적으로 전화를 끊었다. 그러자 '딩동' 하고 문자 메시지가 날아왔다.

메일로 자료 날린다. 시간 늦지 마.

씩씩거리다가 그래도 걱정이 되어서 이메일을 열어 보았다. '한국의 환상 문학'이라는 제목의 학술 세미나였다. 연구자들이 세미나 주제 발표자였고 민희는 토론자였다. 발표할 분량이 길지는 않았다. 세미나는 다음 날 오후 2시였다. 그녀는 원고를 출력했다. 일처리 잘하고 성격 깔끔해서 '공포의 크레뮬린'이라는 별명을 가진 그녀가 자기에게 일을 부탁할 때는, 그만한 이유가 있을 터였다. 누가 감히 김경린 대신, 그녀가 참가할 세미나에 나갈 강심장을 갖고 있겠는가.

생각 같아서는 그냥 모른척하고 싶었지만, 가슴 한편에서 경린 선배가 평생 처음 한 부탁인데 들어주고 싶기도 했고, 스파에서 몸도 풀고 싶고, 모처럼 소설가로서의 자신의 정체성을 확인하고 싶기도 했다.

민희는 타로카드로 점을 보았다.

평생에 한 번 있을 파티가 당신을 기다리고 있습니다. 라는 패가 나왔다. 이런저런 이유로 그녀는 크림색 스커트 정장에 청색 실크 블라우스를 받쳐 입고 지리산으로 출발했다. 6월초의 날씨는 바람 한 점 없이 청명했다. 카스테레오의 볼륨을 최대한 올렸다. 싸이의 '챔피언'이 흘러나왔다. 생각보다 산뜻한 출발이었다. 또 다른 행운이 그녀를 기다리고 있는 모양이었다.

호텔 주차장에 차를 주차시키고 행사 진행자인 김현웅 시인에게 전화를 하자 그는 다른 작가들과 함께 커피숍에 있다고 했다. 세미나 시작이 2시니까 한 시간쯤 남아 있었다. 호텔 로비는 한산했다. 그녀는 1층에 있는 커피숍으로 향했다.

"혹시 세라 아니니?"

세라? 민희는 어디선가 들어본 이름이구나 싶으면서도 생각이 안 났다.

"혹시 강세라 씨 아니세요?"

남자는 말을 내렸다가 높였다가 하면서 그녀를 따라왔다. 아, 세라! 민희는 세라가 누군지 생각이 났다. 세라는 아주 오래전, 민희가 사용했던 그녀의 가명이었다. 남자가 이미 그녀 앞에 서 있었다.

2

"강세라씨 맞죠?"

남자는 정말 눈이 휘둥그레질 정도의 미남이었다. 180㎝ 정도 되어 보이는 키에, 운동으로 단련된 맵시 나는 체격, 청색 스트라이프 정장, 오렌지색 셔츠에 검정 장미 문양이 새겨진 넥타이를 하고 윗주머니에 오렌지색 행커치프가 꽂혀 있었다. 그리고 너무도 환한 미소, 말 그대로 사람에게서 빛이 났다. 자신이 이렇게 멋진 사람과 친분이 있을 리가 없었다. 그런데 강세라는 또 뭐지? 자신도 잊어버린 이름을 알고 있는 이 남자.

민희는 남자의 얼굴을 응시했다. 그리고 고개를 갸웃했다. 그는 장승호였다. 자신의 정체성을 바꾼 것처럼 모든 것이 다르기는 했지만 분명히 장승호였다. 장승호는 개구리에서 왕자님으로 변신해서 그녀 앞에 서 있었다. 그는 싱글싱글 웃고 있었다.

"왜 자꾸 기분 나쁘게 웃으세요?"

"세라가 맞기는 맞구나."

"자꾸 세라, 세라 하지 마. 기억도 안 나는 이름이니까."

"너무 반갑다. 시간 없어도 커피 한잔하자."

"나 시간 없어."

장승호는 정말 민희를 만난 것이 기쁜 것 같았다. 커피숍에 앉아 있던 김현웅 시인이 그녀를 알아보고 손을 번쩍 들었다. 민희는 알았다는 뜻으로 미소를 살짝 지어보였다.

"우리 호텔에는 무슨 일이야?"

"응 행사가 있어서. 그런데 여기서 근무하는 거야?"

그가 세련된 동작으로 명함집에서 명함을 꺼내서 그녀에게 건네주었다. 단순하고 세련된 명함에는 지리산관광호텔 기획실장 장승호라고 되어 있었다. 민희는 무엇인가 점점 수렁으로 빠져드는 기분이었다. 행운이 마각을 드러낼 때는 항상 이런 식이었다. 발단 전개까지는 정말 달콤하다가 위기 절정을 지나면서 점점 갈등이 고조가 된다.

"사람이 십 년마다 인생이 뒤바뀌는 건 알고 있었지만 뭔가 좀 수상해. 우리 호텔에 왜 온 거야?"

"행사가 있다고 했잖아."

민희는 어느새 쏘아붙이고 있었다.

"오늘 행사는 크리스탈홀 학술 세미나밖에 없는데."

"내가 그 학술 세미나 토론자야."

급기야 장승호가 폭소를 터트렸다.

"기분 나쁘게 왜 웃는 거야?"

"너 공부 못했잖아. 어떻게 나이트 죽순이가 학술 세미나 토론자가 될 수가 있냐?"

"아무튼, 어쨌거나, 나는 학술 세미나 토론자거든. 그럴 리도 없겠지만 행사 끝날 때까지 나 아는 체하지 마. 참 그리고 내 이름은 김민희야. 알았지? 김민희."

민희는 또각또각 걸어서 커피숍으로 향했다.

3

민희 자신도 잊고 지냈던 시간들이었다. 무엇보다 전업 주부로 행복하게 안착한 유라 때문에 그런 시절이 있었다는 것 자체가 까마득하다. 유라는 집안 꾸미고, 매일매일 남편 와이셔츠 다리고, 두 딸 머리 양 갈래로 땋아 주면서 개종한 이교도처럼 행복하게 잘 살고 있다. 상큼한 과일 향이 나는 크지도 작지도 않은 유라네 아파트의 가구와 패브릭들은 소녀 취향이 남아 있어서 촌스러운 듯도 하지만 대신에 아늑하다. 분홍색 키티들이 곳곳에 숨어 있다가 툭하고 튀어나온다. 키티 앞치마, 키티 화장지, 키티 침대보는 보기만 해도 달콤하게 잠이 몰려온다.

유라는 여고 동창이었다. 친한 사이는 아니었고, 함께 어울려서 '롯데 클럽'이라는 디스코텍을 다니는 정도. 유라가 좋아하는 것은 옷 쇼핑, 나이트클럽, 춤이었다. 싫어하는 것은 공부, 술, 담배, 그리고 애인 생겼다고 연락 끊는 여자친구. 술이 몸에 전혀 안 받았다. 그저 나이트클럽에서 춤추는 것을 좋아했다. 그들은 물이 좋다는 나이트클럽의 물결을 따라 흘러 다녔다.

민희가 좋아하는 것은 무엇이었을까? 그녀는 무엇을 좋아하는지 찾아 헤매고 있었다. 무엇을 해야 할까? 어디로 가야 할까? 어떻게 살아야 할까? 그녀는 뭐랄까 존재에 대한 근원적인 질문 같은 것을 품고 있었다. 배워서 된 것이 아닌 태어날 때부터 가지고 태어난 질문을 몸에 품고 있었다. 민희가 대학 4학년이어서 미래에 대한 불안으로 잠 못 이룰 때, 유라의 삶은 훨씬 명쾌했다.

유라는 전문대 의상디자인과를 졸업하고 시내에 '모델라인'이라는 열

평짜리 보세 옷가게를 열었다. 보세 옷도 팔고 룸살롱에 다니는 아가씨들 홀복도 주문 받아서 판매했다. 그녀가 학교에서 배운 재봉틀 실력으로 기성 제품을 약간씩 변형시켜서 만든 옷들은 날개 돋친 듯이 팔려 나갔다.

가게 안쪽에 쪽방이 한 개 있었는데, 그 방이 일종의 탈의실이자 휴게실이자 카페였다. 유라는 방 한쪽에 미싱을 놓고 옷을 수선했고, 한쪽에서는 유라의 친구들과 손님들이 뒤엉겨서 짜장면을 시켜 먹으면서 놀았다. 누가 주인이고 누가 손님인지 구분이 안 갔다. 손님으로 왔다가 친구가 되었다. 함께 고스톱도 치고, 타로카드 점도 보면서 놀았다. 서로의 무릎이 닿을 만큼 좁은 방이었다. 룸살롱에 다니는 아가씨들이라고 해봐야 겨우 스물한, 두 살이었다. 피부는 보송보송했고 젖살이 남아 있는 여자들도 있었다. 그들은 방 안에 다른 사람이 있건 없건 훌훌 옷을 벗고 옷을 입어 보았다. 그러면 방 안에 있는 사람들이 옷맵시를 봐 주었다. 유라는 자신이 꽂고 있던 커다란 머리핀이나 신고 있던 낡은 가죽 신발까지도 손님이 원하면 내주었다. 누군가는 유라가 색색의 운동화 끈을 엮어서 만든 팔찌를 하고 있으면, 그 팔찌까지 빼서 돈을 내고 사 갔다.

유라가 만들어 낸 '모델라인 스타일'은, 무릎이 살짝 보이는, 끈으로 된 검정 쉬폰 원피스에 큐빅이 박힌 9㎝ 하이힐, 은팔찌와 은목걸이, 어깨까지 내려오는 부드러운 컬의 생머리였다. 그리고 그 원피스의 한 가지 비밀은 쉬폰 원피스에 브래지어를 미싱으로 박고 끈에 큐빅으로 촘촘히 수를 놓았다는 것이다. 그러니까 나이트클럽에서 춤을 출 때 브래지어 어깨끈이 흘러내리는 것을 방지해 준다. 또 전체적으로 색깔이 블랙이어서 깔끔한데다 어깨 끈에 박힌 큐빅이 조명을 받으면 은근히 야했다. 유라는 옷 가게 주인이라기보다 스타일리스트 쪽에 속했다.

그리고 무엇보다 예쁜 여자에 열광했다. '여자는 무조건 예뻐야 한다.'가 그녀의 인생관이었다. 예쁜 여자는 밥값을 낼 필요도 없고 성격이 좋을 필요도 없다는 뻔뻔한 세계관을 갖고 있었다. 나이트클럽을 유라 자신도 즐겼지만, 자신이 옷을 입혀 놓은 여자들이 얼마나 잘 나가는지 보는 것도 그녀의 기쁨 중의 하나였다. 그래서 예쁜 여자가 한 번 가게에 들르면 기어이 옷을 입혀서 내보냈다. 반나절 동안 옷 가게에 있는 옷을 모두 입어 보는 공주병 환자가 한둘이 아니었다. 민희는 예쁜 여자를 질리도록 보았고, 예쁜 여자들에게 질렸다.

단골손님의 빚이 몇백만 원이었다가 또 하룻밤 만에 그 빚을 모두 청산하기도 했다. 모델라인에는 현금이 낙엽 같았다. 그리고 토요일 밤이면 나이트클럽을 갔다. 나이트클럽은 유라의 성전이었다.

민희는 이제 겨우 스물세 살이었다. 나이트클럽에서 춤을 추고 있을 때가 아니었다. 한평생을 어떻게 살아야 할 지 길을 찾아야 했다. 존재론적인 질문을 풀기 위해 길을 떠나기 위해 행장이라도 꾸려야 할 나이였다. 그러나 그녀의 일상은 낮에는 대학에서 꾸벅꾸벅 졸면서 철학의 이해, 현대소설론 등을 듣고, 오후에는 모델라인 골방에서 프리랜서 호스티스들과 놀고, 토요일 밤에는 나이트클럽을 다니는, 플롯 없고 개연성 없는 일상을 살고 있었다. 남자에 관심이 있느냐 그것도 아니었다. 대학을 졸업할 때까지 섹스는커녕 키스도 못 해 보았고 이 세상에서 단 한 사람 오로지 유라와 관계를 맺으면서 살아가고 있었다.

유라는 나이트클럽을 갈 때 꼭 네 명을 맞추었는데, 사람이 부족하면 민희가 그 자리를 채웠다. 가면무도회 같았다. 그날의 콘셉트에 따라서 유라가 입혀 주는 옷을 입고, 유라의 차를 타고 호텔 나이트클럽으로 갔다. 유라는 그날 부킹한 남자와 원나잇을 하기도 했지만 민희는 그 모든 것이 연극 같았다. 자신은 연극의 단역이었다.

유라는 그녀가 자리만 채워 주면 그 다음 클럽 안에서 그녀가 어떻게 놀 건 상관하지 않았다. 그녀는 나이트클럽 구석에 앉아서 낙서를 했다. 언제부턴가 생긴 버릇이었다. 수첩을 못 가져온 날은 담배, 냅킨, 컵받침을 가리지 않고 종이란 종이에 모두 낙서를 해 댔다. 낙서가 된 담배를 신기해하는 남자도 있었고 기분 나빠하는 남자도 있었다. 그녀는 나이트클럽의 댄스곡에 맞추어서 글을 쓰기 시작했다. 의외로 몇 시간 동안 혼자서 리듬에 빠져들 수 있었다.

그 광장 그 시끄러운 사이키델릭 조명 아래 오롯이 혼자였다. 그녀는 맥주를 홀짝이면서 무엇인가를 썼다. 어린 시절에 할머니가 수백 번 해 준 이야기였다. 바늘이 풍뎅이가 되고 풍뎅이가 골무가 되고 골무가 개구리가 되면서 세상을 여행하는 한도 끝도 없는 이야기였다. 사물이 생물이 되고 생물이 식물이 되고 그들이 끊임없이 어딘가를 여행하는 이야기. 한도 끝도 없이 계속되는 이야기. 민희의 이름은 강세라. 그녀가 쓰는 가명이었다.

모델라인은 돈이 흘러들어 온다는 기분이 들 정도로 돈을 벌었다. 유라는 민희가 운이 좋아서 그 운이 모델라인에 붙었다는 생각을 했다. 그즈음 민희는 소설을 쓰면 어떨까하는 생각을 몰래 하고 있었다. 지금 쓰고 있는 글이 소설이 될까라는 질문들을 할 즈음이었다. 본격적으로 습작을 해 볼까도 생각했다. 그러나 그녀는 오도 가도 못하고 토요일 밤이면 검정 쉬폰 원피스를 입고 박제된 인형처럼 나이트클럽 소파에 앉아 있었다. 그러다가 기적처럼 윤태형을 만났다.

4

그날은 크리스마스를 얼마 남겨 두지 않은 날이었다. 크리스마스를 앞둔 나이트클럽 안은 사람들로 발 디딜 틈이 없었다. 음악이 시작되자 모두들 플로어로 나갔다. 민희는 나이트클럽 소파에 비스듬히 등을 기대고 작은 방석을 무릎 위에 올려놓고 웨이터가 가져다준 두툼한 냅킨에 볼펜으로 낙서를 했다. 맥주를 홀짝거리다 보니 벌써 세 병째였다. 합석한 남자들은 클럽에서 만난 유라의 친구들이었다. 몇 번 합석한 적이 있어서 민희가 모든 담배에 낙서를 해 놓는다는 것을 알고 있었다. 그들은 탁자 위에 올려져 있던 자신들의 마일드세븐을 잽싸게 호주머니에 챙겨 넣고 플로어에서 춤을 추고 있었다.

민희는 점점 더 소파의 구석으로 밀려갔고 몸은 애벌레처럼 오그라들었다. 그녀는 소파에 애벌레처럼 오그라져서 글을 썼다. 탁자 위는 펼쳐진 냅킨으로 난장판이 되었다. 그때 누군가 그녀에게 딸기를 먹여 주었다. 그녀가 방석 위로 고개를 들었다. 한 남자가 뚫어져라 그녀를 바라보고 있었다.

그녀는 다시 고개를 푹 수그리고 방석에 냅킨을 대고 낙서를 했다. 그때 갑자기 남자가 그녀의 손목을 붙잡고 그녀를 일으켜 세웠다. 그녀는 얼떨결에 그 남자에게 손목을 붙잡혀서 클럽 밖으로 나왔다. 유라가 플로어에서 춤을 추다가 그녀를 보고 손을 흔들었다. 호텔 밖에는 눈이 내리고 있었다.

"첫눈이다."

윤태형이 모자를 벗어서 민희에게 씌워 주었다. 그는 찢어진 청바지에 어깨까지 내려온 머리, 왼쪽에 귀고리를 하고 있었고, 앵글 부츠를 신고 있었다.

"그냥 갈래? 뭐 좀 먹고 갈래?"

"뭐 그냥."

태형이 민희의 오른손을 잡았다. 그들은 오래된 친구처럼 손을 잡고 환락의 밤거리를 걷고 또 걸었다.

"너 아까 클럽에서 내가 얼마나 오랫동안 널 보고 있었는지 알아?"

"모르는데."

"얼마나 될 거 같애?"

"십 분?"

"한 시간이야."

"왜?"

"나야 말로 묻고 싶다. 넌 춤도 안 추고 혼자 놀 거면서 왜 나이트클럽에서 그렇게 쪼그리고 앉아있냐? 차라리 집에서 놀지."

"집에서 혼자 놀면 심심하잖아. 나는 유라랑 노는 게 재밌어."

"유라랑 사귀냐?"

"응. 난 왕따여서 친구도 없고, 좀 그래."

"뭘 하는 거야? 뭘 쓰던데."

"아무것도 안 하는데."

"그럼 아까 쓴 건 뭔데?"

"아무것도 안 썼는데. 그냥 낙서야. 테이블 위에 놓고 와서 지금 나한 테 그 냅킨도 없어."

"낙서를 한 시간 동안이나 진지하게 하는구나."

태형이 고개를 크게 끄덕였다. 첫눈은 팝콘처럼 소복소복 내려앉았다. 그녀는 기분이 조금 이상했다. 아니 둔중한 바위가 그녀의 어깨 위에 내 려앉는 기분이었다. 무엇인가 한 세계가 끝났다. 태형이 잡은 손에 힘을 주었다, 풀었다 할 때마다 그녀의 온몸에 눈물이 쌓이는 기분이었다. 평 범한 외모, 평범한 부모님, 평범한 남동생 거기에 일생을 공부 못하는 아 이로 주목받지 못하고 살면서 도대체 아무런 일도 일어나지 않았다. 직 업도 없고, 야망도 없고, 무엇을 해야 할지도 막막했다. 이렇게 하릴없이 너무나 예쁜 프리랜서 호스티스들 속에서 광이나 팔면서 이십 대를 흘려 보내고 있었다.

"우리 술 좀 더 마시자."

태형의 선배가 한다는 재즈바 '블루 문'으로 옮겨서 맥주를 마셨다. 하얀 눈이 내리고 있고 크리스마스를 앞두고 있었다. 외국인들이 주로 오는 재즈바였다. 영어와 한국어가 뒤섞여서 소란스러웠다.

"너 영어 할 줄 알아?"

"고등학교 미국에서 다녔어."

민희가 고개를 끄덕였다. 그가 맥주잔을 놓고 양손으로 자기의 얼굴을 두어번 훑어내렸다. 그리고 민희의 두 눈을 뚫어져라 바라보았다.

"야. 왜 이렇게 너랑 키스가 하고 싶냐. 미치겠다."

민희는 맥주잔을 놓고, 오른손으로 부채질을 했다. 그렇게 어색한 시 간이 이분 쯤 흘렀을까, 갑자기 태형이 그녀의 머리카락을 두어 번 쓰다듬더니 오른손으로 그녀의 머리를 받쳤다. 민희는 눈을 스르르 감았다. 술을 마신 탓인지 몸이 화끈거렸다. 그의 부드러운 입술이 민희의 입술에 맞닿았고 그의 혀가 밀려 들어왔다. 달콤하고 뜨거운 입맞춤이었다. 그가 그녀의 머리카락을 쓰다듬었다.

"오늘 나랑 같이 있을래?"

민희가 놀라서 고개를 저었다.

"왜 이렇게 너랑 키스가 하고 싶냐. 미치겠다 정말."

그가 다시 민희의 입술에 키스를 했다. 민희의 몸이 서서히 반응했다. 몸으로 먼저 하는 사랑. 그의 이름을 처음 안 날이었다. 그의 존재를 처음 느낀 날이었다. 그의 입술을 처음 안 날이었다. 눈이 내린 어느 겨울밤이었다.

5

민희는 첫사랑에 빠져 버렸다. 첫사랑의 느낌은 둔중했다. 하루 종일 몸에서 달콤한 열기가 흘러내렸고 얼이 빠진 것 같았다. 멍하게 앉아 있었다. 밥을 먹으면 체할 것 같아 물만 조금씩 마시고 요거트만 먹었다. 사흘이 지났을까, 태형에게서 전화가 왔다. 그들은 '블루 문'에서 만났다. 루이 암스트롱의 'What a wonderful world'가 흐르고 있었다.

태형은 말없이 술잔만 기울였다.

"내 생각했니?"

민희는 맥주만 마셨다.

"미치겠어. 왜 이렇게 너랑 키스가 하고 싶냐."

민희는 태형을 노려보았다. 가슴이 시큰거리면서 화가 났다. 사랑이 오는데 왜 화가 나는 걸까? 그녀는 태형이 따라 주는 대로 술을 받아마셨다. 그리고 의자에 몸을 기댔다. 그가 그녀 옆으로 다가와서 소파에 어깨를 둘렀다. 태형이 문제가 아니었다. 키스를 하고 싶은 것은 민희였다. 자신의 몸과 마음속에 자신이 알 수 없는 어떤 것이 들어온 것 같았다.

태형의 차에서 두 번째 키스를 했다. 그의 몸이 민희를 향해 있었다. 그의 혀가 그녀의 귓볼을 스쳐 지나갔고, 그녀의 목에 다가왔다. 그의 부드러운 혀는 그녀의 목을 애무하고 있었다. 그녀의 온몸에 돌기가 서고 등줄기로 쾌락이 흘렀다. 그녀의 온몸에서 기운이 빠졌다. 그가 블라우스의 단추를 잠그고 머리카락을 뒤로 넘겨서 빗질해 주었다. 술 때문인지 키스 때문인지 땅이 빙글빙글 돌았다.

"민희야 어쩌냐? 타이밍이 너무 나쁜데."

그는 자꾸 타이밍이 나쁘다는 말만 했다. 그리고 일주일 동안 아무 연락이 없었다. 그녀는 남자친구를 사귀는 것이 처음이었다. 그리고 나이트클럽에서 만나서 만난 첫날 키스까지 한 남자와 어디서 어떻게 시작을 해야 할지 알 수가 없었다. 그녀는 그것이 연애의 시작이라고 믿었다. 그렇게 운이 좋은 그녀에게 그렇게 나쁜 악운이 있으리라고는 생각하지 못했다. 크리스마스 이브가 다가오는데 태형에게서는 연락이 없었다. 그녀는 결국 태형에게 전화를 했다.

"크리스마스 이브에 약속 있어?"

"이브? 응 파티가 있기는 한데. 민희야. 민희야."

"약속이 있을 수도 있지 뭐."

"민희야 나 할 말이 있어."

"나중에 해."

"민희야 지금 내 이야기 들어야 돼. 민희야."

그녀는 전화를 끊고 나자 눈물이 줄줄 흘러내렸다. 선약이 있을 수도 있는데 그녀는 서운해서 설움이 복받쳐 올랐다. 침대에 누워 있는데, 키스할 때의 느낌이 떠올라서 견딜 수가 없었다. 유라는 계속해서 전화를 해댔다.

"나 아파. 몸살이야."

"아냐. 너 뭔가가 수상해. 너 요새 왜 그래? 너 내가 제일 싫어하는 애들이 남자 생겼다고 연락 끊는 애인 거 알지? 너 무슨 일 있지? 집에 있을 거지?"

전화를 끊은 지 한 시간도 못 돼서 유라가 그녀를 찾아왔다.

"너 남자 생겼지? 누구야? 누군데?"

"그런 거 아냐."

"그런 게 아니긴 뭐가 아냐. 너랑 나랑 일이 년이냐? 너 설마 윤태형은 아니지?"

"윤태형? 윤태형을 네가 어떻게 알아?"

"너 저번 날 윤태형이랑 같이 나갔잖아. 같이 잔 거 아니지? 그런 거 아니지?"

"네가 태형이를 어떻게 아느냐고."

"윤태형. 너도 아는 사람이야. 김서윤 작년 여름에 이화도자기 둘째 아들이랑 약혼했잖아. 2월 말에 뉴욕으로 같이 유학간대. 아는 사람은 다 아는데. 너도 언젠가 들었지? 김서윤 재벌 2세랑 약혼했다구."

머리를 망치로 세차게 얻어맞은 것 같았다. 그 윤태형하고 같은 사람일 리가 없어. 그럴 리가 없어. 스물세 살에 벌써 약혼을 했을 리가 없어, 그리고 하필이면 그녀가 제일 싫어하는 김서윤의 약혼자일 리가 없어.

"괜찮아?"

유라가 돌아가고 나자 그녀는 깊고 어두운 동굴 속에 혼자 앉아 있는 것만 같았다. 깊고 어두운 시간이 흐르고 있었다. 애인이 생기면 같이하고 싶은 것이 많았다. 같이 음악을 듣고, 쇼핑을 하고, 요리를 해서 먹고. 그리고 사랑한다고 속삭이고. 그리고 달콤한 입맞춤도 하고. 그런데 그녀는 사랑한다는 고백을 받지도 못하고 하지도 못한 채, 몸의 열정을 주체하지 못하고 있었다. 더구나 그는 불과 한 달 후면 뉴욕으로 떠나간다. 다른 여자와 함께. 처음으로 민희는 그동안의 사소한 행운은 그런 불운을 대기해 놓은 인생이 마련한 작은 축제가 아니었을까 생각했다. 하지만 사랑은 누구에게나 설레고 벅차게 다가온다.

그날 밤, 태형은 사랑에 빠진 남자의 표정을 하고 그녀의 집 담벼락에 기대 서 있었다. 그녀가 대문을 열고 나오자 그가 환하게 웃으며, 그녀를 끌어안았다. 그녀는 그의 품에 안겼다. 그가 그녀를 안았다. 그녀는 그를 따라 호텔로 향했다. 그의 몸이 성급하게 그녀 속으로 들어왔다. 아침이 되었지만 헤어질 수가 없었다. 그들은 호텔에서 일주일 동안 한 발자국도 밖으로 안 나가고 섹스를 하고, 잠을 자고, 룸서비스로 음식을 시켜 먹고, 섹스를 하고, 잠을 자고, 음식을 시켜 먹었다.

시간이 정지해 버린 것 같았다. 1층 커피숍에서는 커피를 마시고, 웨딩홀에서는 결혼식이 열리고 있을 것이고, 나이트클럽에서는 춤을 추고 있을 것이었다. 그러나 그들은 세상 모든 것들로부터 격리돼서 서로를 탐닉했다. 그녀는 커다란 면 타월로 몸을 둘둘 감고, 침대에 누워 있었다. 태형이 냉장고에서 차가운 생수를 꺼내서 유리컵에 따라서 물을 먹여 주었다.

"나 섹스 중독자 아닐까. 나 진짜 네가 처음이거든. 이렇게까지 좋은 건지 진짜 몰랐어. 정말 미쳐 버릴 것 같애. 진짜야. 무서워."

태형이 타월에 감긴 그녀의 몸을 품에 안았다.

"우리 할 이야기 있지? 아니 네가 나한테 할 이야기가 있어. 그치? 김서윤 우리 동창이야. 걔나 나나 공부 정말 못했는데. 아니 걔가 더 못했어. 예체능 이었으니까. 무용을 했으니까 몸매는 좀 됐고, 눈하고 코 성형했으니까 얼굴도 좀 됐고. 그런데 넌 어떻게 스물세 살밖에 안 된 애가 유부남이냐?"

"아직 유부남은 아니지."

"온 세상 사람들이 네가 서윤이 남잔 거 다 아는데, 아니 나도 알고 있는데, 그게 유부남이 아니면 뭐니? 어떻게 그래, 어떻게. 이제 겨우 스물세 살인데."

민희는 소파에 다리를 웅크리고 앉아서 꺼이꺼이 울기 시작했다. 울다가 지치면 얼음물을 마시고, 울다가 지치면 얼음물을 마셨다. 울다가 스르르 잠에 빠지자 태형이 그녀를 안아 올려서 침대에 뉘었다.

그들은 진안 마이산에 있는 은수사에서 둘만의 언약식을 했다. 타로카드의 점괘를 알아맞히기 직전 같았다. 태형이 내미는 패를 받아들이리라. 은수사 아래에 차를 주차시키고 걸어서 올라갔다. 날씨는 쌀쌀했다. 태형은 그녀의 손을 꼭 잡고 걸었다. 돌탑 꼭대기까지 올라간 후, 태형이 호주머니에서 한 번도 쓰지 않아서 반짝반짝 윤이 나는 10원짜리 동전

두 개를 꺼냈다.

"자, 봐. 우리는 여기서 사랑의 서약을 하는 거야. 나는 네 남자고 너는 내 여자야. 우리 마음이 변하지 않는 한 이 동전은 녹슬지 않을 거야. 칠 년 안에 우리는 다시 만날 것이고, 우리는 영원히 함께할 거야. 기다린다고 약속해 줘. 너도 느끼지? 내가 네 남자인 거. 하지만 지금은 어떤 식으로도 안 돼. 기다려 줄 거지? 나를 기다려 달라는 게 아니야. 때를 기다려 줘. 지금은 타이밍이 너무 나빠. 내가 내 인생을 내 마음대로 쓸 수 있을 때까지 기다려 줄 거지?"

"뉴욕으로 간다며? 우리는 만나지도 못한다며? 나는 이제 시작인데, 아무 것도 못 해 보고, 너는 김서윤 약혼자라며?"

"네 말대로 나는 겨우 스물세 살이야. 그런 내가 사랑하지도 않는 여자랑 약혼을 할 때는 그럴 만한 사정이 있는 거야. 내가 아무리 설명을 해도 넌 절대로 이해 못해. 나는 달걀이야. 그런데 저기서 커다란 바위가 나를 향해서 달려오고 있어. 지금 비키지 않으면 나는 바위에 깨져 버릴 거야. 그래서 잠시 비키는 거야. 기다린다고 약속해 줘."

"뭘 약속해. 뭘 어떻게 약속해. 다른 여자랑 약혼하고 유학 가는 남자를 뭘 어떻게 기다려."

"그럼 기다리지 마. 대신 내가 네 남자란 사실만 잊지 마."

"그런 게 어딨어. 나는 지금 네가 필요한데."

"조금만 기다려. 금방일 거야. 금방이야. 지금은 내 인생이 엉겨 있는 실타래야. 어디서부터 손을 대야 할지 모르겠어. 지금 부딪치면 다치는 건 우리야."

"뭘 기다리는 건데?"

"타이밍. 우리가 정말 서로를 상처 입히지 않고 사랑할 수 있는 타이밍을 기다리는 거야. 지금은 너무 나쁘고 너무 빨라. 네가 어리광을 피우면 우리는 일 년 안에 만신창이가 되고 말거야."

"그래도 보고 싶으면 어떡해."

"하나하나 정리할게. 다 정리하고 한국으로 다시 올게. 최선을 다해서 정리를 할게. 난 어쩌면 결혼을 하게 될 수도 있어. 하지만 지금은 정말 어쩔 수가 없어. 내가 공부 끝내고 정리하고 와서 널 찾아 파티를 할게. 정말이야. 칠 년 동안 파티 준비를 한다고 생각해. 알았지?"

"너 재벌2세라며. 그런데 재벌 2세도 팔려가니?"

"그게 어쩌다 보니까 그렇게 됐어. 서윤이 아버지가 국회의원이잖아. 그동안 우리 집안 일을 서윤이 아버지가 많이 막아 줬어. 서윤이 성격이 이기적이고 극단적이잖아. 내가 아무리 싫다고 해도 이 지경으로 밀어붙였어. 그렇게 됐어. 내가 정신을 차리고 보니까 여기까지 와 있었어."

"서윤이가 끝까지 널 안 놔주면 어쩔 건데?"

"그럴 일은 없을 거야."

"7년은 너무 길어. 6년 동안만 기다릴 거야. 넌 아직 나한테 사랑한다고도 하지 않았어."

"사랑해 민희야."

민희는 자신이 이미 타로카드의 모든 패를 까 버렸음을 알았다. 플롯 없고 개연성 없는 그녀의 삶에 주제가 생긴 것이다. 그러나 그 주제는 너무나 위험한 것이었다. 너무나 막연하게 타이밍을 기다려야 한다. 모든 것이 너무나 질서가 없었다. 이기적이고 제멋대로인 국회의원 딸 발레리나 서윤이와 약혼해서 뉴욕으로 떠나는 재벌 2세 태형이라니.

나이는 스물셋. 직업도 없고 돈도 없고 야망도 없이 칠 년 동안이나 재벌 2세가 돌아오기만을 기다려야 한다니. 정말 말도 안 되는 패였다. 백전백패 아니 천전천패가 분명해 보였다. 그러나 민희는 이미 자신이 선택할 것은 아무것도 없다는 것을 알았다. 태형의 몸은 완벽했고 자신의 몸은 태형을 원했다. 그들은 동전 두 개를 은수사 제일 높은 돌탑 사이에 조심스럽게 밀어 넣었다. 소원을 비는 우물에도 동전을 던지고 기도를 했다. 태형은 말했다.

"나는 네 남자야."

민희에게도 태형의 열기가 느껴졌다. 함께 있을 때면 한순간도 그녀의 손을 놓지 않았다. 그리고 한숨을 몇 번 내쉬고 그녀의 입술에 그의 혀를 밀어 넣었다. 그날 밤 그들은 산채비빔밥을 먹고 산장모텔에서 묵었는데 아침이 되자 또 헤어지지 못하고 삼 일 동안을 모텔에서 살았다.

태형은 뉴욕행 비행기에 올랐다. 그는 새로운 세계를 향해서 떠났다. 그는 떴다 사라져 버린 무지개 같았다. 너무 짧고 강렬하고 매혹적이었다.

6

"이것 좀 먹고, 정신 좀 차려."

유라가 민희의 어깨를 툭툭 쳤다. 민희는 천천히 고개를 저었다. 태형이 떠나고 그녀는 캄캄한 동굴 속에 갇혀 버린 것 같았다. 그녀는 일주일 동안 먹으면 먹는 대로 음식을 모두 토해 내고 모델라인의 캄캄한 어둠 속에 누워 있었다. 그 옆에서 유라는 드르륵 드르륵 미싱을 돌렸다.

민희는 따가운 햇살 때문에 눈을 떴다. 유라가 커튼을 활짝 열었다.

"일어나. 제발 좀 일어나."

그날부터 작은 공사가 있었다. 모델 라인 뒤쪽에 열 평쯤 되는 공터가 있었는데 유라가 그 공터를 사서 쇼룸을 냈다. 외부는 카키색으로 산뜻하게 마감했고, 내부는 빅토리아 스타일의 거울의 방으로 꾸몄다. 핑크색 빌로드 소파, 쾌락적인 나뭇잎 문양, 앵그르 그림 속의 오달리스크가 부채를 부치면서 걸어 나올 것만 같았다. 19세기말 파리 고급 창녀들의 살롱 같았다. 오종종 좁은 방에서 고스톱을 치면서 옷을 입어 보던 손님들은 세련된 쇼룸으로 옮겨 갔고, 그동안 사용하던 쪽방에는 노트북 한 대와 프린터기를 설치하고 인터넷을 깔았다.

"이게 뭐야?"

"너 자꾸 걸리적거리니까, 이제 여기서 너 혼자 자라고. 너 사랑 한번 정말 거하게 한다. 질질 짜는 애들은 많이 봤어도 너처럼 음식 다 토하면서 죽어 버리려는 애는 처음 봐. 네 얼굴을 좀 봐 봐. 그 상태로 한 달 더 가면 나랑 정신과 상담 받으러 가는 거야. 너 미쳤어 지금. 두 달 동안 못 먹고 못 잤어. 너는 네 방식대로 태형이를 사랑하고, 나는 내 방식대로 너를 사랑하는 거야." 하면서 유라는 드르륵 드르륵 재봉틀을 돌렸다.

드르륵 드르륵, 드르륵 드르륵, 율동감이 있었다. 민희는 노트북의 전원을 켜고 인터넷 익스플로러를 작동시켰다. 유라가 드르륵 드르륵 소리를 낼 때마다, 그녀는 자판을 톡톡 톡톡, 톡톡 톡톡 두드렸다. 민희는 연예인들 사생활이 제일 빠르고 정확하게 올라오는 여성 전용 포털 사이트의 '소설방'에 '미스 바늘'이라는 글을 쓰기 시작했다. 나이트클럽에서 담배 케이스며 컵받침, 냅킨 등에 썼던 이야기들이었다. 할머니의 이야기는 항상 '바늘'이 주인공이었다.

그러고 보니 '조침문'이라는 고전 수필도 있지 않은가. 할머니가 '조침문'까지 알았을 리 없었지만 어쨌든 바늘이 주인공이었다. 바늘이 방을 나와 풍뎅이를 만나 마당을 나서고 마을을 나서서 신작로로 떠난다. 플롯도 없고 개연성도 없는 이야기에 댓글이 달리기 시작했다. 끝말 이어가기 같았다. 인터넷은 200자 원고지 다섯 장 정도의 글이 올라가면 제일 적당했다. 그녀는 '한글2002'이라는 워드프로세서 프로그램에 글을 먼저 써서 퇴고를 한 후 올리지 않고 인터넷에 타닥타닥 직접 글을 썼다. 그녀의 글에 팬이 생기기 시작했다.

밤새서 글을 썼다. MSN 메신저 창을 열어 놓고 실시간으로 채팅을 하면서 그 채팅 글을 긁어서 본문에 붙이기도 했다. 바늘은 뭔가 목표를 설정해 놓고 변신하지 않는다. 그냥 비전과 꿈, 야망 없이 변신하는 것이다. 와인으로도 변하고 화장실로도 변하고 장미로도 변하고 네로 황제로도 변하고 배용준으로도 변하고 씹다 버린 껌으로도 변했다. 단 한 가지 잃어버리지 않은 것은 있었다. 마지막에는 바늘로 변해서 원래 자신이 있던 반짇고리로 돌아간다는 사실이다. 그녀의 글은 인터넷 회선을 타고 멀리멀리 뻗어 나갔다. 어느 날 밤은 동시 접속자가 삼십 명 정도 됐다. 삼십 명이 밤을 꼴딱 새서 말도 안 되는 끝말잇기 놀이를 계속했다.

'미스 바늘'은 점점 진실게임처럼 변해 갔다. 익명이 보장되는 인터넷에서 더구나 소설이라는 형식에서 사람들은 자신의 상처와 비밀을 털어 놓았다. 그 상처에 네티즌들은 익명성에 힘입어서 살벌할 정도로 정직한 조언을 했다. 상처를 털어놓은 사람들은 외로움과 분노를 달래면서 자신의 문제를 해결해 나갔다.

시간은 물결처럼 흘렀다. 밤마다 인터넷 공간에서 글을 쓰면서 하루, 일주일, 한 달, 일 년이 흘렀다. 그사이 민희는 사랑과 분노에서 벗어났고 자신은 태형의 파티를 기다릴 것이라고 생각했다. 나중에 파티가 안 열리면 그건 어쩔 수 없는 것이다. 무한대가 아니고 칠 년이라는 시간이 결정돼 있다는 사실이 그나마 안심이 됐다. 드르륵 드르륵 재봉틀을 돌리던 유라가 염장을 질렀다.

"어쩜 6년도 아니고 8년도 아니고 7년이래니? 딱 떨어지는 서른이네. 20대 꽃피는 시절에 너보고 수절을 하라는 거 아니니. 자기는 약혼, 결혼할 것 다하면서 너한테는 수절을 하라고? 그게 무슨 사랑이냐."

"내 맘이야. 어떤 방식으로 사랑을 하건 내 맘이야. 넌 단호박을 좋아하지만 난 딸기를 좋아하잖아. 넌 수많은 남자와의 섹스를 좋아하지만 난 태형이와의 섹스만 좋아해."

"그건 네가 아직 다른 맛을 못 봐서 그래. 진짜 태형이 말이 믿어지냐?"

"믿어져."

"정 그러면 어쩔 수 없고. 네 미스 바늘은 지금은 뭐해?"

"유명한 성 칼럼니스트야."

"혹시 그 성칼럼니스트가 마놀로블라닉 구두를 좋아하는 슈어홀릭이지?"

"어떻게 알았어?"

"상상력 없기는. 〈섹스 앤 더 시티〉 케리잖아."

"어? 진짜 그런 것 같네."

민희와 유라의 관계는 기생과 기둥서방 같았다. 유라가 기생이고 민희가 기둥서방이었다. 민희는 유라가 버는 돈에 기생해서 살았다. 아니 딱히 기생이라는 말이 좀 뭐하지만 민희는 모델라인의 금고에 있는 돈을 마치 자신의 돈처럼 쓰면서 살았다. 뭐 펑펑 쓰는 건 아니고 용돈 정도였다. 하지만 그 돈이 있어서 하고 싶지 않은 일을 하지 않고 살 수 있었다. 그 사이 '미스 바늘'은 민희보다 더 똑똑하게 제 갈 길을 찾아가고 있었고 민희는 어느 날 한 통의 전화를 받았다. 그녀 나이 스물일곱. 그녀가 드디어 제도권 안으로 들어가는 순간이었다.

2년 동안 포털 사이트에서 연재한 '미스 바늘'은 미디어 재벌이 운영하는 출판사에서 단행본으로 묶여져 나왔고, 베스트셀러에 진입했다. 그녀는 판타지 소설 작가가 됐다. 그리고 그녀의 통장에 난생처음 목돈이 들어왔다.

그녀는 유라가 결혼을 해서 모델라인을 그만둘 때까지 그 골방에서 밤마다 미스 바늘을 쓰며 놀았다. 달라진 것이 있다면 그녀는 운전과 디지털 카메라 사용법을 배워서 오너 드라이버가 됐고, 여행을 다니면서 사진을 찍기 시작했다는 사실이다. 4년 동안 연재한 '미스 바늘'은 총 세 권의 단행본으로 묶여졌다. 그녀의 글에 플롯과 개연성이 생기기 시작할 무렵 그녀는 미스 바늘 양을 반짇고리로 데리고 왔다. 멋지게 세상 구경을 끝낸 바늘양은 조신하게 반짇고리에 안착했다.

민희는 시간이 날 때마다 은수사에 갔다. 혼자서 은수사를 걷고 있을 때의 기분이 너무 좋았다. 동전 두 개를 끼워 넣은 돌탑까지 올라가서 동전이 잘 있나 보고 녹슬지 않게 부채질을 해 주었다. 발렌타인데이도 은수사에서 혼자 보냈다. 슬퍼하거나 노하지 않았다. 통장에는 목돈이 들어 있어서 하기 싫은 노동을 하지 않아도 됐고, 인터넷 카페에서 만난 친구들과 담백한 관계를 유지했다. 가끔씩 심심했지만 외롭지는 않았다. 디지털카메라 사용법과 포토샵을 배워서 여행 웹진에 '바늘 양의 세상구경'을 연재하기 시작했다. 파티를 기다리는 민희의 이십 대는 새콤쌉싸름한 초콜릿 같았다. 부도덕한 사랑을 하고 있는 자신, 그러나 민희는 쌉싸름한 초콜릿을 뱉지 않고 삼켰다.

7

학술세미나는 여섯시에 모두 끝이 났고 리셉션이 있었다.

"선생님, 저 몸이 조금 안 좋아서요. 저 룸에 먼저 가 있을게요."

"너무 긴장해서 그러나 봐요. 가서 쉬고 있어요. 리셉션 끝나고 자리 옮겨서 맥주나 한잔해요."

김현웅 시인이 오른손을 들어보였다. 민희가 엘리베이터 앞으로 가는데 장승호가 다가왔다.

"와 너 진짜 멋지던데? 정말 환상적이었어. 옛날에 네가 그 담배 케이스에 써 놓았던 그 황당한 이야기 있잖아. 바늘이 왕자가 되고, 골무가 공주가 되고 하는 그런 거 말야. 혹시 너 그 이야기로 소설가가 됐냐?"

"어떻게 알았어?"

"세미나 주제가 환상 문학이라길래."

"맞아. 그 이야기로 소설가가 됐어. 나 판타지 소설 작가야."

"오늘 밤, 너를 위한 운명의 이벤트가 준비되어 있지."

"싫어. 나 스파에서 사우나 할 거야. 그 이벤트 너 혼자서 해."

"에이, 이래도?"

장승호가 민희의 손바닥에 올려놓은 것은 반짝반짝 빛나는 10원짜리 동전이었다. 타로 카드의 패를 깐 것 같았다. 그녀에게 무슨 일이 일어나고 있는 걸까. 호텔 룸의 문을 열자 유라가 있었다.

"네가 여기 웬일이야?"

유라는 긴 생머리를 한 갈래로 묶고 있었다. 무용수 같았다.

"아직 아무 감도 없어?"

"무슨 감?"

"너의 운명에서 풍기는 감미로운 향기 말야."

"운명? 넌 아직도 내 운을 믿냐? 그 좋은 운 때문에 발등 찍힌 게 한두 번이냐고. 그런데 진짜 여기는 어쩐 일이야? 설마 김경린 선배가 나 잘하고 있는지 감시하라고 전화했을 리는 없을 텐데."

유라가 침대에 있던 원피스를 "짜잔." 하고 흔들었다.

"설마 너 나 그 옷 입혀 가지고 나이트클럽 가려고 여기까지 온 거 아니지? 그리고 옷 꼴은 그게 뭐냐? 공주 코스프레하니? 너나 입어. 예전에는 내가 말빨도 없고, 돈도 없고 해서 네가 하라는 대로 했지만 지금은 나도 내 정체성이 있다고요. 내가 다 늙은 공주 할 일 있니? 스파 가서 마사지나 하게. 나 피곤해."

"저런 밥통. 그런 감수성으로 어떻게 소설을 쓰냐? 정말 아직도 안 나? 운명의 향기가 안 나느냐고."

"운명의 향기? 멀리 떠나신 내 님은 소식도 없고요. 이내 몸은 독수공방 십 년에 몸에서 사리 나올 지경이야. 너 혼자 공주 파티를 하든지 나이트클럽을 가든지 알아서 해. 나는 사우나 하러 갈 거야."

"잠깐만, 잠깐만, 민희야. 그러니까 내 말 잘 들어. 오늘 너를 위해 준비된 이벤트가 있어. 난 초대돼서 온 손님이고."

민희는 장승호가 내밀던 동전이 생각났다.

"설마…."

민희는 설마, 설마 하면서 유라가 해 주는 메이크업을 받고, 유치한 공주 스타일의 원피스를 입었다. 아무 일도 없으면 그냥 기분 전환한 셈 치면 됐다.

"와, 진짜 예쁘다."

"화장 너무 안 진해?"

"원래 이벤트할 때는 그래야 돼. 이뻐 이뻐. 5층에 있는 라벤다랬거든."

"누가?"

"장승호"

"장승호 연락 받고 온 거야?"

"일단 가 보자. 아직은 나도 잘 몰라."

민희와 유라는 계단을 걸어서 올라갔다. 재즈바 라벤다의 문을 열자 루이 암스트롱의 'What a wonderful world'가 흐르고 있었다. 입구에서 메인 테이블까지 흰 장미로 꽃길이 만들어져 있고, 테이블 위에 장미꽃과 와인이 세팅되어 있었다. 장승호가 민희에게 다가와서 그녀를 에스코트했다. 민희와 유라가 테이블에 앉자, 바의 조명이 꺼지고, 그들이 앉은 테이블 위로 스포트라이트가 비추었다. 민희는 자기에게 일어나고 있는 일이 연극인지 현실인지 구분이 잘 안 갔다. 그때 한 남자가 민희 앞으로 다가왔다. 윤태형이었다. 민희는 그 자리에 얼어붙었다. 그와 헤어진 지 7년만이었다.

"너무나 오랫동안 기다렸어. 민희야. 나랑 결혼해 줄래?"

윤태형이 동전을 내밀었다. 홀에서 여자들의 환호성이 터지고, 폭죽이 터졌다.

"여러분, 이건 실제 상황입니다. 7년 만에 헤어졌던 연인이 재회를 한 날입니다. 제 친구 윤태형의 사랑을 축하하면서 제가 골든벨을 울리겠습니다."

여기저기서 환호성이 울렸다. 민희는 태형이 내민 반짝반짝한 동전을 오른손 주먹에 꼭 쥐었다. 동전은 7년 전 그대로 조금도 녹슬지 않고 그대로 였다. 그를 기다리는 동안 외로운 날도 있었고 슬픈 날도 있었다. 그러나 태형과 짧게 스쳐 지나가 버린 인연이라고는 결코 생각하지 않았다. 티끌을 모아 탑을 쌓는 마음으로 시간을 지나왔다. 민희는 눈을 감았다. 어디선가 감미로운 음악 선율이 들려왔다. 음악적 섬광이다.

ㅗ

바
람
꽃

1

소희는 이규혁 교수 연구실의 문을 두드렸다. 의자에 앉아서 캔버스에 붓질을 하고 있던 이규혁 교수는 그녀가 들어서는 것을 보고 붓을 팔레트 위에 내려놓았다.

"여행은 잘 다녀오셨어요?"

이규혁 교수는 짧게 웃고 커피포트의 코드를 꽂았다. 대바구니에 담겨진 말린 장미 꽃잎에서 연한 꽃향기가 났다. 여행을 다녀온 이교수에게서는 싱싱한 바다 냄새가 났다. 그가 녹차 잔을 내밀었다.

"전시회 준비는 잘 돼 가나? 얼마 안 남았지?"

"생각만큼 쉽지 않네요."

그녀는 녹차 잔을 양손으로 감쌌다. 연구실 창가에는 사월의 다사로운 햇살이 춤을 추고 있었다. 그녀는 작품과 책들로 채워진 그의 연구실에 오면, 그녀의 마음 안에서 맴돌던 단어들이 말이 되어 나왔다. 그는 그녀의 마음을 읽어 내는 몇 안 되는 사람 중 하나였다.

소희는 창가의 햇살을 물끄러미 응시하다 벽에 걸린 그림으로 시선을 옮겼다. 그녀는 한동안 그림에서 눈을 뗄 수 없었다. 등줄기가 서늘해졌다. 그림은 세필로 섬세하게 그려진 작품이었다.

두 발 달린 짐승 둘이 난삽하게 엉겨 있었는데 발 셋은 동쪽을 향하고, 나머지 발 하나는 서쪽을 향해 있으며, 팔 셋은 서쪽을 향하고, 다른 하나는 동쪽을 향해 있었다. 한 마리의 두상은 닭이고, 다른 한 마리는 용이었으며, 둘의 몸 사이에 연꽃을 품고 있었다. 마치 섹스의 절정을 표현한 듯한 그 그림은 둥그런 원(圓)에 갇혀 있었다.

한참이 지나서야 소희는 녹차 잔으로 시선을 돌렸다. 이교수가 그녀의 찻잔에 차를 더 따랐다.

"진도 관매도에서 '아살네'라는 민박집에 묵게 되었는데 이 작품을 보게 되었다네."

"무속도(巫俗圖)인가요?"

"글쎄, 민화인 것은 분명한데, '신귀연화도(神鬼蓮花圖)'라는 제목이 붙어 있더구먼." 그녀의 두 눈은 이미 그림 저편을 바라보고 있었다.

2

소희는 붓을 놓았다. 작업실에 서서히 어둠이 깃들고 있었다. 며칠째 캔버스 앞에 앉아 있었지만 그녀는 그림을 그릴 수 없었다. 그녀의 눈앞에 뒤엉킨 짐승이 어른거렸고, '신귀연화도'의 혼이 자신의 영혼을 겁간하는 환상에 빠져들었다. 아무리 세차게 고개를 흔들어도 그녀 안에 웅크리고 있던 어린 시절의 기억들이 하나, 둘 음흉한 미소를 지으며 고개를 쳐들었다.

소희의 집에는 천이 묶인 대나무가 꽂혀 있었고 '당골네'라 불린 어머니는 '영등제'를 지낼 만큼 진도에서는 유명한 만신이었다. 세습무(世襲巫) 집안에서 태어나, 내림굿을 해서 신(神)을 받은 어머니의 춤사위와 청은 유난히 빼어나서 굿이 있는 날이면 온 동네가 큰 잔치를 하는 것처럼 술렁거렸다. 그녀는 굿을 하기 위해 무복이며 지전(紙錢) 등을 준비하는 어머니를 싸늘한 눈길로 바라보았고, 어머니가 굿을 끝내고 싸 온 돼지머리며 꼭지가 깎여진 사과 등을 헛간에 내다 버렸다. 그녀는 '상엿소리'나 '씻김굿' 가락을 들으면서 자랐고, 학교에 입학해서는 '당골네 딸'이라는 아이들의 놀림에 시달렸다. 그녀는 어머니가 밤새워 만든 빌로드 원피스가 갈기갈기 찢어질 만큼 아이들과 싸우고 또 싸웠다.

소희는 4학년 때 바이올린을 켜는 담임선생님을 만나면서 끝이 없을 것 같던 그 싸움을 그만두었다. 선생님은 영특한 그녀를 유난히 귀여워해 주었다. 그녀는 선생님 책상 위에 진달래를 꺾어다 놓았다. 그러면 선생님은 빙그레 웃으며 "선생님은 진달래도 좋아하지만, 소희가 공부를 잘 하는 걸 더 좋아해." 했다. 공부를 하는 것은 어렵지 않았다. 몇 달이 지나지 않아 그녀는 반에서 일등을 했고 그녀에 대한 선생님의 관심은 그녀가 하늘을 훨훨 날 수 있는 눈부신 은빛 날개였다.

선생님이 전근을 가던 날, 그녀는 하루 종일 흐느껴 울었다. 어머니가 그녀를 찾았을 때는 밤이 이슥해진 후였다. 그녀는 울다 지쳐서 바위에 등을 기대고 잠이 들어 있었다. 그녀는 어머니의 손을 잡고 칠흑처럼 어두운 밤길을 걸었다. 그것이 그녀가 어머니에게 보낸 처음이자 마지막 사랑 표현이었다. 선생님이 떠나고 소희는 스스로를 말로부터 소외시켰다. 침묵에 빠진 그녀에게 세상의 것들은 더 많이 들렸고, 어린 소희의 마음 안에 외로움과 슬픔이 차오르면 오를수록 그녀는 호수처럼 잔잔해졌다. 유난히 조숙했던 그녀가 침묵과 친구가 될 무렵 중학교에 입학을 했고, 그녀는 미술 선생님으로부터 석고 데생을 배웠다.

어둠이 깃든 미술실에서 혼자 그림을 그리고 있는 소희에게 선생님은 말했다.

"소희야 그림이란 그림을 그리는 사람의 영혼을 표현하는 거란다. 소희는 훌륭한 화가가 될 수 있을 거야. 선생님 말이 어렵니?"

소희는 가만히 고개를 가로저었다.

"저희 어머니도 그림을 그리시는걸요."

어머니는 부적을 쓰기도 했다. 그녀는 부적을 쓰기 일주일 전, 모악산으로 산기도를 떠났는데, 산기도에서 돌아오는 그녀의 두 눈을 청정했고, 몸은 땅 위를 사뿐사뿐 나는 듯했다. 그녀가 부적을 쓰는 날은 마치 큰 굿을 하는 날처럼 부산스러웠다. 그녀는 신당에서 무복을 입고 천수경을 외우면서 천천히 먹을 갈았다. 먹이 충분히 갈아지면 한지를 잘게 오려 묶은 댓가지에 먹물을 듬뿍 묻혔다. 노란색 한지 위에 먹물 묻힌 댓가지를 올리면 댓가지가 미세하게 움직이면서 흔적을 남겼다. 어린 소희는 혼(魂)이 대내림하는 것을 보며 혼절했다.

3

소희는 진도행 버스에 몸을 실었다. 싱그러운 사월의 바람이 그녀의 코끝을 간지럽혔다. 창밖에는 하얀 배꽃의 물결이 넘실거렸다. 나주를 지나, 영산포를 지나, 영암을 지나, 점점 진도 가까이 다가갔다. 그녀는 피로감 때문에 버스 의자에 등을 기대고 눈을 감았다. 멀리 진도 대교가 보였다. 진도아리랑, 씻김굿, 다시래기 그리고 그녀의 어린 시절의 추억과 어머니의 무덤이 있는 곳, 진도가 가까워졌다.

'담배를 한 대 피울 수 있다면…….'

그녀는 버스 속에서 담배 생각이 간절했다. 꿈. 소희는 '신귀연화도'를 본 그날 밤부터 꿈을 꾸기 시작했다. 도막 난 무당거미, 하늘에 둥둥 떠 있는 대바구니, 그녀 몸에 휘감겨 오는 적청(赤靑)의 무복(巫服), 깜짝 놀라 꿈에서 깨어나면 자리에서 일어날 수조차 없을 정도로 지쳐 있었다. 다시 스르르 잠이 들면, 지옥 같은 꿈은 여전히 계속되었다. 성희의 절정에 몸부림치던 짐승의 그것이 그녀의 자궁을 파고들었다. 강간이었다. 겨우 잠에서 깨어난 그녀의 온몸은 땀으로 흠씬 젖어 있었고, 자신의 육신을 스스로 죽일 수도 있다는 숙명에 대한 살의를 느꼈다.

이십삼 년 동안 가슴에 묻어 두었던 응어리들이 일제히 반란을 일으켰고, 그녀는 착란 직전의 상태가 되었다. 급기야 어머니가 숨을 거두면서 했던 말들이 환청이 되어 귓가에 윙윙거렸다.

"소희야, 우리 집안은 원래 유명한 세습무당이었고, 네 아버지는 박수무당이었단다. 네가 아무리 높은 공부를 해도 팔자는 비켜 갈 수 없응게, 언젠가는 신의 부르심을 받게 될 것이여. 무당이 천허기는 해도 세상에 꼭 필요한 사람이란다. 아무리 거부해도 몸만 축날 것이니께, 때가 오믄 관매도 연화보살을 찾아가서 신어머니로 모시고 큰 무당이 되거라. 소희야 나는……나는……."

소희는 버스 창문을 열었다. 상쾌한 공기가 밀려왔다. 그녀는 자신이 시름시름 앓고 있는 육체의 병이 무엇인지 이미 알고 있으면서 그동안 음울한 계략을 세웠는지 몰랐다. 영혼을 바쳐 그림을 그린다면, 자신의 몸 어느 곳엔가 있을, 이승의 끝을 지나 다른 세상으로 향하는 문(門)을 열지 않고 죽음 저편으로 갈 수 있으리라고. 슬픈 시(詩) 같은 삶이 계속될지언정, 그 문을 결코 열지는 않으리라고. 그러나 이제 때가 온 것이다. 그 문을 열든지, 열지 않고 살아 낼 힘을 구하든지.

소희는 팽목 선착장에서 상조도로 가는 배에 올랐다. 바다는 화가 나 있었다. 하얀 포말이 사나운 기세로 뱃전에 부서졌다. 상괭이 서너 마리가 바다 위로 솟구쳤다 뛰어내리는 곡예를 하고 있었다. 그녀는 뱃전에 기대앉아 담배에 불을 붙였다. 여행객들이 흘깃흘깃 그녀를 쳐다보았다. 그녀는 상조도에서 관매도로 가는 철선으로 갈아탔다. 철선은 그녀를 관매도에 내려준 후, 황혼의 바닷속으로 사라져 갔다.

황혼의 품에 안긴 검푸른 바다와 해송림, 세월의 때를 묻힌 현무암의 단애, 관매도는 아름다운 섬이었다. 울창한 해송 숲 사이에 관매 포구에서 마을로 가는 오솔길이 나 있었고, 오솔길 옆 호밀밭에는 연두색 호밀이 곱게 자라 있었다. 삼십여 호 정도 되는 마을 입구에 퇴락한 제각이 있고, 그 옆에 관매도의 명물이라는 팔백 년 난 푸조나무에 핀 담록색 자웅화가 제각 지붕을 감싸 안고 있었다. 소희는 만개한 자웅화를 눈이 부신 듯 바라보았다. 가을이면 튼실한 열매를 맺는다는 푸조나무에는 세월이 스며 있었다.

해수욕철이 아니어서인지 마을은 한산했다. 이교수가 '신귀연화도'를 얻었다는 아살네 민박집은 어렵지 않게 찾을 수 있었다. 툇마루에서 푸성귀를 다듬고 있던 초로의 여자가 반색을 하며 자리에서 일어났다. 감색 치마에 미색 스웨터를 입은 환갑이 지나 보이는 여자는 바닷가 아낙답지 않게 고와 보였다.

참빗으로 촘촘하게 빗어 올린 쪽진 머리, 해초처럼 부드러운 표정, 다른 사람의 마음을 꿰뚫어 볼 것처럼 날카롭게 빛나는 눈, 소희는 직감적으로 그녀가 아살네라는 것을 알 수 있었다.

"저 며칠 묵어갈 수 있을까요?"

"묵어갈 수 있제. 근디 학생 혼자 왔능가?"

"네."

"저쪽 방으로 가소. 저녁밥은 어쩔랑가."

"아니, 괜찮아요."

"괜찮기는. 오느라고 시장했을 텐디. 내가 얼른 준비허께. 들어가서 짐이나 풀소."

푸성귀를 들고 부엌으로 향하는 여자의 얼굴에 화색이 돌았다. 소희가 짐을 푼 작은 방에서는 향냄새가 났고, 네 짝 서랍장 위에 차곡차곡 개켜져 있는 이불은 고슬고슬하게 풀이 먹여져 있었다. 그녀는 창문을 열었다. 비릿한 바다 냄새가 찬바람에 실려 왔다.

여자가 밥상을 들고 들어왔다. 고춧잎으로 담근 집장, 돔배젓, 토하젓, 초고추장, 세발낙지, 채어육(茱漁肉), 된장에 절인 오이소박이. 마치 소희가 올 것을 알고 미리 준비해 놓은 것처럼 정성이 가득 담긴 밥상이었다.

"이건 집장이군요."

"학생이 집장을 다 아네이?"

"네. 저희 어머니께서 집장을 잘 담그셨거든요."

아살네는 시집간 딸을 맞는 친정 엄마처럼 소희에게 살갑게 굴었다. 그녀는 아살네의 친절이 조금은 부담스러웠지만, 오랜만에 받아본 따스한 밥상에 목줄기가 따끔거렸다.

관매도는 소희의 지친 영혼을 따스하게 품어 주었다. 그녀는 새벽 찬 공기를 쐬며, 소금처럼 부드러운 하얀 백사장을 거닐었고, 불타는 석양의 노을을 스케치했다. 관매도의 바람이 그녀를 끊임없이 할퀴던 악몽을 잠들게 한 것 같았다. 그녀는 오랜만에 단잠을 잤고, 몸에 서서히 기운이 돌기 시작했다. 그녀가 관매도에 온 지도 벌써 일주일이 지났다. 그날도 백사장에 앉아 바다를 스케치하고 있는데, 부슬부슬 봄비가 내리기 시작했다. 빗물은 목줄기를 지나 가슴으로 흘러들었다. 멀리서 상여가 나갈 때, 상여꾼들이 부르는 상엿소리가 들렸다.

"어흐 어어흐 어흐어흐 어허 어어흐 어허으, 앞산도 젖혀 놓고 뒷산도 젖혀 놓고, 어흐 어어흐 어흐어흐 어허 어어흐 어허으, 황천길이 어디라고 그리 쉽게 가려는가."

상엿소리가 점점 가까워졌다. 오른쪽 어깨에 망태를 걸친 사내가 긴 막대로 갯바닥을 쿵쿵 내리치면서 피조개를 잡았다. 가끔씩 그는 허리를 굽혀 피조개를 캐서 망태에 담았다. 그는 막대로 장단을 맞추고 있었다. 소희는 사내의 노랫가락에 몸을 맡겼다. 사내의 소리는 사랑이나 미움 등의 인간적인 감정을 초월한 것 같았다.

소희는 천천히 걸어서 아살네 집으로 돌아왔다.

"오메 어쩌자고 처녀가 되가꼬 비를 맞고 댕긴당가아. 쯔쯔쯧……."

아살네는 마른 수건을 들고 나와 그녀에게 내밀었다. 그녀는 아살네에게서 어머니가 그녀에게 보내던 애정과 서운함이 배인 눈빛을 보았다.

바닷가의 밤은 제법 쌀쌀했다. 아살네가 따뜻한 숭늉을 들고 들어왔다.

"방이 따뜻헐랑가 모르겄네. 군불을 때기는 땠는디."

"따뜻한데요."

"이것 좀 묵어 보소. 몸이 금방 따뜻해질 것잉께."

소희가 환하게 웃었다.

"얼마 전에 저희 교수님께서 이곳에서 얻은 '신귀연화도'를 보여 주셨어요."

"학생도 그림을 그리는구먼. 점잖은 분이셨는디, 별것도 아닌 그림을 하도 좋아하시길래 그냥 드렸지."

"그 그림을 그린 사람이 누군지 아세요?"

"내가 어렸을 적에, 겨울이면 우리 집을 찾아와서 며칠씩 묵어가곤 하던 떠돌이 환쟁이가 있었지. 떠날 때면 밥값으로 그림 한 점씩을 그려 주곤 했어. 어느 해던가 옥문섬에 피어 있는 바람꽃을 씻김하기 위해서 그린 그림이라면서 놓고 갔지."

"바람꽃을 씻김한다구요?"

"옥문섬에는 천 년에 한 번씩 핀다는 바람꽃 전설이 있지. 한이 쌓인 사람의 혼령이 내려 있다고 해서 혼꽃이라고도 하지. 그 환쟁이헌테 뭔 사연이 있었는지는 모르겄지만, 바람꽃에 내려 있는 원혼을 씻김을 해서 극락으로 보내 주고 싶었다는구먼."

"그러니까 바람꽃에 내려 있는 혼을 위로하기 위해 '신귀연화도'를 그렸다는 거군요."

"그렇지. 그런데 그 환쟁이가 관매도를 떠나면서 했던 말이 두고두고 잊히지 않는다네. 자신이 진정으로 그리고 싶은 그림은 비바람을 견뎌 내면서 튼실한 과실을 맺는 푸조나무의 자웅화라고 하더군."

"네."

"신귀연화도를 그려 주고 떠난 후, 그 환쟁이는 다시는 관매도에 오지 않았다네. 평생을 객처럼 살다 간 사람이 한 말이라서 더 잊히지가 않았나 보네. 그나저나 바람꽃 전설이나 한번 들어볼랑가. 하도 오래전에 들은 이야기어서 기억이 가물가물허네만."

아살네의 눈빛이 깊어졌다.

4

운재는 이화의 방문을 두드렸다.

"이화야. 인자 일어나라."

이화는 잠에서 막 깨어난 얼굴로 마루 끝에 걸터앉아 늘어지게 하품을 했다. 운재는 쌀을 푸기 위해 광으로 향하다 눈살을 찌푸렸다.

"화산 아재 보믄 어쩔라고…."

"치, 나는 뭐 하품도 내 맘대로 못 헌데?"

이화는 그녀의 코끝만큼이나 맵시 있는 발로 경중경중 걸어서 샘가로 갔다. 대충 세수를 한 그녀는 마루에 앉아서 양 갈래로 머리를 땋았다. 이제 막 물이 오르기 시작한 열여섯 살 이화의 가슴이 유난히 봉긋했다.

"너 그전에 여그서 살던 해신(海神) 애기씨 어디로 간지 아냐?"

"모 몰라."

이화의 갑작스런 질문에 운재는 가슴이 덜컥 내려앉는 것 같았다. 몸

단장을 끝낸 이화는 밥솥에 불을 때는 운재 옆에 쪼그리고 앉아 아궁이에 삭정이를 밀어 넣었다.

"너는 인자 이런 일 허믄 못 써."

"어째 안 돼. 밥은 내가 허께. 남자가 뭔 이런 일을 헌데."

"너는 인자 변했어. 옛날의 이화가 아니란 말이여. 인자 옥문섬 사람들의 목숨을 책임진 해신 애기씨란 말이여. 너 허기에 따라서 우리 섬사람들이 죽느냐 사느냐 헌단 말이여."

이화는 입을 삐죽거리고 솔가리 위에 주저앉았다.

"나 그냥 숨골 우리 집 가서 살란다. 네가 화산 아재헌테 말 좀 해서 나 좀 보내 주라. 설마 밥이야 굶겄냐? 울 엄메한테 씻김굿도 배웠어야. 청도 좋아. 엄메만큼은 못해도 숨골 당골네보다는 더 잘해야. 진짜여 한 번 들어 볼래?"

운재는 대꾸를 하지 않고 아궁이에 삭정이를 밀어 넣었다. 잘 마른 삭정이가 "타닥타닥." 소리를 내며 활활 타올랐다. 가마솥에서 밥물이 흘러넘치자, 운재는 상을 차리기 시작했다. 그는 상을 차려서 밥을 들여놓아 주었다.

"같이 묵자."

"아재가 글믄 안 된다고 했어."

"너 안 묵으믄 나도 안 묵어."

그녀는 탁 소리가 나게 수저를 상에 내려놓았다. 그가 마지못해 수저를 집어 들자 그녀가 쌩긋 웃었다.

옥문섬에서는 오래전부터 뱃사람들의 안전을 용왕님께 기원하는 해신 애기씨를 모셔왔다. 당집은 해신 애기씨가 사는 신성한 곳이었고, 해신 애기씨를 돌보는 당지기는 대물림되었다. 운재는 당지기였다. 운재의 아버지가 소리에 미쳐 육지로 도망쳐 버린 후, 그는 아버지의 뒤를 이어 당지기가 되었고, 그가 돌본 해신 애기씨는 매화가 처음이었다.

매화는 월경을 시작한 뒤, 화산 아재가 어디론가 데리고 갔고, 그 후 그녀의 행방을 아는 사람은 없었다. 문중회의를 거쳐 몇 년 전에 죽은 숨골 당골네의 딸 이화가 매화의 뒤를 이어 해신 애기씨가 된 지는 일 년 남짓 되었다. 다소곳하고 소처럼 슬픈 눈을 하고 있던 매화와는 달리 이화는 끊임없이 일을 저질러서 운재의 애를 타게 했다.

설거지를 마친 운재는 나무를 하기 위해 옥문바위를 오르기 시작했다. 바다 저편에 있는 방아섬의 남근바위가 수풀림 속에 우뚝 솟아 있었다. 옥문바위는 멀리서 보면 여자의 음기와 모양새가 비슷했고 바위틈에서는 물이 졸졸 흘러내렸다. 이화는 운재의 뒤를 잰걸음으로 뒤따랐다.

"너 쩌그 방아섬 가 봤냐? 애기 못 난 엄메들이 할미중드랭이굴에 가서 백일기도 허믄 애기 밴다드라. 우리 동네 학산 아짐도 백일기도 해 갖고 아들났시야."

운재는 낫으로 솔가지를 쳐서 나뭇단을 만들었다. 정오의 햇살이 내리비쳤다.

"좀 쉬었다 해라. 응?"

운재는 마지못해 나뭇단 옆에 주저앉았다.

"너 옥문동굴 들어가 봤냐?"

"아니."

"우리 한 번 들어가 볼까?"

이화의 두 눈은 금세 초롱초롱해졌다.

"시 싫어. 아직 암도 안 가 봤는디야."

"긍게, 우리가 가 보게."

이화는 운재의 손을 잡아끌었다. 동굴은 그다지 어둡지 않았고, 매캐하면서도 향긋한 이끼 냄새가 그들의 코끝을 자극했다. 놀랍게도 비단결처럼 부드러운 풀이 무성하게 자라 있었다.

"뭔 풀이 이리 보드랍다냐. 병아리 가슴 털 같다."

"햇빛을 못 봐서 그렁갑다."

풀은 약간 눅눅했지만 감촉은 무척 부드러웠다. 이화는 풀밭 위에 벌렁 드러누웠다. 그녀의 맵시 있는 허벅지가 속치마 사이로 내비쳤다. 운재의 가슴이 세차게 뛰었다.

"나 나갈란다."

이화가 운재의 손을 잡아끌자, 그는 못 이기는 척 풀 위에 주저앉았다. 그녀의 머리에서 수국 냄새가 났다. 운재의 머리가 어질어질했다.

"나가자. 이러다 화산 아재라도 알믄 큰일이여."

그녀의 두 눈이 번쩍 빛났다. 그녀는 그의 손을 잡아다 자신의 젖가슴에 가져다 댔다. 운재가 기겁을 하며 손을 빼자 그녀는 속이 뒤틀린 듯 치마를 홱 집어 들더니 나풀나풀 뛰어서 동굴을 빠져나갔다.

6

옥문섬은 용왕굿 준비로 술렁거렸다. 남자들은 아내와의 잠자리를 피하고 부정한 말을 삼갔다. 이화는 새벽마다 옥문바위에 올라 목욕을 하고 산기도를 드렸다. 제일 신이 난 사람은 운재였다.

"너는 뭣이 그리 재밌냐?"

콧노래를 부르며 제기를 닦고 있는 운재에게 이화가 토라진 목소리로 물었다.

"굿은 언제 봐도 신나야. 인자 너도 몸조심 해얏어."

"치. 너는 진짜 용왕님이 있다고 믿냐? 작년에 숨골에 양코뱅이 야수장이들이 왔는디 용왕님은 없다드라."

"너… 미쳤냐? 화산 아재 들으믄 맞아 죽을라고."

"칫. 들을라믄 들으라재. 쫓아내믄 나가불랑게."

운재가 맘이 상해서 신당을 나가자, 그녀는 운재가 닦던 제기를 닦기 시작했다. 용왕굿 하루 전날, 바닷가에 굿당이 만들어졌고 제단은 종이꽃으로 장식되었다.

동이 틀 무렵, 이화는 산기도를 다녀와서 흰 무명 치마저고리를 입고 신당에 앉아 있었다. 부정을 막기 위해 한지를 삼각형으로 접은 하미를 입에 물고, 흰 무명옷을 입은 동네 사람들이 양손에 갖가지 제물을 공손히 받쳐 들고 일렬로 당집으로 올라왔다. 댓가지에 지전을 감은 감상기를 양손에 든 무당 죽산(竹蒜)이 당집에서 굿당까지 가는 길닦음을 하자, 운재가 길 위에 무명천을 깔아 용왕다리를 놓았고, 그 뒤를 고개를 숙인 이화가 뒤따랐다.

동네 사람들은 구등, 화등, 제물을 들고 일렬로 굿당으로 향했다. 굿당 제단 위에 제물을 차리고 한가운데에 용왕맞이를 위한 용왕상이 차려졌다. 그 앞에 그녀가 앉았다. "당당당당……." 장구 소리와 "잿잿잿 잿……." 설쇠 소리가 울려 퍼졌고, 주무인 죽산의 애절한 무가(巫歌)가 울려 퍼지면서 용왕굿이 시작되었다. 죽산은 학이 나는 것처럼 가뿐가뿐 지전춤을 추었고, 그녀의 애절한 무가 소리에 아낙들은 옷고름으로 눈물을 찍어 냈다.

용왕굿의 절정은 이화가 해신 애기씨임을 용왕님께 아뢰는 의식이었다. 죽산은 감상기로 이화의 몸을 여러 번 훑어 내렸다. 그리고 허리까지 땋아져 있던 이화의 머리를 쪽을 쪄 주었다. 이화의 두 눈이 슬프게 빛나고 있었다.

굿이 끝나자 여자들은 제단 위의 제물들을 주먹만 한 크기로 떼어 한지에 사서 지(紙)를 만들었다. 죽산이 요령을 흔들며, "용신지(龍神紙) 아뢰자 선왕지(船王紙) 아뢰자 사해용신에 잠자는 불쌍한 영개지 아뢰자." 라고 소리쳤다. 여자들은 지(紙)를 바다에 던져 용왕님께 한 해의 평안함을 축수했다. 남자들은 짚으로 만든 큰 바구니만 한 띠배에 제물과 살아 있는 수탉을 실어서 바다로 띄워 보냈다. 액을 실은 띠배는 옥문섬 사람들의 호위를 받으며 큰 바다로 떠내려갔다.

운재는 띠배를 보며 옥문섬에 평화가 깃들기를 진심으로 기원했다. 화산 아재와 운재는 띠배를 띄우고 나서, 굿당을 장식했던 종이꽃이며 지전, 용왕다리 등을 불에 태웠다. 불꽃이 활활 타올랐다. 운재의 가슴에 큰일을 치르고 난 뒤의 뿌듯함이 밀려왔다.

운재는 밤이 이슥해진 후에야 당집으로 돌아왔다. 쪽머리를 한 이화는 운재의 말에 아무 대꾸도 하지 않고 방문을 걸었다.

박꽃처럼 하얀 피부, 흑단 같은 머릿결, 까만 눈동자, 날이 갈수록 이화의 얼굴은 복숭아빛으로 뽀얗게 피어났다. 화산 아재가 그녀에게 언짢은 눈길을 보내면 운재는 괜히 주눅이 들고 송구스러워졌다.

"너는 어째 나이도 어린 것이 색기가 자알잘 흐르끄나이……. 쯔쯔쯧."

그러나, 해가 바뀌도록 옥문섬 사람들이 한 사람도 바다에 목숨을 잃은 사람이 없자, 이화에 대한 사람들의 태도는 날이 갈수록 극진해졌다. 이화가 팩하는 성질은 있어도 새벽마다 정화수를 떠놓고 용왕님께 기도를 한다는 사실을 알고 있었기 때문에, 눈에 넣어도 안 아플 자식을 돌보는 어미의 심정으로 그녀를 극진하게 보살펴 주었다.

바다는 변함없이 일렁이지만, 어제의 바다가 오늘의 바다가 아니듯 운재의 마음에 서서히 작은 일렁임이 있었다. 그것은 운재 자신도 깨닫지 못할 만큼 아주 서서히 찾아왔다. 그가 이화를 애달픈 눈으로 바라보는 날들이 점점 늘어 갔다. 그러나 이화는 해신 애기씨일 뿐이었다. 운재가 행여 이화에게 어떤 마음을 품는다면 그것은 천지가 노할 일이었다. 운재가 옥문동굴에서 구슬픈 소리를 하는 날이 점점 늘어갔다. 운재 아버지는 옥문섬에서 알아주는 소리꾼이었다.

상엿소리 매김을 유난히 잘해서 한갓 당지기에 불과했지만 운재 아버지를 무시하는 사람은 없었다. 운재는 아버지로부터 소리를 배운 적이 없는데도 그의 소리에서는 아버지의 소리가 묻어났다. 운재는 팔베개를 하고 누워서 콧노래를 흥얼대고 있었다.

"강실강실 강실도령 강실책을 옆에끼고, 아자만네 노름방에 강실강실

들어가니, 고초같은 말을타고 강실고개 넘어가서, 널랑죽어 꽃이되고 날랑죽어 나비되자."

그는 콧잔등이 간지러워서 눈을 떴다. 이화의 작은 손에서 강아지풀이 뱅그르르 춤을 추고 있었다.

"느그 아부지 소리가 영판 좋았담서? 네 소리를 듣고 있으믄 막 눈물이 나야."

그녀는 금세 눈물이라도 쏟아 낼 것처럼 슬픈 표정이 되었다.

"하늘에다 베를 놓고 그 노래 해 봐라. 응?"

그의 뺨이 발그레해졌다.

"나 잘 못해……."

"얼릉 해 봐."

그는 못 이기는 척 노래를 시작했다.

"하늘에다 베를 놓고 구름 잡아 잉아 걸고 대추나무 사치미 참나무 비기미……."

이화는 넋이 나간 얼굴로 운재를 바라보았다. 동굴 속에 스며든 한 줄기 햇살이 그들을 감쌌다. 운재를 바라보는 이화의 두 눈에 촉촉한 습기가 차올랐다.

"너 거짓뿌렁 허믄 안 돼. 알았지? 해신 애기씨가 월경을 허믄 어찌된대?"

"너…… 호…… 혹시……."

이화는 독기 오른 눈으로 운재를 바라보았다.

"매화 애기씨는 어디로 갔대?"

"몰라. 나는 그냥 화산 아재헌테 말만 해 주믄 돼. 그 후는 나도 진짜 몰라."

"용왕님헌테 바친다며?"

"용왕님헌테?"

"관매도에서 큰 무당이 와가꼬 용왕굿 험시로 용왕님께 인신공양을 헌다드라."

"누…… 누가……."

"모르긴 뭣을 몰라야……. 느그 아부지도 당지기였는디."

이화의 눈에 눈물이 그렁그렁했다.

"설마……."

"그래야 나 첫 월경했시야."

절망에 빠진 이화의 얼굴은 허물어지기 직전의 모래성 같았다.

"네가 화산 아재헌테 말하믄, 나는 너랑 헤어져서 어디론가 떠나야겄제?"

두려움에 가득 찬 눈길로 이화를 바라보던 운재가 그녀를 끌어안았다. 그녀의 온몸은 작은 새처럼 파르르 떨리고 있었다. 이화는 그저 열일곱 살 난 여린 처녀일 뿐이었다. 당집은 어둠에 쌓여 있었다. 그날 밤 운재는 뜬눈으로 밤을 지새웠다. 자신이 무서운 음모에 휘말려 드는 것 같았다. 그는 새벽녘에 이화의 방문을 두드렸다.

"이화야…… 이화야……."

그는 그녀가 내놓은 월경 피가 묻은 속옷을 들고 옥문동굴을 향해 뛰기 시작했다. 동굴 깊숙이 땅을 파서 속옷을 묻은 후 도둑고양이처럼 슬그머니 당집으로 되돌아왔다. 그의 온몸은 부들부들 떨렸다. 운재는 이화를 잃을지도 모른다는 생각이 들자 그녀를 향한 가슴 저미는 열정에 불타올랐다. 그 스스로도 자신이 어쩌자고 그렇게 무서운 열정 속으로 빠져드는지 알 수 없었다. 그러나 이화를 어디로 가는지 영문도 모른 채, 떠나보낼 수는 없었다. 그녀를 볼 수 없는 날들은 상상도 할 수 없었다. 그는 한 달에 오륙 일씩은 새벽마다 옥문동굴에 가야 했다.

7

이화는 점점 더 아름다워졌다. 화산 아재는 그녀가 고와지면 고와질수록 그녀의 월경을 물었다. 운재는 잘 모르겠다는 말만 되풀이했다. 그는 입술을 깨물었다. 그러나 월경을 시작한 이화를 무슨 수로 지켜 준단 말인가.

'육지로 도망을 치려면 배가 있어야 하는데……'

운재의 애가 타는 것도 아랑곳없이, 날들은 빨리도 지나가고 있었다. 이화가 해신 애기씨가 된 후로, 두 번째 용왕굿 준비로 옥문섬이 들썩거렸다. 그런데 아침까지 멀쩡하던 날씨가 굿을 시작하자마자, 하늘이 먹구름으로 뒤덮이더니 급기야 장대비가 쏟아졌다.

굿을 하는 무당 죽산도, 이화도, 마을 사람들도 비에 흠뻑 젖었다. 죽산의 지전춤이 절정에 이르렀을 때, 몰아친 비바람으로 제단이 뒤엎어졌고, 제물이 굿당 바닥에 나뒹굴었다. 이화의 얼굴이 창백해졌고, 마을 사람들의 얼굴에도 공포감이 드리워졌다. 용왕굿을 끝내고 돌아온 이화의 눈빛은 두려움에 가득 차 있었다.

운재가 군불을 때고 있는데, 죽산이 당집을 찾아왔다. 죽산의 온몸에서는 싸늘한 냉기가 감돌고 있었다.

"요망한 것…. 넘들은 다 속여도 내 눈은 못 속인다."

방에서 죽산의 음산한 목소리가 흘러나왔다. 죽산이 찬바람을 일으키며 당집을 빠져나가자, 이화의 낮은 신음소리 같은 울음이 새어 나왔다.

다음 날 아침, 죽산은 바닷가에서 시체로 발견되었다. 배 속에 든 아기 때문이라는 둥 신기가 다한 것을 비관해서라는 둥 소문만 무성할 뿐, 정확한 이유를 아는 사람은 아무도 없었다. 그것이 옥문섬에서 일어난 첫 번째 흉사였다.

그해 여름 옥문섬에서는 상엿소리가 끊이지 않았다. 고기잡이 나간 배가 풍랑을 만나 뱃사람들이 떼죽음을 당하고, 화산 아재의 첫 손자가 손님마마를 앓다가 목숨을 잃었다. 옥문섬에는 검은 먹구름이 떠돌았고, 필시 무슨 부정을 탄 것이라는 흉흉한 소문만 무성해졌다. 날이 지날수록 운재의 눈빛은 예사롭지 않았고 막 난 새끼를 품은 어미 개처럼 온몸에 독이 올라 있었다.

그믐날 밤이었다. 검은 그림자가 이화의 방으로 들어갔다.

"누 누구여."

거친 손이 이화의 입을 틀어막았다. 그녀는 자신의 입을 틀어막은 사람이 운재라는 것을 직감으로 알 수 있었다.

"쉿."

그가 그녀의 입에서 손을 뗐다. 그녀가 촛불을 켜려 하자, 운재가 그녀의 손목을 나꾸어챘다.

"내가 배를 알아보고 있응께 너도 맘을 단단히 묵어야 써."

"뭔 소리냐."

"배가 구해지는 대로 육지로 도망치는 것이여."

"너 미쳤냐. 그러다 잡히믄 살아남지 못해."

"이젠 다른 방법이 없어."

"나는 싫어야. 나는, 나는…… 해신 애기씨고, 인자 더는 무서워서 살 수가 없어야. 섬사람들이 저리 죽어 가는디. 낼 날이 밝으믄 화산 아재헌테 갈란다. 설마 산 사람을 잿밥으로 놓겄냐."

"안 돼."

"글믄…… 글믄……어째야. 호…… 혹시…… 죽산 신어머니 네가…… 네가 그랬냐?"

이화의 목에서 한이 섞인 목울음이 넘어왔다. 그가 들짐승처럼 형형한 눈빛으로 그녀를 끌어안았다. 그녀는 그의 팔에 안겨 울음을 삼켰다.

"너…… 너…… 미쳤냐."

그녀의 치마끈을 낚아채는 운재는 이미 해신 애기씨를 돌보는 당지기가 아니었다. 사랑이라는 운명의 소용돌이에 휘말려버린 한 남자일 뿐이었다. 그녀의 나신이 달빛에 드러났다. 성난 들짐승 같은 운재의 성기가 그녀의 몸속을 파고 들었다.

다음 날 아침, 그가 밥을 안치기 위해 쌀을 씻고 있는데, 그녀가 작은 보퉁이를 안고 방에서 나왔다. 얼음장 같은 그의 두 눈이 그녀를 쏘아보았다.

"화산 아재헌테 갈라고."

운재가 보퉁이를 내팽개치자, 이화는 무너지듯이 마당에 주저앉았다.

가을이 오면서 이화는 두 달째 월경을 거르더니 밥을 입에 대지 못하고 헛구역질만 해 댔다. 그는 음식을 입에 대지 못하는 그녀를 위해 이것저것 음식을 만들었지만, 그녀는 점점 더 수척해질 뿐이었다.

"어흠 어흠."

화산 아재의 헛기침 소리가 들렸다.

"밥 묵냐?"

"예."

화산 아재는 몸이 축나서 고운 태가 하나도 없는 이화를 언짢은 듯 바라보고는 마을로 내려갔다. 그날 오후, 한약방 김노인이 당집을 찾아왔다.

"애기씨 몸이 안 좋다고 해서 왔네."

이화를 진맥하던 김노인의 얼굴이 백지장처럼 되어서 마을로 내려갔다. 해가 지평선 아래로 내려갈 무렵, 당집 굴뚝에서는 저녁밥을 짓는 연기가 모락모락 피어오르고 있었다. 운재는 마당을 쓸고 이화는 우물가에서 고동을 까고 있었다. 마을 쪽에서 웅성거리는 소리가 들리더니 화산 아재와 몽둥이를 든 열댓 명의 장정들이 당집으로 몰려왔다.

"저놈을 당장 묶어라, 감히 해신 애기씨 몸을 더럽히다니."

남자들이 그를 새끼줄로 꽁꽁 묶어서 멍석에 둘둘 말았다. 몽둥이로 때려죽이는 멍석말이가 시작되었다. 그날 밤 옥문섬에는 한 사내의 처절한 신음소리와 한 여자의 애끓는 울음소리가 끊이지 않았다. 날이 밝자, 제각 옆에는 살점이 찢겨져 나가고 온몸에 피가 흥건한 운재가 쓰러져 있었다.

"이화야…… 나는…… 널……."

이화의 품에 안긴 운재의 두 눈이 스르르 감겼다. 그의 혼이 저승으로의 여행을 떠난 것이다.

"운재야…… 운재야……."

이화는 창자가 끊어질 듯이 울음을 토해 냈다.

옥문섬에 태양이 장엄하게 떠올랐다. 그녀는 기다리는 님이 있는 것처럼 나는 듯한 발걸음으로 옥문바위를 오르기 시작했다. 운재의 노랫가락이 들려왔다.

"널랑 죽어 꽃이 되고, 날랑 죽어 나비 되자." 이화의 얼굴에 언뜻 맑은 기운이 감돌더니, 그녀는 바다 위로 꽃잎처럼 떨어져 내렸다.

8

아살네가 이야기를 끝냈을 즈음, 들창을 때리는 빗줄기는 더 둔탁해졌다. 소희는 바다의 기운을 받는 것처럼 가슴을 활짝 열고 크게 숨을 들이켰다. 가슴에 맺혀 있던 것들이 풀려나가고 마음의 문이 열리는 듯했다. 아살네가 소희의 손을 잡자 따스한 기운이 전해져 왔다. 바다는 파랗게 일렁이고 있었다.

"산다는 것이 젊었을 때는 참으로 더디고 느려 보이지. 허지만 어느 땐가 그 느려 보이기만 하던 삶이 쉬이 끝이 보인다네. 그래서 인생을 꿈 같이 허망허다고들 허지. 살아가다가 고통이 찾아오더라도 자네 속에서 하나씩 둘씩 고를 풀어 가다보면 자신도 모르는 새에 어느새 문이 열려 있을 것이네."

소희의 두 눈에서 눈물이 흘러내렸다. 거미줄처럼 엉겨 있던 실타래가 서서히 풀리는 듯했다. 그녀는 자신이 관매도에 올 수밖에 없었던 이유를 알 것 같았다. '신귀연화도'의 혼이 그녀를 부르고 있었다. 그 그림은 이화와 운재의 혼을 위로하는 아니 이승에서 고통 받는 모든 슬픈 영혼들의 슬픔을 씻김하는 해원굿이었다.

"인자 방이 따뜻허네. 푹 쉬소이."

아살네는 소희의 이부자리를 깔아 주고 방을 나갔다. 소희는 봄비 소리를 들으며 오랜만에 편안한 잠 속으로 빠져 들었다. 그녀가 잠에서 깨어나자 화창한 아침 햇살이 문틈으로 스며들었다. 그녀는 방문을 열고 마당으로 나왔다. 봄비에 씻긴 대지가 초록색으로 환하게 빛나고 있었다. 그녀는 아살네가 차려 주는 아침밥을 먹고 짐을 꾸렸다.

"그동안 정말 고마웠어요. 옥문섬으로 가는 배는 몇 시쯤 있나요?"

"인자 곧 있겠네. 세상으로 가믄 더 선하게 살아얏어. 좋은 사람 만나서 오손도손 살다가 내 생각 나믄 한번 들르든지."

소희는 아살네의 깊은 눈을 오래오래 바라보았다. 그녀는 옥문섬으로 가는 배에 올랐다. 그녀는 당당히 옥문섬을 오르기 시작했다. 그녀의 가슴 안에서 새로운 싹이 돋아나고 있었다. 그곳에선 바람이 피리를 불고 있었다.

슬픈 짐승과 집안의 천사

송민우_ 문학평론가

리얼리즘의 문제와 해방으로서의 글쓰기

문학의 본질에 관한 널리 알려진 답변 중 하나는 이것이다. '문학은 현실의 모방이다.' 이 설명은 분명 틀린 것은 아니지만, 석연치 않은 구석이 있다. 문학의 본질에 관한 답변은 특정한 문학 작품이 생산되는 현실이 어떠한가에 따라 유동적으로 변하기 마련이고, 어떠한 관점으로 보느냐에 따라 특정한 문학 작품에 가치해석도 따라 변하기 마련이다. 근대 문학 개념의 탄생과 그것에 대한 논의가 시작된 19세기 이후 문학에서의 리얼리즘은 문학 작품이 현실을 얼마나 정확하게 재현하느냐에 초점을 맞춘다. 리얼리즘 문학은 우선 현실을 객관적으로 명확하게 파악 가능한 실체로 전제한 뒤, 그 현실의 일정한 부분을 선택한다. 범주화로 인해 생기는 어쩔 수 없는 오류를 무릅쓰고 말하자면, 리얼리즘 문학에서 중요한 것은 선택된 일상적 사건에 대한 모방과 작중인물의 말과 행동과 같은 세목이다. 발자크(Honore de Balzac)나 톨스토이(Lev Nikolayevich Tolstoy)와 같은 리얼리스트들의 소설이 그러했듯이 백은하의 소설도 현실에 대한 재현에 초점이 맞춰져 있다는 점에서 일단 리얼리즘 문학이라 할 수 있을 것이다.

리얼리즘 문학의 설명에 대해서 다소 유보적인 태도를 보인 이유는 특정한 문학 작품을 두고 하는 유형화에 대한 멋쩍은 경계이자 무엇보다 한국 리얼리즘 문학이 갖는 특별한 위치 때문이다. 주지하다시피 서구 리얼리즘 문학 개념을 한국 리얼리즘 문학 개념에 그대로 적용하는 데엔 무리가 있다. 리얼리즘과 그 대척점으로 흔히 제시되는 모더니즘이 서로 대립항으로 존재하는 것이 아니라 모더니즘이 리얼리즘의 연속선상에 있다는 에리히 아우어바흐(Erich Auerbach)의 설득력 있는 논증이 제시된 바 있기도 하거니와 백낙청으로 대표되는 한국 리얼리즘 문학이 현실과 매개되는 과정에서 발생됐던 운동성을 간과할 수 없기 때문이다. 한국 문학에 대한 논의에서 이 특수성은 배제되어선 안 되고, 따라서 백은하의 소설 역시 이러한 현실의 구체적인 맥락 속에서 논의되어야 한다.

백은하의 소설에서 눈에 띄는 것은 작중인물을 통한 기록에 대한 욕망이다. 그것은 「의자」와 「귀향」에서 특히 두드러진다. 「의자」의 경우에는 화자 '진경'이 소설을 쓰고 싶다고 직접적으로 발화하고 있다는 점에서 그 욕망의 성격을 분명하게 파악할 수 있다. 다른 것도 아닌 소설을 쓰고 싶다는 구체적인 욕망은 일찍이 프로이트(Sigmund Freud)가 문학 작품의 창조적 작업을 놀이(Spiel)에 비유한 것을 떠올리게 한다. 새삼스러운 설명이긴 하지만 문학 작품 창조의 기본 단위는 언어에 있다. 프로이트는 언어를 통한 이 놀이의 성격에 희극/쾌락(Lustspiel/Lust)과 비극/슬픔(Trauerspiel/Trauer)이라는 독일어를 통한 어원상의 추적 결과를 부여한다. "언어는 재현될 수 있는 유형의 대상과 연관되어 있을 것을 요구하는 상상적 글쓰기의 형식에 *Spiel*(놀이)이라는 이름을 부여 하고 있는 것이다. 이 단어는 *Lustspiel*(희극), *Trauerspiel*(비극)이라는 말들 속에 들어 있고 또 이러한 극들을 공연하는 사람을 *Schauspieler*(배우)라고 부른다."[1] 프로이트는 문학 작품의 성격을 두 부류로 나눈다는 것을 알 수 있다. 희극적인 작품과 비극적인 작품으로 말이다. 지나치게 단순화했다는 인상은 있지만 이것은 여전히 유효한 면이 있다. 희극과 관계된 쾌락은 작중인물의 야망 혹은 성적 욕망과 관계된다. 쾌락은 야망 혹은 성적 욕망의 충족에서 온다. 한편 비극과 관계된 슬픔은 작중인물의 야망 혹은 성적 욕망의 실패에서 온다. 이어서 말하자면 프로이트는 창조하는 이들을 비유적인 의미에서 연극배우로 본다. 프로이트는 이들의 작업을 어린아이의 유희에 비유한다. 문학 작품의 창조를 연극배우/어린아이의 연기/놀이라는 도식으로 보는 것도 여전히 유효한 면이 있다. 물론 놀이라고 하는 그 어휘가 지니고 있는 특정한 성격을 그대로 받아들인다는 것, 즉 작가를 어린아이에 비유하는 것에 동의하게 되는 경우 프로이트가 특히 리얼리스트들의 작업을 가벼운 장난으로 여기고 있다고 오해하기 쉽다. 그러나 당연히 프로이트는 이 어린아이의 놀이가 결코 가벼운 것이 아니라고 첨언한다. "아이가 그 세계를 진지하게 여기지 않는다고 생각하면 이는 잘못일 것이다. 오히려 그 반대로 아이는 자신의 놀이

---

1) 지그문트 프로이트, 「작가와 몽상」, 『예술, 문학, 정신분석』, 정장진 옮김, 열린책들, 2004, 145쪽.

를 진지하게 여기고 있으며 엄청난 양의 감정을 놀이 속에 쏟아 붓는다. 놀이의 반대편에 있는 것은 진지함이 아니라 오히려 현실일 것이다."[2]

놀이의 반대편에 현실이 있다는 진술은 의미심장하다. 백은하의 경우 이 놀이는 「귀향」에서 보여주었듯 역사관여적 소설 쓰기의 형태로도 드러난다. 백은하의 이번 소설집에 수록된 다른 많은 소설들이 재현하고 있는 작중인물들의 성적 욕망과 행위도 이러한 맥락 속에서 이해될 수 있다. 이 지점에서 아즈마 히로키(東 浩紀)와 알렉상드르 코제브(Alexandre Kojéve)를 경유해 동물/속물의 주체 문제를 자연스럽게 떠올려볼 수 있겠다. 주지하다시피 이때의 동물/속물은 내면성이 상실된 주체로서 욕망을 과잉 섭취하며 살아간다. 세계를 살아가는 동물/속물은 어떠한 관계건 간에 진정한 교감이 아닌 폭력에 의해 그 관계를 대부분 유지해 나간다. 때문에 이 관계 속에 위치되는 경우 지배와 피지배의 구도에 갇혀 더 큰 폭력에 노출될 수밖에 없다. 그런데 동물/속물은 이러한 문제적 상황 속에서 벗어날 방법을 모르거나 그 방법을 안다고 하더라도 전략적으로 그 상황에서 벗어나지 않으려고 한다. 소극적으로 반항하는 주체지만 그 소극성에는 긍정성이 부여되어있다기보다 부정성이 부여되어 있고, 동물/속물은 세계의 폭력성을 곧바로 대변하는 주체다. 동물/속물은 인간의 행위라고 하는 하나의 현상을 이해가능하게 만드는 표상이고, 그러나 세계와 인간을 더 절망 속으로 두기 위한 표상은 아니다. 이 표상은 인간은 동물과 다르지 않다는 것을 말하기 위해 기능하는 것이 아니고

---

2) 지그문트 프로이트, 같은 책, 144쪽.

그래서도 안 된다. 동물/속물이 형성된 일차적 원인은 그토록 많은 이들이 말하고 있는 사회적 요인 때문이다. 이즈음 등장하는 많은 소설 속 작중인물들의 유형이 그러하듯 백은하의 소설에 등장하는 많은 작중인물들도 슬픈 짐승이라고 할 수 있다. 무지의 상태건 인지의 상태건 간에 말이다.

그렇다면 이제 본격적으로 개별 작품들을 통해 이야기를 구체적으로 이어나가보도록 하자. 앞에서 잠시 언급했던 「의자」는 기본적으로 메타픽션의 형식을 띠고 있다. 행정직 공무원으로 일하는 화자 '진경'과 찻집을 운영하는 '운니'의 삶이 서술되어 있는 이 소설에서 두 사람의 나이나 직업은 물론이고 삶의 내력을 들여다보아도 공통점을 찾기 쉽지 않다. 하지만 어떤 순간 두 사람의 자매애가 실현되는 장면이 등장하는데, 우선 그 장면을 한 번 살펴보도록 하자.

> "너를 보믄 내 젊은 날을 보는 것 같아서 맘이 짠할 때가 있어예.
> 몸에 불덩이 하나를 품고 사는 것 같아예. 나이가 든다고 그 불덩이가
> 없어지는게 아니라예. 그 불덩이도 저 스스로 다 타지 않으면 평생 몸
> 속에서 사람을 들볶아예에. 몸이 잘 맞는 남자를 만나든지 뭔가 불을 꺼
> 줄 수 있는 걸 만나야지예."
>
> – 「의자」, 18~19쪽

운니는 진경과 술을 마시다 진경에게서 젊었을 적 자신의 모습을 발견한다. 운니와 진경의 외형적 모습이 닮았기 때문은 아니다. 이 소설집에는 '불'이라는 어휘가 종종 등장하는데 「의자」에서는 특히 그 어휘가 자

주 등장한다. 여기서 불은 인간 내면에 존재하는 욕망에 대한 은유적 표현으로 쓰이고 있다. 운니의 말을 자세히 살펴보자. 운니는 진경을 보며 "몸에 불덩이 하나를 품고 사는 것 같"다고 말한다. 운니는 자신이 젊었을 적에 바로 그 몸에 있는 불덩이, 즉 욕망으로 인한 고통을 이미 겪어 봤다는 듯 그 불덩이를 어떤 식으로든 소진시켜야 한다고 구체적으로 조언한다. 진경은 한때 남성과의 섹스를 통해 쾌락을 얻길 바랐던 적이 있었으나 결과적으론 실패로 끝났고, 진경은 자신이 몸 안에 많은 불을 품고 있다는 걸 자각하고 있다.

대학 시절 독문학을 전공했던 진경은 생활비와 등록금이 부족해 당시 마흔이 넘은 남성과 애인 관계를 유지한 적이 있다. 당시 그 남성은 오로지 진경과 섹스만 하길 원했다는 점에서 진경을 사랑했다고 볼 수 없다. 진경이 그 남성을 그리워한 적이 있긴 하나 그것은 복잡한 상황, 즉 매일 일기에 "사랑을 하고 싶다고도 썼고, 친구가 필요하다"(22쪽)고 썼을 만큼 외로웠던 상황에 놓여 있었기 때문이다. 모든 것이 막연했던 그 시절 진경은 자신의 욕망에 대해 깊이 생각한다. 진경은 자신에게 잉게보르흐 바하만과 파울 첼란의 시, 헤르만 헤세의 소설을 독일어로 읽고 싶다는 욕망이 있다는 것을 알게 되고, 몸의 쾌락에 대한 욕망이 있다는 것도 알게 된다. 읽기에 대한 욕망이 쓰기에 대한 욕망으로 이어지는 것은 매우 자연스러운 일이다.

다시 운니의 저 말로 되돌아가보도록 하자. 몸 안의 불을 끄기 위한 운니의 조언 이후에 진경은 운니에게 소설을 쓰고 싶다고 대답한다. 그리고 실제로 진경은 이 소설과 동명의 제목인 단편소설 '의자'를 쓰기 시작한다. 진경은 "소설이 무엇인지 어떻게 써야할지 알 수 없"(25쪽)다고 말하면서도 소설 쓰기를 멈추지는 않는다. 진경은 운니의 이야기를 소설에 담고 싶어 하지만, 사실 진경이 쓰는 소설의 내용이 무엇인지는 상대적으로 중요하지 않다. 왜냐하면 이때 진경의 소설 쓰기에서 중요한 것은 내용이 무엇인지 또 얼마나 완성도가 있는지가 아니라 소설 쓰기라고 하는 행위 그 자체에 있기 때문이다. 정신분석학적으로 보자면 진경의 입장에서 소설 쓰기란 기본적으로 불안을 견디기 위한 놀이이자 욕망 충족을 위한 수단이다. 리비도를 소설 쓰기에 과잉 투자한다는 것, 그것은 현실의 고통을 잊기 위해 인간이 하는 몰입 행위다.

그리고 진경이 쓰는 단편소설 제목이자 이 소설의 제목인 '의자'가 갖는 상징성에 대해서도 언급하지 않을 수 없겠다. 이 소설에서 의자는 언뜻 리얼리즘 소설로 보이는 이 소설에 이질감을 주는 환상적 장치로 쓰인다. 특히 두 장면을 통해 이 의자의 유의미한 활용이 드러난다.

> 그 의자는 내 몸을 지상에서 분리시켰다. 몸에서 완전하게 힘을 빼자, 잠도 아닌 명상도 아닌 그런 시간이 시작되었다. 머리속이 고요하게 가라앉았다. 끝없이 펼쳐져 있는 검푸른 바다를 항해하는 것 같았다. 엄마의 팔을 베고 있다. 할머니의 팔을 베고 있다. 나는 보호받고 있다. 사랑받고 있다.
>
> — 「의자」, 12쪽

> 운니 언니가 쪽방에서 나와서 의자에 누워 있는 남자를 보았다. 운니 언니는 의자 옆에 주저앉아서 통곡을 했다. 남자가 운니 언니의 머리를 오른손으로 다정하게 쓰다듬어 주었다. 보랏빛 나비들이 공중으로 날아

오르는 환각에 머리가 어질어질했다.

- 「의자」, 28쪽

첫 번째 인용문은 진경이 찻집에 있는 의자에 처음 앉게 됐을 때의 상황을 담고 있다. 단지 의자에 앉았을 뿐이지만 진경은 고요를 느낀다. 의자를 통해 말하고 싶었던 것은 진경의 말을 유심히 살펴보면 알 수 있다. 이 고요는 곧바로 엄마와 할머니의 팔베개로 비유된다. 거기서 한 걸음 더 나아가 진경은 보호받고 있다고 느끼고 사랑받고 있다고 느낀다. 두 번째 인용문을 살펴보도록 하자. 이때 등장하는 나비는 물론 이 소설의 결말부에 배치된 이 장면이 환상이라는 것을 알려주는 장치다. 하지만 이보다 중요한 것은 의자를 둘러싼 진경과 운니의 경험에 공통점이 있다는 사실에 있다. 의자 위에 누워 있는 저 남자가 의자는 만든 장본인이자 어느 날 홀연히 사라진 운니의 남편이라는 점은 소설을 읽다보면 자연스레 알게 되는 사실이다. 비록 환상이라는 점에서 진경과 운니가 경험한 욕망 충족은 다소간 공허한 것처럼 보일 수 있으나 이것은 삶의 진실과 맞닿아 있다고 생각된다. 즉, 욕망하는 대로 이루어지지 않는 삶의 진실을 드러냈다는 점에서 소설이 할 수 있는 모범적 효과를 보여주었다고 말할 수도 있겠다.

"집안의 천사를 살해하라" 여성의 수동성과 폭력성의 관계

그런데 진경과 운니에게는 공통점이 하나 더 있다. 두 사람 모두 어떤 남성을 일방적으로 그리워할 수밖에 없는 위치에 놓여 있다는 점이다. 운니의 남편이 갖고 있는 방랑벽은 사실 누군가에게는 무책임한 것으로 보일 수 있다. 운니는 남편의 방랑벽을 애써 이해하는 것일 뿐이다. 진경이 과거에 만났던 중년 남성은 기혼자였고 그 역시 진경으로부터 손쉽게 떠난다. 「의자」를 비롯해 이후에 논의할 「마음의 얼음」 등 이 소설집을 통해 재현된 어떤 여성인물들에게는 순응과 체념으로 구성된 태도로서의 '수동성'이 존재한다. 말하자면, 자신의 잘못이 아닌데도 자신의 잘못이라 여기며 순응하거나 누구의 잘못인지를 알고 있음에도 현실적으로 할 수 있는 일이 없다고 여겨 체념하는 것이다. 물론 체화된 수동성의 책임은 여성 자신에게 있는 것이 아니라 남성 혹은 남성을 중심으로 구성된 가족, 사회, 국가 단위의 공동체에 있다. 태도로서의 수동성은 기성 세대로 분류되는 '여성 한국인'이라는 정체성의 핵심처럼 보인다. 한국의 근현대사를 미시사적 관점을 통해, 즉 개인으로서의 여성과 남성을 통해 바라보았을 때 흔히 도출되는 결과가 바로 이것이다. 여성/남성에게는 여성/남성 고유의 역할이 있다는 허위가 근대 이전의 조선과 근대 이후의 한국을 오래도록 지배했던 관념이었다는 것은 주지의 사실이다. 그러나 이것이 누군가에게는 상식처럼 당연한 것이었으나 누군가에게는 당연한 것이 아니었고, 특정한 관념이 특정한 성별에 위치되는 문제는 오늘날에도 여전히 진행 중이다.

「마음의 얼음」은 대학교수 '채원'이 어떤 남성으로 인해 직장을 그만두는 단선적 서사가 특징적이다. 그런데 이 소설은 앞에서 논의한 여성의 수동적 태도라는 것에 초점을 맞춰 봤을 때 더욱 선명해진다. 채원이라는 여성인물에 대해 논의하기 전에 '승혜'에 대해 살펴보도록 하자.

채원의 입장에서 봤을 때 승혜는 "항상 남을 먼저 배려하는 상냥하고 사랑스런 여자"(41쪽)처럼 보인다. 승혜의 남편은 소아과 의사로 경제적 여유가 있다. 승혜는 부모의 명령대로 살아왔으므로 부모의 입장에서 보면 승혜는 "항상 착하고 예쁘고 공부 잘하는 아이"(39쪽)다.

> 사랑받는 것에 너무나 익숙해서 시부모님의 사랑마저 당연하게 여기던 승혜에게 불임은 그녀의 삶 전체를 뿌리 끝부터 뒤흔들어 놓았다. 사회의 질서 안에 편입되어서 안전한 강철판을 딛고 서 있는 것 같던 승혜의 삶이 실은 유리판 위에 위태롭게 서 있는 마리오네트 인형의 삶이었다.
>
> - 「마음의 얼음」, 43쪽

그러나 승혜에게 닥친 결정적 사건, 즉 불임으로 인한 두 번의 유산은 그녀 자신의 삶을 근본적으로 다시 생각하게 만든다. 주체적 삶을 살도록 단 한 번의 기회조차 갖지 못했던 승혜는 결국 이혼을 당한다. 이혼을 통해 승혜가 깨달은 사실은 이것이다. 그녀 자신이 개인으로서 존재하는 것이 아니라 그저 어느 한 가정의 종속된 채 아이를 낳는 역할만 부여받은 객체였다는 사실 말이다. 심지어 이혼 통보를 받는 날까지 승혜는 남편의 와이셔츠를 다림질하고 있었다. 불임의 책임을 승혜에게만 떠넘긴 남편과 시부모의 냉정함은 현실의 한 단면을 잘 보여준다고 할 수 있겠다. 또한 여성의 '몸'이 어떠한 메커니즘을 통해 권위를 지닌 주체에게 이용되는지 드러난다. 이러한 메커니즘은 채원이 대학 시절 마주친 총여학생회장 '지숙'의 삶을 통해서도 발견된다. 지숙은 위엄을 지닌 여성이

자 집회를 이끄는 투쟁적 모습으로 학생들을 매혹시켰던 인물이다. 대규모 집회가 있던 1994년 5월 어느 날 공권력에 의해 구속된 지숙은 성폭행을 당한다. 석방은 되었으나 이후 정신병원에 입원한 뒤 결국 스스로 목숨을 끊는다.

채원은 학생운동이라는 대의적 정치 행위에 거리를 두고 대학원에 진학해 학업을 이어간다. 그리고 '석호'라는 남성과 결혼한다. 석호는 지숙과 연인사이였고 채원과는 오래도록 연결고리가 느슨한 친분관계를 유지하고 있었다. 채원의 학업에 대한 몰입은 억압적 현실을 잊기 위한 것으로써 「의자」의 진경과 유사한 측면이 있다. 대학 내에서 평판이 좋은 교수로 살고 있던 채원은 석호와 이혼을 하게 되는데 그 이유는 석호가 채원의 대학제자 '미원'과 친밀한 관계를 몰래 갖고 있었기 때문이다. 이혼 이후 채원이 인터넷 채팅에 몰입하는 과정에서 '호루스'라는 닉네임을 가진 남성과 가까워진다. 석호와 호루스 모두 여성의 몸을 함부로 이용하고, 자신이 저지른 죄에 대해서 오히려 뻔뻔한 태도를 보인다는 점에서 닮아 있다. 적어도 이 두 남성인물은 전형적인 동물/속물이다. 뻔뻔함을 오히려 과도하게 전시한다는 점에서 그렇다.

이 소설이 문제적인 것은 채원의 어떤 결단과 관련이 있다. 이때 문제적이라는 표현은 이 소설이 질문(question)과 문제(problem)의 뜻 모두를 품고 있다는 것을 함의한다. 그렇게 채원은 석호와 이혼을 하고 호루스와 만나는 과정에서 임신을 하게 된다. 그런데 이 임신이 호루스의 강압적인 관계에 의해 이루어졌다는 점에서 문제적이기도 하지만 임신에 대한 채원의 대응 또한 문제적이다. 채원은 석호와의 결혼생활을 통해서 단 한 번도 임신한 적이 없고, 그녀는 아이를 갖고 낳고 싶어 하는 욕망이

강하다는 점에서 그렇다. 그래서 호루스에 의해 임신이 된 이후 산부인과 의사이자 친구 '효진'을 찾아 검사를 한 뒤 나눈 대화는 의미심장하다.

> "효진아, 이 아이는 내 인생에서 유일하게 나에게 온 아이야. 석호하고 삼 년 동안의 결혼 생활에도 임신이 되지 않았어. 아마도 이번이 내 인생에서 마지막 임신일 거야. 아이를 잃고 싶지 않아."
>
> — 「마음의 얼음」, 67쪽

이 소설은 채원의 시점에 의한 서술로만 이루어져 있는 게 아니라 그 주변 인물의 시점에 의한 서술까지 포함하고 있으므로 어느 정도의 객관성을 확보하고 있다. 특히 그 객관성은 채원의 이해하기 어려운 결단을 효진의 시점을 통해 보여주는 장면에서 대표적으로 드러난다. 효진의 입장에서 볼 때 채원은 결단은 다음과 같은 배경 속에 위치되어 있다. 즉, 아이를 낳기 위해 채원은 교수직을 포기할 수 있다고 말하고 '이혼녀'라는 세간의 편견을 감내하려 한다. 교수로서 수업을 할 때의 모습과 석호와 미원 사이에 있었던 일에 대해 대응할 때의 모습 등 이성적 판단을 했던 채원의 모습을 상기한다면 저 결단은 더욱 더 이해하기 힘들지도 모른다. 채원이 석호와의 이혼 이후 호루스를 만난 일은 구조적인 차원에서 보자면 자신을 지배한 남성의 억압적 구조로부터 벗어나지 못하고 오히려 반복하는 것이다. 앞에서도 언급했듯이 석호와 호루스는 이 소설 내에서 쌍둥이처럼 똑같은 인물처럼 보이기 때문이다. 그런데 이렇게 이야기해볼 수도 있지 않을까. 이성적 주체로서의 채원의 이 결단은 억압적 구조 속에 갇혀 있다는 증거이자 체화된 수동성으로부터 벗어나는 일이 얼마나 어려운 일인지를 체감하게 만든다고 말이다.

오래전 버지니아 울프(Virginia Woolf)는 에세이 「여성을 위한 직업」(Professions for Women)에서 '작가'라는 직업을 여성해방의 관점에서 바라본 바 있다. 이 에세이에서 울프는 영국 빅토리아 시대의 시인 코벤트리 패트모어(Coventry Patmore)가 산문시 「집안의 천사」(The Angel in the House)를 통해 남성에 대한 여성의 헌신이 여성(성)의 이상(理想)이라고 규정한 것을 풍자한다. '집안의 천사를 살해하라'(Killing the Angel in the House)라고 말함으로써. 그리고 울프는 여성해방의 한 방법으로서 여성이 작가를 직업으로 선택해야한다고 주장한다. "책을 쓰는 일보다 더 쉬운 것이 있을까요?"[3] 울프의 이 주장은 표면적으론 당시 여성은 생산수단을 소유하기 어려웠으므로 읽고 쓰는 행위가 전부인 작가를 직업으로 선택하는 것이 차라리 쉽다는 걸 의미하지만, 근본적으론 억압된 여성 현실의 문제와 여성/남성의 지적 평등을 겨냥하고 있다.

백은하의 소설 속 작중인물들의 글쓰기 욕망을 두고 과거에 개념/담론으로 적극 호명된 적이 있는 '여성적 글쓰기'(écriture féminine)를 떠올리는 것 역시 자연스러운 것일 텐데, 물론 여성적 글쓰기에 대한 사유는 오늘날에도 계속되고 있고, 앞으로도 계속되어야 할 것이다. 이것은 매우 어려운 문제다. 여성적 글쓰기를 둘러싼 난감한 문제 중 하나는 이와 관련된 개념/담론을 사유하는 과정에서 생물학적 성 본질주의, 여성적인 것, 자매애 연대의 문제를 동시에 고민해야한다는 것에 있다. 엘

---

3) Virginia Woolf, Selected Essays, Oxford: Oxford University Press, 2008, p.144.

렌 식수(Hélène Cixous)가 자신의 저서 『메두사의 웃음』을 통해 주장한 여성적 글쓰기는 성과 육체에 그 초점을 맞춘 채 여성(성)을 탐구한 것이고, 뤼스 이리가레이(Luce Irigaray)도 여성(성)을 남성중심적 개념/담론에 대한 대응으로 이해한 바 있다. 기표로서의 '여성'을 어떻게 바라볼 것인지는 오늘날 더욱 첨예하게 고민해야 할 숙제다.

차이가 발생하는 문제에 대해서는 섬세한 접근이 필요하므로 일단 백은하의 소설로 되돌아가도록 하자. 다만 확실한 것은 「마음의 얼음」 등에서와 같이 백은하의 어떤 여성인물들은 임신과 출산에 대한 욕망을 결코 부정하지 않는다는 점, 그리고 그 욕망을 강하게 표출한다는 점이다. 이 욕망의 표출이 이미 폭력에 노출된 자의 것이라는 점을 생각해 정신분석학적 의미에서의 증상이라고 볼 것인지 그 장막을 걷어낸 채 다르게 볼 것인지도 숙고할 지점이다. 정신분석학적 독해의 경우 특정한 증상을 병리적으로 보는 관점이 채택되기도 하므로 다소간 오해가 생길 여지가 있다. 또한 그 병리적 관점으로 인해 발생될 수 있는 타자화의 문제도 고려할 필요가 있다. 단언할 수 없는 문제이나 적어도 타자를 안다는 확신은 경계될 필요가 있다.

지금 여기의 희망과 문학의 윤리

가족들의 참척을 겪은 사람들은 남은 삶을 어떻게 살았고 또 총을 쏜 사람들은 그 기억을 안고서 어떻게 살았을까. (……) 왜 이런 비극이 일어났는지를 누군가로부터 정확한 이유를 듣고 싶었다. 인간이 인간에게

왜 그런 짓을 벌였는지. 그러나 그 누구도 정확하게 왜 그런 일이 일어
났는지 말해주는 사람이 없었다.

- 「귀향」, 188~189쪽.

문학은 현실과 어떻게 만나는가. 이 질문은 곧바로 문학의 쓸모에 대
해 사유하게 만든다. 서론에서 했던 이야기를 조금 더 이어가보자. 함평
양민학살사건에 대한 할머니들의 증언을 중심으로 증언록을 만드는 「귀
향」 속 작중인물들의 역사관여적 행위와 그 의지는 소설가의 윤리 의식
에 대한 백은하의 대답처럼 보인다. 즉 소설가라면 불가능하다고 생각되
는 과거의 어둠을 응시해야 한다는 것이다. 이미 지나간 것이라는 이유
로 사람들은 폭력을 쉽게 망각한다. 인간의 망각 행위 그 자체를 탓할 수
는 없을 것이다. 모든 것을 기억하는 사람은 없으므로. 그러나 그럼에도
불구하고 바로 그 망각으로부터 어떻게든 벗어나야한다는 운동성 자체
를 보여줄 수는 있다. 「귀향」에서는 1950년대의 특정한 역사적 사건을
소환했지만 이 사건이 지니고 있는 폭력성은 지금 여기를 살고 있는 우
리 모두가 여전히 목격하고 있는 비극의 보편성이다. 소중한 사람을 잃
은 고통에 대해 어떤 사람들은 진실을 은폐하려는 악의 의지를 보인다.
구체적으로 그것은 무관심이나 냉소로 표출될 수 있다. 혹은 타인의 고
통에 대해 연민하는 데에서 그치는 경우도 있다. 특히 더 주의해야 될 것
은 바로 연민이다. 우리가 어떤 대상에 대해 연민할 때 스스로를 선한 주
체로 상정하곤 한다. 세계의 폭력에 어떻게든 참여하고 있다는 알리바이
를 스스로에게 부여하는 방식을 통해서 말이다. 그러나 연민은 윤리적
태도와 거리가 가장 멀다.

세계의 폭력에 대해 참여하는 방식은 다양하다. 시위와 같은 직접적인 정치 행위를 포함해 그 고통을 표출하는 타인의 목소리를 듣는 것 또한 세계의 폭력에 참여하는 방식 중 하나다. 이때 그 목소리를 듣는 자세가 중요하다. 위의 인용문에서처럼 "인간이 왜 인간에게 왜 그런 짓을 벌였는지" 알기 위해서 함부로 예단하지 않고 듣는 귀가 필요하다. 그러한 인간이 곧 "멀리 있는 등대의 불빛을 보면서 한걸음 한걸음 어둠 속을 뚫고 걸어가는 사람"(「탐조등」, 119쪽)일 것이다. 저 멀리에 있는 빛이 미약하다는 걸 알면서도 꿋꿋이 걷는 행위, 거기에 문학의 윤리가 있다. 덧붙이자면 「햇빛 모으기」에 등장하는 사람들의 소박한 마음이나 「별의 위로」 속 화자의 "이제 내 나름의 위로의 방식과 화해의 방식을 찾아내야 한다"(147쪽)와 같은 말 역시 그 윤리성과 상응한다. 소설가가 문학이라는 기표를 지나치게 엄숙한 것으로 이해하게 되면, 문학을 통해 소통하려는 독자들과는 더 멀어질 수밖에 없다. 그러나 백은하의 소설은 그 엄숙함과는 거리가 멀다. 일상의 가치가 얼마나 중요한지 소설을 통해 설득력 있게 보여준다는 점에서 백은하 소설의 리얼리즘은 여전히 우리에게 하나의 울림을 준다고 할 수 있겠다. 또한, 최근 들어 다시 한국문학장 내에서 다시금 저자의 존재가, 정확히 말하면 저자라고 하는 주체의 젠더적 위치성과 관련한 논의가 활발하게 진행되고 있다. 레즈비언 서사와 월경을 멈추는 신약의 존재, 그리고 연대의 가능성을 보여주는 「어디에도 없는 곳」과 같은 소설에서 보수적 남성성을 표상하는 여성인물 '은수'나 1990년대 전후의 한국의 여성운동을 표상하는 여성인물 '지효'의 등장은 최근의 논의와 긴밀한 연관성을 지니고 있다고 판단된다. 백은하의 소설을 통해서라면 글쓰기를 통한 새로운 가능성과 희망을 여전히 기대해도 될 듯하다.

소설을 쓰는 일은 동시대를
살아가고 있는 사람들을
이해하고, 해석하고, 기록하는 일이다.

신앙이 깊어지듯이
文學에 대한 신념도 깊어진다.

글쓰기를 계속해가면서
세상을 읽는 통찰력을 더 기르고 싶다.

궁극의 그것!
칼로카가티아(Kalokagatia)!
'아름답고 善한것!' 을 향한 정진을
멈추지 않을 것이다

2018년 겨울

백은하

의자 | 백은하 소설집

초판1쇄 찍은 날 | 2018년 12월 21일
초판1쇄 펴낸 날 | 2018년 12월 27일

지은이 | 백은하
펴낸이 | 송광룡
펴낸곳 | 문학들
등록 | 2005년 8월 24일 제2005 1-2호
주소 | 61489 광주광역시 동구 천변우로 487(학동) 2층
전화 | 062-651-6968
팩스 | 062-651-9690
전자우편 | munhakdle@hanmail.net
블로그 | blog.naver.com/munhakdlesimmian
값 13,000원

ISBN 979-11-86530-57-3 03810

· 잘못된 책은 바꿔드립니다.
· 이 책 내용의 전부 또는 일부를 재사용하려면
  반드시 저작권자와 문학들의 동의를 받아야 합니다.
· 이 책은 광주광역시·광주문화재단의 지역문화예술특성화지원사업으로
  지원 받아 발간되었습니다.

후원 광주광역시 광주문화재단